A mão morta

ALFAGUARA

Paul Theroux

A mão morta

Um crime em Calcutá

Tradução
Cássio de Arantes Leite

ALFAGUARA

Todos os direitos desta edição reservados à
Editora Objetiva Ltda.
Rua Cosme Velho, 103
Rio de Janeiro — RJ — Cep: 22241-090
Tel.: (21) 2199-7824 — Fax: (21) 2199-7825
www.objetiva.com.br

Título original
A Dead Hand — a Crime in Calcutta

Capa
Andrea Vilela de Almeida

Imagem de capa
© Grupo Keystone

Revisão
Tamara Sender
Talita Papoula
Fatima Fadel

Editoração eletrônica
Abreu's System Ltda.

CIP-BRASIL. CATALOGAÇÃO-NA-FONTE
SINDICATO NACIONAL DOS EDITORES DE LIVROS, RJ

T358m

Theroux, Paul
A mão morta: um crime em Calcutá / Paul Theroux; tradução Cássio de Arantes Leite. - Rio de Janeiro: Objetiva, 2011.

287p. ISBN 978-85-7962-066-9
Tradução de: *A dead hand: a crime in Calcutta*

1. Americanos - Índia - Ficção. 2. Calcutá (Índia) - Ficção. 3. Ficção americana. I. Leite, Cássio de Arantes II. Título.

11-0757 CDD: 813
CDU: 821.111(73)-3

Parte um

1

O envelope não tinha selo e apenas meu nome sublinhado na frente; de algum modo, chegara até minhas mãos em Calcutá. Mas estávamos na Índia, onde estrangeiros grandes e rosados eram tão óbvios que não precisávamos de endereço. Os indianos nos viam mesmo que não os víssemos. As pessoas falavam em termos grandiosos sobre as cidades imensas e a complexidade, mas a Índia em todo o seu espraiamento me parecia menos um país do que uma aldeia inchada, uma aldeia de um bilhão, com suas devoções de aldeia, prazeres de aldeia, peculiaridades de aldeia, crimes de aldeia.

A carta de um estranho pode ser motivo de irritação ou drama. Aquela ali vinha em um fino papel artesanal indiano, flocos de mingau de aveia em sua trama e filetes avermelhados como se fossem salpicos de sangue, escrita numa caligrafia firme com nanquim roxo. Então dramatizei o momento, pesando-a em minha mão, e passei o abridor de cartas vagarosamente, como se estivesse sendo observado. Na populosa Calcutá, cidade de deformidades, ter alguém me observando era altamente provável. Mas como alguém podia saber que eu estava no Hotel Hastings, a leste de Chowringhee, em uma obscura travessa da Sudder Street, em todos os sentidos enterrado vivo?

Acontecia de eu estar à procura de uma matéria, mas Calcutá começara a grudar em minha pele, e eu mal principiara uma descrição de como aquela cidade, em suas emanações de decomposição nos meses que precedem a monção, era como a coceira que você experimenta quando esvazia o saco muito sujo de um aspirador de pó, cheio de partículas alergênicas, cabelos mortos, pelúcias de sujeira e restos de pele, e você engasga e se coça com a irritação, tentando arrancar as cócegas e o fedor de seu rosto — uma de minhas fascinantes aberturas.

Enquanto relia a carta para ver se era autêntica, uma vespa começou a circundar em arcos curtos e colidiu contra a vidraça, enxergando apenas a luz do dia. Abri a janela para libertá-la, mas, em vez de voar para fora, ela esvoaçou erraticamente para outra janela e se chocou contra o vidro — estúpida! —, depois aterrissou em meu braço úmido. Bati para espantar. O inseto descreveu uma órbita em torno de minha cabeça e finalmente, embora eu houvesse tentado salvá-lo, não saiu voando pela janela, mas pareceu sumir em algum lugar do meu quarto, onde iria zumbir e me picar no meio da noite.

Lembrei como meu amigo Howard do consulado americano me perguntara no dia anterior se eu já fora casado. Eu disse: "Não, cheguei a uma altura da vida em que já não olho mais para uma mulher e digo comigo mesmo: 'Quem sabe não é a mulher certa pra mim.'"

Ótima resposta, pensei. Fiquei surpreso com minha própria honestidade. Por anos eu contara mentiras plausíveis, dizendo que estava ocupado demais com o trabalho, os artigos de viagem que eu escrevia. Antes eu gostava de pensar: "Quem sabe não é a mulher certa." Mas as viagens me absorviam. Era fácil demais para um escritor como eu postergar a grande decisão — não um escritor de viagens, mas um escritor em viagem, sempre em movimento, sempre prometendo um livro. Eu decepcionara duas mulheres lá nos Estados Unidos e depois que parti me tornei um desses enigmas calculados, me reinventando, fingindo ser espiritual, mas inescrupulosamente mundano, cheio de bonomia e conselhos de viagem, para então deixar as pessoas falando sozinhas quando passassem a me conhecer bem demais ou quisessem mais do que eu estava disposto a dar. Eu não lamentava mais a falta do casamento, embora me passasse pela cabeça que deveria ter tido um filho. Agora era tarde demais, eu já me tornara mais um "pé na estrada" evasivo querendo abarcar o mundo com as pernas, gostando do provisório, das desculpas fáceis, sempre protestando e seguindo em frente. *Tenho de estar em Bancoc na segunda!* Como se o assunto fosse urgente e complicado. Mas Bancoc era um hotel agradável, cervejas com outros narcisistas complacentes como eu e uma sala de massagem, o melhor sexo — higiênico, feliz e anônimo, alívio sem culpa.

Você é um nômade, as pessoas me diziam. Era em parte verdade — se você sabe alguma coisa sobre nômades, sabe que não são destituídos de rumo. Eles planejam e guardam para o futuro, são inteiramente previsíveis, mantendo-se em rotas bem estabelecidas. E eu também era dotado da por vezes assombrosa receptividade dos nômades para augúrios.

O dia da carta, por exemplo, foi significativo — estranhos presságios, pensei. Primeiro a vespa, depois a visão de uma criança deformada e paralítica em Chowringhee, rastejando nas mãos e nos joelhos como um animal ferido, uma nova espécie de humano em um estágio intermediário, regredindo à posição de quatro. E nessa tarde minha amiga dançarina, a sinuosa Parvati, revelando pela primeira vez que era uma adepta de um tipo de arte marcial indiana chamada *kalaripayatu*, e "Eu posso quebrar seu braço, mas também posso consertar, porque se a pessoa sabe como machucar alguém, também sabe como curar". Parvati escrevia poemas sensuais, tocava tabla, queria escrever um romance, não era casada — e eu era feliz por conhecê-la, porque nunca dizia: "Quem sabe não é a mulher certa pra mim."

Nesse mesmo dia, meu amigo Howard no consulado americano me falou sobre as crianças desaparecendo das ruas, sequestradas para trabalhar em bordéis ou fábricas clandestinas, ou vendidas para estrangeiros.

"Escuta só essa..." Ele conhecia um casal de estrangeiros com um filho pequeno e que sempre que chegava em casa não encontrava a ama. A ama explicava: "A gente passeando em parque." A criança se mostrava muito calma na companhia da babá, e a babá vivia abonada: braceletes de ouro, iPod, sempre com presentes para o menino. "Eu poupando dinheiro." Mas um dia, quando voltavam para casa num horário inabitual, em um bairro distante, o casal viu a babá esmolando no trânsito, mais uma *bhikhiri* num cruzamento, segurando o filhinho deles — a mendiga bengali clássica, comovente em sua tenacidade. E a criança, babando e atordoada, drogada de ópio.

"Quem sabe você não usa isso?", disse Howard, como as pessoas fazem com escritores. Por incrível que pareça, acabei de usar, mas foi a carta que mudou tudo. A carta era obviamente de uma mulher, obviamente rica.

* * *

Gente rica nunca escuta, e foi por isso que preferi a carta da mulher em minha mão a vê-la zurrando na minha cara um desses monólogos enlouquecedores dos quais o interlocutor não consegue escapar: "Espera. Deixa eu terminar!" Eu podia ler a carta em paz. Alguma coisa nela me dizia que se a mulher que a escreveu estivesse comigo falaria sem parar. E dada a natureza dos fatos na carta — um corpo em um quarto barato de hotel, um hóspede apavorado, sua fuga, o mistério — eu precisava de cabeça limpa, silêncio, tempo para pensar. Ela estava me pedindo um favor. Eu podia chegar a uma decisão mais sensata se fizesse meu julgamento apenas baseado nos fatos — a forma de seu apelo, sua letra, todo o tom da carta, mais do que me sentir atraído ou repelido pela astúcia da própria mulher, acreditando que a palavra escrita é mais reveladora que um rosto.

Eu sabia que ela era rica devido ao símbolo hindu em relevo dourado no timbre e ao papel caro. Sabia que era uma mulher com certa idade só pela letra — uma pessoa mais jovem teria rabiscado às pressas ou enviado um e-mail. A riqueza se evidenciava em seu tom atrevido e casual, até mesmo na gramática relapsa, nas curvas bem delineadas de sua excelente caligrafia. O envelope me fora entregue em mãos em meu hotel.

"Correspondência para o senhor", Ramesh Datta, o funcionário no balcão da recepção, disse quando a entregou para mim. Ele também ficou um tanto impressionado com o volume da coisa: uma carta longa, um documento grande, um calhamaço de palavras, como se aquilo representasse sortilégio ou riqueza, uma proposta à moda antiga.

O mais espantoso de tudo era ter nas mãos uma genuína carta de três páginas, escrita em nanquim roxo sobre um papel grosso, como um artefato, e até o assunto e os detalhes periféricos eram à moda antiga: o desejo de uma mulher rica, um cadáver, um chocado hóspede de hotel em Calcutá logo após o festival de Durga Puja.

Caro amigo, começava.

> Assisti à sua maravilhosa palestra ontem à noite no centro de cultura americana e pensei em me aproximar depois para conversar, mas você estava cercado de admiradores. Não importa. Melhor que seja por escrito, o assunto é sério, e

não tenho certeza sobre como pode me ajudar, mas andei lendo seus artigos de viagem, então eu sei que sabe um bocado sobre o mundo e particularmente sobre a Índia, que é o meu problema.

Estão vendo o que eu quis dizer quando falei da gramática e do atrevimento?

Meu filho adora o que você escreve, e em certo sentido você é responsável por ele ter vindo para a Índia. Acho que ele já leu tudo o que você escreveu. Ele aprendeu muita coisa com você e eu também. Tenho de admitir que fico com um pouco de ciúme quando ele fala sobre você, mas a verdade é que a palavra escrita é tão convincente que ele sente como se o conhecesse, e eu acho que comigo é assim também. Pode se considerar da família. A gente já leu um monte de seus artigos de viagem e mostrou para os nossos amigos viajantes.

Um pouco sobre mim. Sou uma empreendedora, com casas em Nova York e em Palm Beach, e meu hobby por muitos anos foi decoração de interiores — sempre para amigos. Eles me encorajaram a começar um negócio próprio. Fazer uma coisa que a gente gosta é sempre um bom jeito de conhecer o sucesso, e acho que foi o que aconteceu comigo. Meu filho se juntou a mim no negócio. A propósito, sempre achei que seria um desafio incrível decorar o gabinete de um escritor — adoraria fazer o seu.

Vim para a Índia para supervisionar minhas obras de caridade, que têm a ver com assistência infantil, e também para procurar tecidos — linho, seda, algodão fino, forro de chão e artigos têxteis de todo tipo, velhos e novos. Eu faço bastante parede com tecido, forro elas com alguma seda bem bonita. Virou uma marca registrada minha. No momento estou comprando. Posso mostrar umas peças bem finas pra você.

Agora a parte difícil. Primeiro, você precisa ter máxima discrição. Estou pedindo que respeite meu voto de confiança. Estou lhe escrevendo porque, baseado em seu estreito relacionamento com o consulado dos EUA, sinto que posso confiar em você. É uma sorte incrível também nós dois estarmos em Calcutá ao mesmo tempo, como se fosse uma coisa predestinada, nossos caminhos se cruzando desse jeito. Se acontecer de você não mostrar nenhum interesse pelo que vou dizer em seguida, por favor, destrua esta carta e não faça mais nada, e eu — lamentavelmente — nunca mais entrarei em contato outra vez.

Mas estou contando com sua ajuda. Dada sua vasta experiência de viajante, creio não existir ninguém capaz de se revelar tão útil nessa sensível questão.

Aqui está o problema. O amigo mais chegado do meu filho, que é indiano, acredita estar numa encrenca séria. Normalmente ele está com a gente, mas como estávamos viajando e fazendo compras depois do Durga Puja ele se hospedou em um estabelecimento perto de Chowringhee, um lugar não muito bom, mas você já sabe que pulgueiros podem ser esses hoteizinhos indianos. Ele ficou ali por alguns dias e então, como uma cena tirada de uma de suas histórias, acordou certa noite e encontrou um cadáver em seu quarto — um rapaz morto no chão. Ele ficou histérico. Não fazia ideia de como fora parar ali. Não sabia o que fazer. Se informasse o hotel, iriam acusá-lo de assassinato. Como poderia explicar a presença do menino morto?

Ele então fez a coisa mais estúpida, ou pelo menos disse que fez. Pegou suas coisas e foi embora sem fazer o checkout, e se escondeu. Como você pode imaginar, Calcutá não é um lugar difícil para se esconder. Conversei com ele a respeito disso, mas o fato é que está morrendo de medo do que vai acontecer se for descoberto e de algum modo vinculado ao corpo.

Claro, também estou preocupada que meu filho possa ser associado a esse negócio, e meu pior pesadelo seria ver meu filho terminar em uma cadeia indiana.

Estamos planejando partir da Índia na monção, mas primeiro quero ter certeza de que o amigo de meu filho está a salvo. Eu não poderia me olhar no espelho outra vez se abandonasse o pobre rapaz. Sei que disponho dos recursos para ajudá-lo, e seria um crime se eu não o fizesse.

Não lhe forneci nenhum nome, data ou fatos úteis. Isso é deliberado. Devo usar de discrição. Se você acha que pode me ajudar e quiser saber mais, por favor entre em contato comigo pelo número do meu celular acima, e talvez a gente possa conversar. Quem sabe no Oberoi Grand? Dados os parâmetros do meu problema, não vou culpá-lo se simplesmente rasgar esta carta e seguir seu caminho sem maiores preocupações. Se esse for o caso, obrigada por ter lido até aqui. De todo modo, seja qual for sua decisão, meu filho e eu vamos continuar a ler você.

Afetuosamente,
Merrill Unger (Sra.)

2

Será que eu deveria ter queimado a carta? Não queimei. Guardei. Reli. Estava, como dizem os piadistas sobre vinhos, me divertindo com seu atrevimento.

Mesmo com a empáfia, a gramática ruim, os chavões, e aquela palavra horrorosa, "parâmetros", fiquei lisonjeado. O papel artesanal, o timbre, a caligrafia, tudo isso me fascinou. Se fosse uma carta de homem, é provável que eu a tivesse jogado fora. Mas era de uma mulher americana, com o adorável nome de Merrill, em Calcutá como eu, oferecendo-me uma história. E eu estava longe de casa, com tempo de sobra nas mãos, necessitado de uma história. Minhas conferências haviam chegado ao fim: "Seu tempo é todo seu daqui pra frente", disse Howard, o funcionário responsável por assuntos públicos do consulado. Parecia uma deixa para que eu fosse atrás de Parvati. Ela era linda e talentosa, mas tinha a vida toda pela frente, ao passo que a minha estava principalmente no passado.

E contudo era como se a oportunidade de umas pequenas férias estivesse se apresentando, com toda a incerteza e tempo de sobra — e, sentia eu, propósito de menos — que só as férias têm, o que em destinos estrangeiros sempre me deixa sem saber o que fazer. Como o consulado havia patrocinado minhas palestras nas escolas e universidades de Calcutá, alguém sempre fora à minha procura até então. Não apreciava o pensamento de ter de preencher meus dias com eventos significativos. Por que não tomar uma bebida com a sra. Unger?

A carta não me convenceu; parecia pitoresca demais para não ser uma armação. Mas fiquei curioso. Não tinha mais o que fazer. Atravessava um período inútil em minha viagem e minha vida. E além disso minha mão estava morta; depois de toda aquela fascinante abertura sobre a atmosfera provocar cócegas e coceira como um saco inflado de aspirador de pó, não pude continuar. Eu pensara ter alguma coisa para escrever. Nunca passara por uma mão morta antes. Presumi que a qualquer momento a inspiração me voltaria, mas até então tudo que havia em minha cabeça era um vácuo. Eu sofria com o burburinho da cidade em meu hotel vagabundo e fantasiava com lugares como o Oberoi Grand, e sorria, sem escrever, sentindo um branco em minha mente.

Na minha idade, depois de todo aquele trabalho prostituído, era possível que minha condição fosse permanente. O jovem sente aflição mas sempre imagina que vai superá-la: uma pessoa jovem se depara com um obstáculo ou um impedimento e contudo jamais acredita que aquilo pode durar; na verdade, não consegue sequer conceber a extinção ou o completo fracasso. Eu já havia me sentido assim, mas não mais alimentava o fervor dessa esperança. Hoje eu sei que o climatério existe e que não tem caminho de volta, você perdeu o elã, de agora em diante é só ladeira abaixo. A vista ruim não melhora, não existe a menor esperança de você recuperar aquele velho pique, e o cabelo não vai crescer de novo ali onde caiu. Para o escritor que eu era, havia o risco de que o período estéril perdurasse, de que eu estivesse sem palavras, de que não houvesse mais nada, e pior, como o trabalho que eu fizera até ali não prestava grande coisa, eu nunca teria a chance de me redimir. Provavelmente era o fim.

Essa sensação de esperança evanescente me acompanhava desde que eu chegara à Índia, quando Howard perguntou: "No que você está trabalhando?" E não tive coragem de dizer: "Nada." Eu disse: "Numa ideia nova", e isso me pôs para baixo — quando minto, sempre sinto tristeza e pena de mim mesmo. Por que estava contando uma mentira a ele? Porque a verdade teria me envergonhado. Sem dúvida ter uma ideia era algo importante para mim, ou de outro modo eu não teria me saído com uma mentira. Não fiquei fatalmente ferido; era algo mais simples e bem menos dramático do que isso: eu não tinha nada a dizer, ou, caso tivesse, não sabia como dizê-lo. "Mão morta" era uma expressão devastadora para um bloqueio de escritor, mas no meu caso parecia uma descrição autêntica do que eu estava enfrentando, uma letargia muito próxima de uma amputação.

Um de meus amigos escritores, um escritor de verdade, escritor de bons romances, conheceu Nelson Algren, o grande cronista de Chicago. Ninguém mais fala sobre ele hoje em dia, mas seus livros eram celebrados no passado, e eram empolgantes para mim. Só aqueles títulos sonoros — *The Man with the Golden Arm, A Walk on the Wild Side* —, só de escutar esses títulos eu já achava que ele tinha de ser um escritor de mão cheia. O próprio Algren era natural de Chicago. Conhecera o sucesso cedo e de forma exuberante. Tivera um caso com Simone de Beauvoir, na prática pondo um par de chifres na cabeça de Jean-Paul Sartre. Era um ótimo jogador. Era um lobo solitário. Tivera uma carreira invejável. Morava em um apartamento modesto, mas mesmo assim convidou meu amigo e sua esposa a se hospedarem com ele quando visitaram Chicago.

Na primeira manhã, vendo Algren sentado solitariamente em sua mesa na cozinha, tomando uma xícara de café e lendo o jornal, a esposa disse, "Você é um desses escritores que acordam cedo e escrevem tudo que têm pra escrever antes do café?".

Algren sorriu com tristeza e disse, "Não. Sou um desses escritores que não escrevem mais".

Disquei o número do celular da sra. Merrill Unger.

"Telefone da senhora Unger." Uma voz de homem jovem, não indiana, mas um pouco afetada e muito formal, fazendo-me sentir como se eu fosse alguém atrás de um favor. "Quem é?"

Disse quem era. Ele pareceu menos interessado ainda e não respondeu com uma palavra, apenas grunhiu.

"Ma, é pra você", escutei-o dizer.

"Ótimo. Você recebeu minha carta. Quando podemos nos encontrar?"

Suas primeiras palavras — nenhum cumprimento, direto ao assunto, uma mulher soando arrogante, com uma voz grave e ludibriosa.

Eu disse: "Estou hospedado no Hastings."

"Não faço ideia de onde fica. Por que não aparece aqui no Oberoi Grand hoje à noite? A gente pode beber alguma coisa e começar por aí."

Isso foi importuno e ríspido demais pro meu gosto, insistente demais. Também senti — como uma espécie de eco —

que ela dispunha de um público, pessoas presenciando seus ares de mandona, e que seu tom de voz se destinava tanto a impressioná-las como a estabelecer sua dominação sobre mim, tomando as rédeas e jogando todo o trabalho nas minhas costas. O Hastings era um hotel bastante confortável; era uma atitude esnobe de sua parte descartá-lo daquele jeito.

Embora eu não tivesse nada para fazer, disse: "Estou muito ocupado. Essa noite está fora de questão."

"Então amanhã." O mesmo tom imperativo, superconfiante.

Eu quase disse *Pode esquecer.* "Vou dar uma olhada na minha agenda."

"O que está esperando? Olhe logo, então."

Minha autoconfiança não me permitiu dizer outra coisa além de "Estou olhando".

"Ele está checando a agenda dele", escutei-a dizer para seus ouvintes, com um tom (assim julguei) de zombaria.

Minha agenda estava em branco. Eu sorri folheando as páginas vazias e disse: "Só estou livre depois das cinco" e, achando que corria o risco de ela ser uma chateação ainda maior do que sua voz fazia supor, acrescentei: "Posso ter coisas pra fazer mais tarde."

"Então, cinco. Estaremos na varanda em cima."

Desligou antes de mim, deixando-me furioso comigo mesmo por ter cometido a fraqueza de ligar para ela. Olhando a carta de novo, achei-a irritante, e fiquei ainda mais irritado com minha própria curiosidade. Eu tinha certeza de estar perdendo meu tempo com uma velha impertinente. Não era a primeira pessoa a ter dito para mim: *Tenho uma história pra você.* Em todas as ocasiões eu respondi: *Essa é uma história que você mesmo deve escrever. Não posso ajudar. Tenho certeza de que fará justiça a ela.*

De modo que estava quebrando uma de minhas próprias regras, cedendo à tentação. Disse a mim mesmo que a carta justificava meu interesse. Não tinha a fragmentação de um e-mail. Estava escrita com nanquim roxo e papel de qualidade; era antiquada e ominosa. E eu não tinha nada mais para fazer.

* * *

Antes mesmo que eu dissesse quem eu era e por que estava ali, a equipe do Oberoi Grand parecia me conhecer: o porteiro sikh que me cumprimentou, o lacaio de libré que me conduziu através do saguão até a colunata adornada com palmeiras em enormes vasos de barro e outros que me deram as boas-vindas — a sorridente garçonete em um sari azul, o homem de luvas brancas segurando uma bandeja sob o braço, que se curvou e mexeu o braço para o lado num gesto de indicar algo, sua luva apontada na direção da mesa distante onde uma mulher aguardava como uma rainha em um trono de vime, um cortesão de cada lado.

Fiquei aliviado por ela ser bonita e magra. Eu pensara que seria corpulenta e sem graça, masculinizada, sarcástica, agressiva. Um dos jovens era indiano, e por um segundo achei que a mulher também fosse indiana — ela usava um sari, seu cabelo era escuro e grosso. Mas quando cheguei mais perto, e ela me cumprimentou, parecendo feliz, percebi meu engano. Era uma mulher atraente, mais jovem do que eu presumira, muito mais bonita do que eu havia esperado, muito mais afável do que soara em sua carta ou ao telefone.

"Finalmente", disse a mulher. "É maravilhoso conhecer você. Estou empolgada. Fiquei muito feliz por ter vindo."

Parecia sincera. Pensei, *Ela é agradável*, e me senti tranquilizado: talvez fosse suportável.

E nesse momento, conforme sorria, apertava minha mão e ajeitava a ponta de seu sari jogando uma prega por cima do ombro com a mão livre, como faziam as indianas, percebi que era não só atraente, como também extremamente bela — majestosa, maternal, até mesmo sensual, com uma lentidão e elasticidade em seus modos e movimentos, uma espécie de força e graça. Não senti isso com a cabeça, mas antes com o corpo, uma espécie de formigamento em minha carne.

"Por favor, sente-se. Achei que talvez não viesse. Ai, que delícia! O que vai querer beber?"

O garçom pairava por perto.

"Cerveja. Uma Kingfisher", disse eu.

"Eu quero outra", disse um dos jovens.

"Para mim nada", disse o outro — o indiano.

"Meu filho, Chalmers."

"Charlie", disse ele. "E esse é meu amigo Rajat."

"Devo pedir outra bebida?", perguntou a sra. Unger. "Nunca sei o que fazer. Digam-me." Piscou para mim. "Eles mandam. Eu sigo as ordens."

"Pode pedir, Ma", disse Charlie.

"É só *jal*, água com suco de pepino", disse ela. "Mais um." O garçom se curvou. "Esse é Sathya. Ele está longe de casa. Sabe que eu estou longe de casa. Deve ser por isso que é tão bom comigo. *Onek dhonnobad*."

"*Dhonnobad, dhonnobad*. Bondade é sua, madame", disse Sathya. Era um sujeito com ar de gnomo enrolado em uma faixa azul na cintura, os ombros caídos de deferência. Curvou-se outra vez, depois afastou-se apressado, como que mostrando um respeito exagerado.

"A Ma mima ele", disse Charlie. Eu continuava a revolver o "Chalmers" em minha mente. "Ele adora."

"A infantilizada aqui sou eu", disse a sra. Unger. "Esse foi o grande equívoco que os britânicos cometeram na Índia. Acharam que o chicote estava na mão deles. Eram servidos nos mínimos detalhes. Não perceberam que quem mandava eram os criados. Levou algum tempo para os criados se darem conta de que eles é que estavam no comando. E então os lacaios simplesmente se revoltaram contra os impotentes sahibs."

Rajat disse: "Nossa relação de amor e ódio com os britânicos."

"Por que cargas d'água vocês iriam gostar dessa gente de segunda categoria?"

"Instituições", disse Rajat. "Educação. Judiciário. Comércio."

"A Índia tinha essas instituições quando os britânicos andavam pelados naquela ilhota lamacenta deles."

"Sistema rodoviário e ferroviário", disse Rajat, mas se esquivando um pouco. Era um sujeito pequeno e de constituição suave, lá pelos vinte e poucos, com uma ossatura delicada e um jeito compacto de se sentar. "Comunicações."

"Em interesse próprio, assim podiam manter a Índia sob domínio", disse a sra. Unger. Ao ver Sathya voltar com a bandeja de bebidas, disse "Ah!".

Sathya serviu o copo de suco e as cervejas.

Charlie disse: "Eles fazem seu próprio uísque. Essa é uma grande instituição britânica."

"Quando Morarji Desai foi primeiro-ministro, ele fechou as cervejarias e destilarias. Viraram engarrafadoras de água mineral", disse Rajat.

"Desai preferia outra bebida", disse Charlie. "Uma xícara do próprio xixi toda manhã." Encarou-me. "Sabia disso, fofo?"

"Chalmers está tentando chocar você", falou a sra. Unger.

Rajat disse: "Tem gente que acha que a urina tem propriedades medicinais."

"Eu sou uma dessas pessoas", disse a sra. Unger. "Fico surpresa que Chalmers não saiba disso."

"Ma é uma ayurvédica autêntica. Você não ia acreditar nas coisas que ela come e bebe."

"Mas com esse negócio do xixi eu imponho um limite, por mais eficaz que seja. Não acho de fato que meu corpo esteja muito disposto a isso."

"Ma tem mãos curativas."

"Os dedos mágicos da Ma", disse Rajat.

"Eu tento", disse a sra. Unger. Ela ergueu as mãos delgadas e as fitou com admiração, como que as enxergando pela primeira vez.

Ela me contou sobre as primeiras visitas à Índia, recordando cidades e experiências, mas como não fornecia datas não pude inferir sua idade. Charlie tinha seus vinte e poucos. Imaginei que ela devia ter quase cinquenta — mais nova que eu, porém dinâmica, assertiva, mais confiante e cosmopolita, de modo que parecia mais velha. Charlie não se parecia nem um pouco com ela. Pálido, narigudo, cabelo escorrido, lânguido, a boca assimétrica torcida em desdém.

Ela falou sobre seus negócios — artigos têxteis e tecidos, fazendo piada sobre como era extorquida e tapeada e como sempre tinha de subornar os funcionários da alfândega — enquanto eu olhava detidamente para ela, seu filho atento e o amigo indiano.

Seu bom humor opinativo e sua energia faziam com que parecesse generosa. Tinha uma tez adoravelmente sedosa, não apenas na suavidade da pele, mas também no brilho, um fulgor de boa saúde que era em parte resultado do quente entardecer em Calcutá, da calmaria e da umidade na varanda do hotel. Isso me atraía, a ligeira película úmida e a luz em sua face devido ao calor, o modo como pressionava um lenço de renda no rosto, o umedecimento em seus lábios, a insinuação de anéis de cabelo grudando em sua testa, as gotículas de suor em seu lábio superior, que lambia com uma passada de língua.

"Não me incomodo com o calor", disse. Parecia saber o que eu estava pensando. "Na verdade, até gosto. Eu me sinto viva. Os saris foram feitos para esse clima."

Usava bem o sari, o modo como fazia seu drapejamento com leveza — seus braços desnudos, sua barriga exposta, o cabelo espesso preso num coque. Havia tirado as sandálias, e notei que um de seus pés descalços estava tatuado com hena em um elaborado padrão floral de pontinhos.

Era uma bela mulher. Fiquei feliz por estar ao lado dela, lisonjeado — como os homens normalmente ficam — com a ideia de uma mulher adorável tomar conhecimento de mim. O mero fato de uma mulher daquelas se mostrar agradável e cordial fazia parecer que concedia um favor.

Era assim que eu me sentia: favorecido. Aliviado, também. Eu fora para lá por causa de sua carta urgente, e agora não havia urgência alguma, só aquela mulher radiante e os dois rapazes.

Charlie disse alguma coisa sobre o envio de um contêiner para San Francisco.

"Não quero pensar no envio", ela disse. "Encha todo o contêiner e daí a gente conversa sobre o envio."

O indiano ficara em silêncio, então perguntei: "Você mora aqui?"

"Pagando meus pecados, isso", disse Rajat. "Moro em Tollygunge. Consigo aguentar umas duas semanas na América e depois começo a pirar."

"Pobre Rajat, que amor você é." A sra. Unger esticou o braço conforme ele falava e tocou em seu ombro, deixando que sua mão deslizasse pelo braço dele, pelo lado do corpo, as pontas dos dedos roçando sua coxa, um gesto de afeição agradecida. E ela sorriu, mais luz em seu rosto, o brilho em seus olhos também.

"Eu poderia passar o resto dos meus dias na Índia", disse Charlie.

"Mas Calcutá é um barril de pólvora", disse Rajat.

A sra. Unger disse: "Você não adora quando indianos usam expressões assim?"

"A cidade é tóxica." E escutei a sra. Unger murmurar a palavra como *dóxica*. "Quando eu era novo", prosseguiu Rajat, "tinha pele horrível. Era o suor e a sujeira de Bengala. Eu sou de Burdwan, umas duas horas daqui. Meu rosto era uma droga. Meu pai conseguiu um trabalho de professor em Calcutá, e assim que cheguei aqui minha pele limpou".

"Você estava passando pela adolescência."

"Eu tinha dez anos!", esganiçou-se ele. "Odeio sujeira. Na última vez que fui para a América minha pele estourou."

"O que você precisava era esfregar com sal, e um pouco de comida pura. Sua mãe devia saber disso. Eu vou tomar conta de você."

"Minha pobre mãe", disse Rajat. "Tudo o que ela fazia era cuidar do meu pai e tentar contentá-lo. O típico indiano mimado incapaz de fazer qualquer coisa."

"E você, não?"

"Obviamente estou vivendo minha vida à minha própria maneira", disse Rajat. Falou um pouco alto demais, com uma pronúncia aberta, assertivo demais, e depois em seu eco com uma pronúncia mais aberta.

Merrill Unger disse: "Nunca tive esse problema com Ralph Unger."

"Ma mandou matá-lo", disse Charlie.

A sra. Unger sorriu e disse: "Não foi façanha minha. Ele simplesmente bateu as botas. Existe justiça, em todo caso."

"Mas ele achou que a Ma estava envenenando ele."

"Ele tinha uma imaginação rica", disse a sra. Unger. "Seu maior defeito era ser anglófilo. Era por isso que odiava a Índia. Mas tampouco conseguia viver na Inglaterra — anglófilos nunca conseguem. Estava sempre se queixando de que o império chegara ao fim."

"Acho que eu teria gostado dele", disse Rajat.

"Você é um rapaz iludido e perverso", disse a sra. Unger com um sorriso, e notei que esse sarcasmo sempre despertava seu sorriso mais radiante. "O outro defeito de Ralph era sua dieta. Sabichões e valentões comem mal demais. Era um carnívoro grande e desajeitado, um sujeito um tanto triste, na verdade, se você olhasse objetivamente para ele, coisa que nunca fiz. Fiquei assistindo enquanto ele comia até se matar. Isso é ser insensível? Ele nunca me deu ouvidos. Me achava frívola e preocupada com a moda. Nunca se deu conta de que poderia ter salvado a si mesmo." Ela se curvou para me olhar nos olhos, meu rosto inteiro. "A maioria não se dá conta."

"Eu tento ser um vegetariano aqui", eu disse, sentindo que uma resposta era esperada de mim.

"É muito mais que isso. Você foi ver um médico ayurvédico e fez um check-up completo?"

"Tenho andado muito ocupado."

"Sempre esqueço que é um escritor consagrado."

"Só de artigos. Sempre penso em escrever um livro."

"É preciso ter energia criativa para isso. Já fez alguma coisa sobre sua *kundalini*?"

Charlie disse: "A Ma não é fofa?"

Rajat se sacudiu em sua cadeira como uma garotinha com arrepios, parecendo rir com o corpo, e disse: "Sou uma dessas pessoas cujas leituras se limitam à internet. Mas cheguei a ver seus artigos de revista em todo canto pelo apartamento de Charlie."

"Não sabe o que está perdendo", disse a sra. Unger para Rajat, com tamanha firmeza que soou como uma reprimenda. Virou-se para mim. "Aprendi tanto com você... Sou imensamente grata."

"Muita bondade de sua parte dizer isso."

Ela disse: "Se ao menos eu pudesse retribuir de alguma forma... Isso me traria enorme satisfação."

"Isso já basta", falei. "Sentarmos para conversar desse jeito. Se não tivesse conhecido você, provavelmente teria apenas ficado no quarto, lendo um pouco e indo cedo para a cama."

Eles me encararam como se eu estivesse sendo insincero, e minha declaração pairando naquele silêncio começou a murchar, do jeito que exageros costumam fazer.

"Mas achei que houvesse outro motivo para minha presença aqui", eu disse.

Enquanto eu falava, a sra. Unger pareceu inchar — aprumar-se, pelo menos —, e Rajat, murchar. Ao ficar cada vez menor ele se tornava mais escuro, evidente, frágil e conspícuo. Durante todo esse tempo uma espécie de hilaridade suprimida e silenciosa vibrou entre os três, uma tensão, como quando pouco antes de alguém explodir numa risada cheia de constrangimento intenso e sem alegria. Conforme o rosto de Rajat se contraía, com os joelhos unidos, o homem que encolhia torcendo as mãos, Charlie parecia entediado e indolente. Esticou as pernas, que tocaram na mesa e chacoalharam o vaso de flores e uma garrafa com água.

"Quer contar você", disse a sra. Unger, "ou conto eu?".

Rajat estremeceu levemente, como que atingido por um zumbido espectral na cabeça, depois disse num fio de voz: "Pode contar."

"Rajat acredita que tem um pequeno problema", ela falou em um tom tranquilizador.

"Não tão pequeno", disse Rajat num sussurro, agarrando os joelhos.

"Posso continuar?", disse a sra. Unger, sorrindo seu sorriso severo. Prosseguiu numa voz expirada, teatral, muito próxima da sátira. "Rajat passou por uma experiência infeliz e como resultado fez uma grande besteira. É isso?"

Ele balançou a cabeça e olhou para as mãos, os dedos curvados nos joelhos ossudos. Charlie estendeu o braço para dar um tapinha em seu ombro, como a sra. Unger fizera pouco antes.

"Do que se tratou essa experiência infeliz?", perguntei, embora me lembrasse de alguns detalhes da carta e das palavras *menino morto no chão.*

"Ele encontrou algo em seu quarto, não foi, amor?"

"Encontrou?"

"Apareceu no meio da noite", ele disse.

"Você acordou e lá estava ele?"

Ele girou a cabeça à moda indiana, significando sim, mordendo o lábio, parecendo assustado.

"Conte pra ele o que era", disse a sra. Unger.

Rajat umedeceu os lábios e disse: "Corpo."

A palavra *body*, dita por esse indiano, soou sagrada e espantosa em sua densidade, *bhodee*, como uma fatia de carne aterrorizada.

"Qual foi a grande besteira?", perguntei.

"Ele fugiu", disse a sra. Unger, e acrescentou rapidamente, numa voz pragmática: "Não o culpo. Eu teria feito a mesma coisa. E estaria na mesma situação que Rajat está nesse exato momento." Ela sorriu para ele. "Numa enrascada."

Rajat cobriu o rosto com as mãos, os dedos magrelos sobre os olhos.

"Onde isso aconteceu?"

"Bem aqui. Calcutá. Em um hotel. Um hotel bem vagabundo, receio", disse a sra. Unger.

"Mas pelo menos é limpo", disse Rajat.

"Tirando os corpos que de vez em quando aparecem."

"Ma, por favor", disse Charlie.

Rajat apertou as bochechas e pareceu que ia chorar.

"Só estou afirmando o óbvio."

"Deram parte na polícia?", perguntei.

"A gente não confia na polícia", disse a sra. Unger. "Pode imaginar como a pessoa ficaria comprometida? Quer dizer, se a história fosse verdadeira."

"Eu tenho histórias pra contar, fofo", disse Charlie para mim.

"Olhe só para ele, pobrezinho", disse a sra. Unger. "Não sabe o que fazer."

Angustiado e compacto em sua miséria, lá ficou Rajat de olhos vítreos, quase às lágrimas.

"Alguém que você conhecia?", perguntei, sem saber aonde ir a partir daí.

"Nunca pensei em perguntar isso", disse a sra. Unger. "Estão vendo? Eu sabia que ele ia ser um árbitro perspicaz nesse assunto."

Mas pareceu a pergunta errada. Rajat começou a sufocar um soluço e depois extravasou, cobrindo o rosto outra vez e chorando nas mãos.

A exibição de emotividade, os olhos vermelhos marejados de lágrimas naquele lugar público, tudo isso me irritou. Eu disse: "Em que posso ajudar?"

"Estão vendo? Eu tinha certeza de que ele ia aceitar", disse a sra. Unger.

"Não tenho a menor ideia de como", disse eu.

"Ficando interessado, como você faria em qualquer situação em uma de suas histórias divinas", ela disse. "O mais importante aqui é que isso não pode ter ligação com o pobre Rajat."

"Não acha que a melhor coisa seria simplesmente deixar a história toda pra lá? Quer dizer, simplesmente esquecer que isso aconteceu?"

Ela sorriu outra vez, e percebi que só fazia isso quando estava sendo sarcástica ou discordava de algo que alguém dissera. Seu sorriso me desarmou no começo, já que indicava o oposto do que ela estava dizendo; mas assim que me acostumei com aquilo fiquei encantado. Tinha um lindo sorriso.

"Alguém sabe", disse. "Mais de uma pessoa, muito provavelmente. Vão ter alguma coisa contra o pobre Rajat. Ele está exposto à chantagem. Já andou recebendo uns telefonemas esquisitos."

"O que disseram?", perguntei, mas ela se inclinou na direção de Rajat.

"Nada", ele disse. Engoliu em seco, os olhos arregalados. "Só tocou, e desligaram."

"Podia ser engano."

A sra. Unger me brindou com um de seus sorrisos mais luminosos e contrariados.

"Eu não saberia por onde começar", disse.

"Vamos esquecer", disse ela. "Você está sendo franco. Isso significa muito para mim. A gente não devia jogar esse negócio sórdido nas suas costas."

"Eu queria poder ajudar."

"Você se dispôs a ouvir. Sua solidariedade é um enorme conforto. E acho que já ajudou o fato de que pudemos conversar a respeito."

Eu disse: "Talvez fosse melhor se não dissessem nada."

Ela sorriu seu sorriso discordante e disse: "Vamos deixar pra lá?"

Sathya, o garçom, adiantou-se em meio ao silêncio. "Mais bebidas?"

Como tantas vezes acontece, o surgimento do garçom para anotar o pedido tornou-se a ocasião para que Rajat e Charlie se levantassem e dissessem que precisavam ir.

A sra. Unger apenas os fitou com seus olhos pálidos e indiferentes. Não insistiu (como seria de se esperar) que ficassem. Disse: "Por favor, tome cuidado, Chalmers."

"Ele sabe se virar", disse Rajat.

Ela sorriu com isso, e, assim que se foram, seus modos ficaram mais relaxados, menos formais, menos maternais, menos majestosos — todas as qualidades que eu reconhecia agora porque estavam ausentes. As pessoas podem parecer um pouco abatidas quando mostram gratidão e franqueza — era o caso dela. Disse: "Falei sério, mesmo. Aprendi muito com o que você escreve. Eu adoraria de algum modo ser capaz de lhe retribuir todo o prazer que me proporcionou."

Eu quase falei: *Vim para Calcutá a fim de escrever um artigo, mas não tenho nada para escrever. Me dê alguma coisa.* Mas disse: "Nem pense nisso."

"Mas, sabe, tenho algo específico em mente."

Eu não disse nada, apenas tentei copiar o olhar indiferente que havia lançado a seu filho e a Rajat.

"Chalmers parece saudável, na sua opinião?"

"Parece ótimo", eu disse. Era verdade — ele era alto, não magro, mas esbelto, com um rosto corado sem ser bronzeado e os longos cabelos claros jogados para trás, e até o modo lânguido como sentava sugeria contentamento e boa saúde. Embora não se assemelhasse fisicamente a sua mãe, sua disposição combinava com a dela: atento a tudo, vendo com um humor austero as tensões da Índia.

"Ótimo, porque Ma é que sabe", disse ela. "Deixe-me levar você para jantar. Não é saudável comer tarde. Conheço o lugar perfeito. Será um primeiro passo."

Aceitei. Fiquei feliz por Charlie e Rajat terem ido embora. Agora eu podia dirigir todas as minhas atenções à sra. Unger. Gostei da mudança súbita nela, de maternal a um moderado flerte, ao mesmo tempo tomando todas as iniciativas.

"Não fique chocado", disse ela no táxi. "Estrangeiros sempre ficam chocados na Índia pelos motivos errados. Claro que é sujo aqui. Claro que as pessoas são pobres e o trânsito é atroz. E claro que o restaurante aonde vamos é muito humilde. Mas a comida é pura."

Eu estivera por toda parte na Índia e conhecia um pouco de Calcutá, mas mesmo assim poderia ter ficado chocado com o restaurante, caso ela não houvesse mencionado o assunto no táxi. Não reconheci como sendo um restaurante. Era um prédio térreo, com uma varanda aberta para a rua e para a multidão, bem diante da sarjeta. Quatro mesas sem toalhas, mais ninguém. Um homem vestindo um dhoti branco diáfano com as marcas de casta de um sacerdote ergueu os braços e bateu palmas dando as boas-vindas — algumas tatuagens obscuras em seus pulsos.

"Madame, madame." Mostrava respeito sem se mostrar servil enquanto a sra. Unger passava por ele para sentar em uma das mesas, como se estivesse entrando no Four Seasons, e não naquele ambiente cheio dos ruídos e cheiros das vielas de Calcutá.

"Espero que não tenhamos chegado muito tarde."

"Nunca é muito tarde."

"Esse é um amigo meu. É um escritor famoso."

"Bem-vindo, senhor."

Sentei na frente da sra. Unger. Um menino descalço e de camisa branca se aproximou trazendo uma bacia e uma jarra. A sra. Unger lavou as mãos na bacia, o menino entornando a água sobre elas, e seguindo seu exemplo fiz o mesmo.

"Não há nenhum cardápio", ela disse. "Aqui na verdade é uma casa particular. Vamos comer o que a esposa dele tiver feito, seja o que for. Mas pode ter certeza de que lhe fará bem."

Sem demora, o velho de ar sacerdotal em dhoti se aproximou de nossa mesa conforme uma garota trazia uma bandeja de pratos e os servia diante de nós: tigelas de lentilhas e de ervilhas pastosas, tigelas babadas de quiabo cozido e de folhas verde-escuras de espinafre, uma terrina de aço inoxidável com uma sopa rala fragrante, um montinho de arroz integral em um prato. Copos com *nimbu pani*, água de cal. Isso era tudo. O velho fez um gesto abrangente para a mesa e se retirou.

"Isso é o que você precisa. Comida limpa."

Servi colheradas de quiabo, espinafre e arroz em meu prato e provei. O odor insípido e terroso daquilo ficou em minhas narinas. Pensei em quanto daquele negócio eu conseguiria me forçar a comer.

"Que surpresa. Nada de tempero."

"Ayurvédica. A maioria dos indianos come tempero demais. Muito alho e cebola, toneladas de sal, excesso de manteiga ghee e óleo. Eles adoram doce — parecem crianças. Sabe esse homem? Ele faz duas horas de ioga todas as manhãs. Mas a maioria dos indianos não se exercita nada. Provavelmente, o povo menos saudável do mundo."

Fiquei olhando para ela, porque estava comendo com delicadeza, mas com gosto, e porque parecia tão segura de si.

"Sério?"

"Sério. Eles têm todas as respostas, mas simplesmente as ignoram. Essa é uma refeição indiana, mas quantos indianos consomem isso regularmente? Eles comem junk food e coisas gordurosas, ou então passam fome e mal têm o que comer. Já viu gente menos saudável? Não estou falando dos indianos pobres. Os pobres comem melhor que os ricos. Indianos pobres comem lentilhas, roti, arroz, legumes frescos. Os ricos, manteiga e doces. Observe o corpo dos indianos — a barriga do homem rico, a bunda da mulher rica. Eles não se exercitam, não praticam esportes."

"Críquete", eu disse.

"Isso não é esporte. É um jogo que mal exige forma física. Tirando o sujeito que arremessa a bola, é na maior parte ficar parado. Você nunca vê um indiano chutando uma bola ou correndo. Os punjabis são altos. Mas cadê os jogadores de basquete? Cadê os maratonistas? Mais de um bilhão de pessoas e não conseguem ganhar uma medalha olímpica."

"Escrevi uma matéria sobre isso uma vez. A média deles é uma medalha por Olimpíada."

"Uma!", exclamou ela. "Em que esporte?"

"Tiro com rifle de ar."

"É disso que estou falando! Você pode ser um gordo e atirar com um rifle de ar!" Esse fato a deixou deliciada. "A forma deles é esquisita, tanto os rechonchudos como os magrelos. É sensual? Às vezes eu acho que sim. Claro que as garotas indianas podem ser de uma beleza estonteante, mas as mulheres parecem gordas e frustradas, os homens parecem raivosos, os meninos parecem infelizes e onanistas. A eterna questão para um viajante indiano é 'Onde vamos comer?'."

"Os americanos dizem a mesma coisa."

"Sei disso. Os americanos também são gordos, não de frustração, mas de excesso. Os pobres são gordos, nos Estados Unidos. Os ricos são magros. É a comida pavorosa de lá. Não é como aqui."

Ela mastigava enquanto falava, como para demonstrar seu ponto de vista. "Isso é tão puro... Dá para perceber pelos seus olhos meio inchados que a sua função renal não é das melhores. Mas depois que você fizer um check-up completo, determinar seu tipo físico e seus chacras, vai estar no caminho certo."

"Você resolveu cuidar de mim, pelo que percebi."

"Vai ser bom para você. Cada prato desses tem valor nutricional e equilíbrio."

Engoli, tentando me convencer, e disse: "Sei."

"É uma coisa quase sacramental, comer desse jeito. Pense no seu corpo."

Ao dizer isso fiquei consciente do seu lindo corpo, de sua mão mergulhando no arroz, fazendo uma bola, mergulhando nas lentilhas. Thomas Metcalfe, do antigo governo geral, não suportava ver uma mulher comendo queijo. Acho que não era de nojo, mas provavelmente porque excitava alguma coisa nele. Sentado com a sra. Unger eu me dei conta de que adorava ver uma bela mulher comendo, sobretudo comida difícil de comer, suas tentativas infrutíferas de fazer aquilo com delicadeza, as partículas ficando em seus lábios, a mastigação, os tendões do pescoço tensionados ao engolir. Dava para ver mais: os músculos da barriga da sra. Unger delineados por seu sari na parte superior e em torno da cintura. O prazer que tinha em comer era também o prazer que me dava admirar sua aparência saudável. Ela sentava ereta com vigor e graça, levando as pontas dos dedos ao arroz, ao quiabo babado, às ervilhas pastosas. E fiquei excitado com a pequena mancha de comida em seu lábio inferior, o modo como a lambeu felinamente, deixando o lábio com um brilho.

"Garanto a você que nesta noite vai dormir como um bebê."

O velho se aproximou para assegurar que tínhamos tudo o que queríamos. Trocou algumas palavras de um modo caloroso mas respeitoso com a sra. Unger. Mandou a garota tornar a encher nossos copos com água de cal. Fiz força para engolir uma quantidade plausível; o forte gosto de terra perdurava na comida insossa, insípida.

Quando o velho se retirou, ela disse: "Você costuma fazer massagem?"

"Quem dera."

"É disso que você precisa."

Durante todo esse tempo receei que voltasse a me perguntar sobre o assunto mencionado na carta, o corpo no quarto de hotel, a preocupação de Rajat, o perigo para ele. Mas não disse mais coisa alguma sobre a carta, que parecia encerrar tamanha urgência quando chegara até mim.

"Precisa fazer uma massagem. Conheço o lugar perfeito."

Molhou as pontas dos dedos em uma tigela de água, e, assim que o fez, a garota indiana apareceu atrás dela com uma toalha. Depois de secar as mãos, a sra. Unger tirou uma caneta e um bloquinho de sua bolsa e escreveu um nome. O nanquim roxo e a letra cheia de curvas lembraram-me da carta.

"De manhã é melhor. Faça um café leve. Esteja nesse lugar às dez."

Quando me entregou o pedaço de papel, dei risada, por ela ser autoritária de um modo tão atraente, adotando-me com interesse e carinho.

Disse: "Espero que seus amigos não se importem por eu cuidar de você."

Isso me pareceu um comentário esquisito, tanto pela excessiva autoconfiança como pela liberdade tomada comigo. Entretanto, sua segurança me inspirou cautela. Mulheres que parecem confiantes muitas vezes dão declarações inconvenientes como essa quando no fundo se sentem inseguras, o tipo de bravata dotada de excessiva familiaridade que era facilmente rebatida com uma réplica afiada.

Em vez de constrangê-la entrando em seu jogo, eu disse, o mais educadamente que pude: "Quem dera eu soubesse de que amigos está falando."

Não me sentia ofendido. Eu estava em Calcutá, vivendo de meus recursos intelectuais. Estava seriamente interessado em saber a que pessoas se referia. Mas mesmo minha resposta educada ergueu sua guarda, como se eu tivesse sido ríspido.

"O pessoal no Ho Chi Minh Sarani, talvez."

Isso não fazia qualquer sentido para mim, e não pude deixar de sorrir. Contudo, ela me devolveu o sorriso com uma espécie de sugestão desafiadora de que sabia mais do que eu supunha.

"Onde é isso?"

"O consulado americano."

"Esse é o nome daquela rua bloqueada?"

"Você deve ter estado lá diversas vezes, sendo tão popular."

"É, mas não era eu que dirigia", eu disse.

"Essa é a bênção duvidosa de se estar em Calcutá. Quem está dirigindo é sempre outra pessoa."

A ambiguidade disso me fez hesitar. Eu não tinha uma resposta para aquilo, embora soubesse que iria me lembrar. Eu disse: "Então foi assim que ficou sabendo onde me encontrar com a sua carta."

Me senti óbvio e tapeado pela ideia de que atribuíra isso à minha grande visibilidade de *ferringhi* alto e rosado. Mas ela se esquivou dessa — aquilo se tornara um duelo de esgrima — e disse: "Não tenho muito a ver com aquela gente. Mas sei do enorme apreço que eles têm por você."

"É mesmo?", eu disse, razoavelmente surpreso, porque nunca me convencera de que Howard me levasse a sério como escritor. Ele gostava da minha disponibilidade e do fato de que me dispunha a dar palestras exortativas em faculdades em cima da hora, um orador voluntário, feliz com o *per diem*, que não se assustava com Calcutá, ajudando-o a fazer seu trabalho.

"Ah, é", disse a sra. Unger. "São grandes fãs. Sabe como os indianos são desconfiados dos americanos que vêm para cá, principalmente os que são patrocinados pelo governo norte-americano. Eles têm uma longa história de serem tratados de forma condescendente. O consulado vê você como um amigo que não vai decepcioná-los."

"E o que acham de você?"

"Eu não existo para eles. Mas fico feliz que com você seja diferente. Fico feliz que sua escrita signifique alguma coisa para eles."

Mais uma vez eu quis dizer: não tenho escrita nenhuma, tenho uma mão morta, meus artigos secaram, perdi a fé. E talvez isso nunca mais aconteça. Não tinha muito material sobre o qual escrever nos melhores momentos, e agora nem isso. Mas eu também pensei, ao refletir sobre minha mão morta: um escritor sem uma ideia, sem a vontade ou a energia para escrever, é alguém necessitando de um amigo.

Nelson Algren tivera amigos, camaradas, parceiros de jogatina, companheiros de copo, e embora não tivesse escrito nada em seus últimos anos, companhia não lhe faltou. William Styron não escreveu coisa alguma nos últimos quinze anos de sua vida. Sua mão morta não havia apressado sua morte; deixara-o imensamente melancólico, paranoico e impaciente, ansiando por escrever, embora incapaz de fazê-lo. Mas ele ficara cercado por uma família amorosa e uma esposa amantíssima. Eu não tinha escrita, não tinha ninguém, estava sozinho com minha mão morta.

Então eu disse: "Estarei lá." Daí eu disse: "Posso chamar você de Merrill?"

"Me chame de Ma." E me encarou detidamente. "Todo mundo me chama assim."

Era uma palavra que sempre me fizera sentir desconfortável, de modo que resistia em usá-la, e, contudo, me deixei ser levado com a onda. E tudo foi muito inesperado, sendo esse o motivo por que fora tão agradável: a bebida, a refeição e agora uma hora marcada na massagem.

Fiquei imaginando se eu pareci desocupado concordando tão em cima da hora. Esperava que ela compreendesse que estava interessado nela, mesmo que eu estivesse perplexo com a história do cadáver no quarto de hotel. Fiquei feliz por tê-la conhecido, e parecia — eu tinha certeza disso — que a deixara feliz, também. Ela elogiara meu trabalho; sabia que eu tinha amigos no consulado. Pareceu contente por eu ter ido. A gente vai embora para ser anônimo, mas às vezes é o contrário que acontece: você desperta um interesse, mesmo na enorme aldeia da Índia, na agitação de Calcutá.

3

No café da manhã, no dia seguinte, na varanda de meu hotel, o Hastings, consciente de estar comendo o que ela me instruíra a pedir — um pouco de iogurte, chá verde, uma fatia de manga, um punhado de amêndoas sem sal —, mentalmente repassei o encontro com a sra. Unger, ou Ma, como eu agora pensava a seu respeito. Fiquei-lhe grato por me arranjar alguma coisa para fazer em Calcutá, tirando minha cabeça do meu fracasso em escrever e de minha ociosidade. Eu ficara aterrorizado com a perspectiva da paralisia, de sentar sob o calor diante de uma página em branco. Fui incapaz de me forçar a escrever um artigo, e as poucas palavras que me saíram soaram falsas.

Por mais trivial que fosse, o compromisso que ela marcara para mim me dera um propósito, uma finalidade para o dia. Eu podia ter ligado para Howard no consulado, mas ele tinha um trabalho de verdade, e obrigações. Eu poderia ter encontrado Parvati para um chá, contanto que ela estivesse na companhia de algumas de suas amigas; era considerado indecente se um homem como eu se encontrasse a sós com uma hindu virginal como ela. Ela era talentosa, tinha toda a vida pela frente como dançarina, poeta, praticante de artes marciais indianas. Eu lhe desejava tudo de bom, mas sabia que não mudaria grande coisa em minha vida. A velhice não é um acúmulo de pensamento e experiência, mas antes o contrário: ao escrever sobre minhas experiências mais vívidas eu abrira mão delas. A velhice para mim era um esvaziamento da mente.

A velhice para mim era também um estreitamento das possibilidades e talvez (eu começava a pensar) uma morte lenta, partes do corpo tornando-se inúteis — minha cabeça vazia, minha mão morta. Que pedaço do corpo viria a seguir?

Calcutá era o lugar perfeito para alguém se sentir fisicamente arruinado ou fracassado. Virtualmente todo mundo se encontrava em condições muito piores do que as minhas. Talvez fosse por isso que eu permanecera após a execução do meu trabalho, embora não tivesse extraído nenhum proveito de minha experiência na cidade. Não tivesse conhecido Ma no dia anterior, teria passado o dia perambulando como que num estupor em meio ao clima quente, olhando vitrines, entrando e saindo de museus ou indo à estação Howrah e pensando em tomar algum trem para fora dali. Eu havia considerado a possibilidade de partir, mas, tendo conhecido Ma, fiquei curioso, sentimental, canino, farejando a lembrança de tê-la encontrado e esperando vê-la outra vez.

E sentado na varanda do Hastings, o sol ofuscante penetrando entre as ripas das venezianas, lembrei mais algumas coisas que ela dissera no Oberoi — mais do que já escrevi até aqui. A conversa sobre o Império Britânico e seu falecido marido anglófilo a levara a falar sobre os ingleses em geral e a família real em particular.

"Eles adoram a realeza por aqui também. Os britânicos passam metade do tempo mentindo para si mesmos acerca de seu país disfuncional. Os indianos fazem o mesmo. Não me surpreende que encontrem um terreno comum. 'Adoramos pompa', diz o britânico quando se esconde atrás das bandeiras e dos chapéus engraçados. E a Rainha é a chefe da Igreja, a Defensora da Fé — é o que está no dinheiro. Mas olha só pra ela. Já ouviu falar de uma coisa mais ridícula? Uma velha coroca folheada a ouro, uma vovozinha caduca com suas poses, que encara a Grã-Bretanha como sua propriedade particular. Imagine só, achar espiritualidade naquela coisa encarquilhada. É como achar espiritualidade numa vaca esquelética, que é o que fazem os indianos."

"Se você quer ser venerado, vá para a Índia e comece a mugir. Não é o que dizem?"

Mas ela não estava escutando. Ela dizia: "Acho que os indianos passaram a admirar a rainha Vitória rapidamente porque ela era a super-rainha, a Rajmata. Os indianos acreditam em hierarquias, e o modelo britânico veio pronto, um grande dispositivo de unificação social."

Ela falava devagar mas intensamente, com o tipo de fluência que me levava a pensar que havia recitado essa acusação muitas vezes antes, porque era mais um discurso que uma conversa, e qualquer coisa que eu dissesse seria uma interrupção.

"O segredinho sujo da Índia é que eles não gostam uns dos outros e são pouco confiáveis. Com os britânicos é a mesma coisa — principalmente os ingleses. Eles não se aturam. Nunca conversam. Nem sequer dizem olá. É por isso que são tão felizes na América, porque a gente acredita nessa versão fictícia deles mesmos. Eles odeiam suas vidas. Só conseguem ser felizes promovendo o mito do terrivelmente britânico, e isso só é possível no além-mar, em lugares distantes como a Índia. Os indianos ludibriaram os americanos também. 'A gente não come animais.' A maioria come! 'Somos espirituais, madame.' Eles veneram dinheiro!"

"É verdade", dissera Rajat. "Somos bastante materialistas."

"Presumo que seja um lugar-comum encarar a família real britânica como uns *parvenus* sociais."

"Essa eu nunca ouvi antes", havia dito Rajat.

"A família real é burguesa — na melhor das hipóteses, classe média baixa, mas com pretensões despropositadas. O príncipe Philip costumava se queixar com os repórteres dos jornais de que não tinha dinheiro, que não conseguia manter os pôneis de polo, que o Palácio de Buckingham tinha um ruído horrível de aviões. É tão tipicamente miserável. 'A gente simplesmente não tem dinheiro!' 'Estamos presos aqui nessa casa caindo aos pedaços!'"

E depois: "Eles pegam tudo que é de graça, sabe? Vão atrás. A duquesa de Whimsy viaja para Nova York e fica de graça em um hotel com todo seu *entourage* de parasitas. Faz a mesma coisa na Índia, e é até pior, porque na cabeça da família real britânica o Raj ainda existe. Antes de qualquer membro da realeza deixar Londres, ela manda sua dama de companhia enviar uma circular detalhando de quantos quartos vai precisar, em geral quatro ou cinco suítes, quantas outras pessoas terão de ser acomodadas, todas as refeições que quer fazer e os horários em que as limusines dos hotéis devem passar no aeroporto. Uma lista de exigências, viu? No fim de sua boca-livre ela concorda em aparecer numa festa de coquetel e deixa que tirem sua foto. Nenhum dinheiro troca de mãos. Tudo é favor, tudo é obséquio."

Eu não sabia disso. Fiquei impressionado e ligeiramente chocado com sua versão de uma visita real. Apanhei meu caderninho praticamente em branco e escrevi o que Ma disse.

"Os hotéis em Nova York competem para hospedar a realeza britânica e tomar o chá em sua companhia. Me deixa com vergonha de ser americana. Minha falecida sogra era inglesa. Ela adorava a realeza, a rainha principalmente, aquela mulher perfeitamente odiosa. Não é medonho?"

O *Não é medonho?* eu achei particularmente interessante. Sempre que os americanos denunciavam os britânicos, eles o faziam com um torneio de frase arremedando os britânicos: *Tomar o chá em sua companhia*, *Perfeitamente odiosa*, *Um bocado detestável* ou aquela palavra, *medonho*.

"Na Índia é até pior. Marajás caídos e aristocratas ingleses surrados se lamuriando entre si e lamentando a perda do Raj. Absolutamente assustador."

Charlie dissera para mim: "Você não devia ter tocado nesse assunto com a Ma."

Mas eu não fizera isso. Tudo que fizera fora ouvir e balançar a cabeça, e ela seguiu em frente fustigando o tema.

"Que família patética! — e está tudo lá para quem quiser ver, todo o bando deprimente. Você passa a fazer um juízo pior dos britânicos só de olhar para eles."

"Mas eles são benéficos para o turismo", disse Rajat. "Como os nossos marajás, por mais caídos que estejam."

"Você já viu alguma coisa boa para o turismo que não fosse uma perfeita praga para todo o resto? Aqui tem esses marajás supérfluos, fumando sem parar e bebendo uísque", disse Ma. "Nos Estados Unidos é a Disneylândia. Campos de golfe. Cassinos. Clubes de striptease. Nada artístico. A monarquia — qualquer monarquia — é um conto do vigário. Tudo o que eles fazem é degradar as pessoas. É, concordo, provavelmente é bom para o turismo, como um freak show. Mas se a rainha fosse uma aberração de verdade provavelmente eu ia gostar um pouco dela. Mas não é. As pessoas inventam desculpas para ela. 'Ela trabalha duro, deveras.' Quer saber quem dá duro deveras? Não é a esganada da rainha, não é você nem eu, mas aqueles varredores lá em Chowringhee. Os verdadeiros aristocratas do mundo são os povos nativos, os assim chamados tribais na Índia, os mizos, os nagas em Assã."

"Fala pra ele o que você jurou fazer, Ma", disse Charlie.

Ma se aprumou e disse: "Eu me recuso a ler sobre a realeza. Se tem algum artigo sobre os cachorros da rainha ou algum casamento estúpido dos filhos — quem já viu uma quantidade dessa de divórcios numa família sagrada? —, qualquer coisa relacionada com a realeza, eu viro a página. A manchete 'Príncipe Charles em Acidente de Esqui' me faz jogar fora o jornal. Mudo o canal quando aparecem na tevê."

O que era estranho nisso tudo era que Ma exibia o sotaque inglês vagamente provinciano que americanos de boa educação às vezes têm e, como mencionei, um afetado torneio de frase inglês. Palavras como *thrusting*, jogar fora, *telly*, tevê, e *artistic*, que ela pronunciava *autistic*.

"São uma família decadente", disse. "Dá para ver na cara deles. Uma gente endogâmica e sem vida, destituída de finalidade ou propósito. Entendo por que a realeza nunca vai para a cadeia, pois sim — quando chega a hora — são colocados no paredão e fuzilados."

"Mamãe irrita seus amigos londrinos", disse Charlie, o rosto brilhando de admiração.

"Porque eu falo a verdade. Ouso supor que a maior parte da família real britânica é de alemães."

Enquanto eu sorri com o *daresay*, "ouso supor", Rajat riu alto. Exclamou: "Alemães!" Daí ele disse: "Os indianos são igualmente falsos. Sonia Gandhi é italiana."

Empurrei meu café para o lado e continuei a escrever isso, deliciado por ter alguma coisa para o meu caderninho, feliz por ter algo para fazer nesse dia. E quando terminei, peguei o envelope que havia enfiado entre as páginas. Abri a carta outra vez e dei uma olhada nela. *Vim à Índia para supervisionar minhas obras de caridade.* O que isso queria dizer? E quanto ao resto, a intriga no hotel? Tentei lembrar se ela havia mencionado isso durante o jantar. Lembrei mais coisas do desabafo sobre a família real (um detalhe relacionado a assistir televisão), mas muito pouco sobre a carta, que era o motivo de minha ida até lá, para começo de conversa. Escrevi tudo o que consegui lembrar: *Vamos deixar pra lá?* Ela tendia a ser teatral, mas adorei sua confiança, uma segurança que intensificava sua beleza.

Fiquei feliz por me ver aliviado da obrigação de solucionar o crime. E o desjejum simples me deixou com uma sensação de bem-estar. Continuei na varanda lendo o *Statesman*, com meus pés apoiados sobre um pufe. O aroma de temperos da mercearia ao lado do Hastings, o estrépito e as buzinas dos carros disputando espaço com ciclo-riquixás nas vielas dos fundos, o burburinho confuso de vozes humanas, ambulantes, na maior parte; a sensação da vida transcorrendo ao ar livre, a cidade exposta. Ma dissera que viera a Calcutá para o Durga Puja, mas isso fora meses antes, e esse clima de solstício de inverno era perfeito — dias quentes, noites frias, um cheiro de lenha e carvão queimando pela cidade.

Eu resistia a escrever o que mal podia pôr em palavras, que eu conhecera alguém de quem gostava, que parecia conhecer minha mente, alguém que eu esperava continuar a conhecer. Um sentimento raro na vida, esse de que a pessoa fez um amigo. Não estou pensando em um envolvimento amoroso, embora isso seja o exemplo extremo de tal sentimento. Quero dizer o desejo de ver uma pessoa outra vez, a curiosidade, a sensação acima de tudo de que a pessoa é uma força generosa e revigorante — que vou ser mais feliz e mais forte por causa dessa amizade.

Ela não me fizera nenhuma promessa. Dissera apenas: "Vá a esse spa" — tinha dito "spa"? — "vai ficar feliz por ter ido." E eu concluí que se fosse, obedecendo, ela ficaria satisfeita e iria querer me ver outra vez. Ia querer saber se eu havia gostado. Ia querer dizer: "Viu? Eu tinha razão. Você ficou feliz por ter ido."

Ela queria estar com a razão. Eu queria poder lhe contar que ela estava com a razão. Eu queria obedecer-lhe. E, como em ocasiões precedentes em minha vida, pensei, não em palavras, mas em crescentes marolas de sentimento, como promessas de saúde: *Se não voltar a vê-la vou ficar muito decepcionado.* Essa ansiedade, como uma paixão escolar, me fazia sentir jovem, feliz, um pouco tolo. Em meio ao caos e barulho de Calcutá, a rejeição, a indiferença da multidão indiana, eu encontrara um propósito e alguém de quem gostar.

Eu havia concluído comigo mesmo que ela era excepcional — generosa, maternal, coquete, bondosa, incomum. Parecia me conhecer. Parecia gostar de mim. E era atraente. Desde que eu a deixara no pequeno restaurante — havíamos ido embora em táxis separados —, eu começara a sentir sua falta.

Tudo isso era pouco característico de mim. Sou por natureza desconfiado e solitário, prefiro ouvir de longe a fazer papel de confidente. Gente rica não me interessa, e para os ricos, geralmente, pessoas sem dinheiro importam pouco. Odeio o modo como os ricos fazem as coisas de qualquer jeito só para economizar. Não suporto sua pusilanimidade. Odeio suas lamúrias sobre o custo de vida ou sobre como têm pouco dinheiro, pois a dissimulação dos ricos é seu incessante choro de que são pobres.

Mas as novas emoções em mim, uma nostalgia pela afeição, me fizeram sentir melhor. Fiquei com a sensação de que sentimentos pouco familiares eram revelados em mim, como descobrir prazer por um determinado vinho ou sentir-me absolvido de um antigo deslize. Estava empolgado em sentir algo novo. Era conhecimento, uma surpresa, e fiquei grato por aquilo vir com um distinto otimismo. Algo novo pode ser algo sobre o qual escrever, outro motivo para a pessoa não se sentir velha.

"Seu carro está aqui, senhor."

Ergui o rosto e vi o funcionário da recepção, Ramesh Datta. Que carro? Eu não pedira um carro. Lembrei-me da forma repentina como ele me trouxera a carta. Olhei além da varanda, e lá estava um Ambassador preto com cortinas amarelas, um indiano de uniforme branco ao lado do veículo, aguardando ordens. Desci a escada apressadamente.

"Está procurando por mim?"

O homem uniformizado fez um adejo com o braço e executou uma ligeira mesura. "Transporte para Lodge, senhor."

Outra surpresa, mais prazer, a vida ficando mais fácil, o tipo de coisa pela qual a pessoa espera na Índia, geralmente em vão.

"Meu compromisso é só às dez."

"Eu espero, senhor, e proceda como for mais cômodo."

"Agradeço muito."

"Desse modo estarei à disposição", disse ele. "A postos."

Essa era mais uma coisa sobre a Índia: a enorme quantidade de pessoas cujo trabalho era ficarem paradas esperando pelos poucos que as mantinham à espera. A maioria eram motoristas, ociosos ao lado do carro até que o dono desse o ar da graça com um gesto de impaciência. Mas também eram abridores de portas, secretárias, assistentes pessoais, cozinheiros, recepcionistas, toda descrição de serviço concebível reduzida ao nível do servilismo.

Em meu mês de dar palestras em Calcutá e arredores eu tinha de esperar que as pessoas aparecessem — o patrocinador, o público, quem me apresentava. E agora eu era alguém pelo qual um lacaio aguardava. O papel não me caía bem; me fazia sentir conspícuo e ansioso, mas disse a mim mesmo que não fora eu quem pedira o carro com motorista.

"Quem o mandou?"

"Ma."

Em toda lenda indiana, em toda antiga narrativa, o deus ou a deusa tem um veículo. Para Durga é um leão, para Vishnu, a águia Garuda, para Shiva, o touro. Nesse panteão de aspecto exótico, Ganesh, o deus-elefante, monta em um camundongo, Kali, no cadáver de um demônio. Ma tinha um Ambassador Nova com cortinas de contas.

Carros dirigidos por choferes raramente apareciam no hotel Hastings, e, quando o faziam, nunca ficavam. Pela primeira vez desde que eu me registrara ali, tornei-me um objeto de interesse, não de sussurros, mas de olhares deliberados. Os funcionários pareciam aliviados. Se acontecesse de eu ser alguém de posses, talvez fosse generoso nas gorjetas. A capacidade de distribuir *baksheesh* era o principal determinante do valor de uma pessoa na Índia.

Isso casou com o sentimento dentro de mim que viera à tona naquela manhã — de que eu era alguma outra pessoa, nesse dia, talvez não uma pessoa inteiramente nova, mas um aspecto que estivera adormecido dentro de mim fora despertado, alguém novo para mim. Essa criatura sorridente tirava o traseiro do chão e abanava o rabo, com a boca aberta, ansiosa.

Ainda com um espasmo de obrigação, uma sensação de querer agradar Ma, pus o jornal de lado e fui para o carro estacionado na travessa junto ao hotel.

"Sabe para onde estamos indo?"

"Lodge, senhor."

"Qual o seu nome?"

"Balraj, senhor. Obrigado, senhor."

Ele abriu a porta para mim, depois se sentou em seu lugar atrás do volante, enterrando o quepe pontudo com mais firmeza na cabeça. Logo mergulhávamos no tráfego. Eu não reconhecera o nome do spa. Havia planejado mostrá-lo a um motorista de táxi. Tinha uma ideia geral das vias principais, mas Balraj andava por ruas laterais, travessas, vielas, brigando com bicicletas, riquixás motorizados e, aqui e ali, riquixás puxados a mão — como que tirados das páginas de um impresso vitoriano da antiga Calcutá, cada detalhe intacto. Carrinhos de mão também, do tipo antigo: vi pernas peludas e raios de madeira grossos em rodas de madeira. Quando o carro diminuía a marcha, as pessoas me espiavam através da janela, seus rostos pressionados contra o vidro.

"Falta pouco, senhor."

Eu não abrira a boca. Balraj tinha o instinto do motorista para a ansiedade do passageiro, mas presumi que suas palavras de conforto também fossem seu jeito de angariar uma gorjeta.

As ruelas ficavam cada vez mais estreitas, o carro diminuindo para caber dentro delas, mas, no momento em que eu achava que Balraj ia acelerar e desviar de um muro alto com o reboco rachado, ele deu uma guinada brusca, e, quando o fez, um portão de ferro com lanças enferrujadas subitamente se abriu e Balraj passou entre um par de pilares caiados descascando. Um homem se adiantou para abrir minha porta.

"Que lugar é esse?"

"Lodge, senhor."

Uma antiga vila de três andares com alvenaria de reboco e tijolos, imitação de georgiano modificado, estilo indiano, com alpendres, colunas caneladas, um pórtico elevado, venezianas e uma data na base de um pedestal, 1892. Podia ter sido uma escola ou um hospital decrépito, mas provavelmente — estávamos em Calcutá — fora outrora a residência de um industrial, um comerciante de juta ou um magnata do chá. Uma fonte no pátio, sua peça decorativa, uma ninfa no ato de esvaziar uma jarra d'água, estava seca e faltava um braço da ninfa. Duas urnas enferrujadas abrigavam gerânios. Um olhar mais inocente que o meu, alguém novo em Calcutá, teria imaginado que a vila estava abandonada, mas eu sabia que era uma antiguidade em uso: estava limpa e arrumada, o pátio varrido, as flores regadas — todas elas lírios encarnados. De um lado havia uma passagem com um pomar de árvores de sombra visível mais além. Ali era uma dessas dobras temporais indianas em que eu pisara tantas e tantas vezes, mas sem me render a elas, porque eu era o escritor viajante que sempre tinha de partir cedo na manhã seguinte para um novo destino. Tirei os sapatos e subi a escada.

Um homem de bata branca e malha, descalço, aguardava junto à porta, uma mulher a seu lado vestindo um sari branco. Ela segurava a usual bandeja com uma chama, passou-a sob meu queixo e aplicou um polegar vermelho em minha testa.

"Bem-vindo ao Lodge, senhor."

"Lindo lugar."

"Sua casa, senhor", disse o homem.

Segui os dois ao entrar, e atravessamos um saguão de pé-direito elevado e piso de mármore. O exterior ruinoso não se repetia ali: o interior era intocado e fresco, com pinturas murais de paisagens europeias clássicas nas paredes do saguão — vilas palladianas em meio a choupos elevados, veados e pássaros em uma cena pastoral, uma vasta baía, talvez Nápoles, tudo isso em pinturas esmaecidas meio obscurecidas por uma camada de pó.

Eu conhecera alguns spas na Índia; esse não se parecia com nenhum deles. As ruínas do lado de fora não sugeriam algo higiênico, e o pomposo saguão interno estava mais indicado para homens em traje a rigor e mulheres em vestido de baile. Nessa minha nova encarnação eu diria que aquilo era uma escola — de odores, apenas, com o bafejo de pó de giz no ar, o cheiro penetrante de escrivaninhas lustrosas e livros embolorados, o madeiramento gasto, os rodapés como que marcados por chutes e pancadas. Imaginei crianças se empurrando por ali. E pude escutar vozes: o cantarolar de risadas infantis, os sons delas brincando, recitando, os ratatás estridentes das provocações pueris. E mais, o tamborilar de passos — o peculiar arrastar seco e o baque surdo de pés descalços; as formas fugidias —, rostos no vão das portas, rostos nas balaustradas das galerias superiores, os gritos contenciosos de garotos pequenos, as vozes implorantes de garotas pequenas. Como não podia ver ninguém claramente, elas me pareciam particularmente numerosas, toda uma mansão de crianças murmurando, interrompidas de tempos em tempos pelo enfadonho resmungo ocasional de uma senhora de idade.

A invisível mas vibrante presença de vida insinuada pelas crianças me deixou desconfortável. Senti que havia entrado pela porta errada, um lugar ao qual eu não pertencia.

Observei o homem que me conduzia pelos corredores frios, fragrantes — cheiro de esfregão úmido nos antigos ladrilhos —, e fiquei na esperança de ser tranquilizado. Queria ouvi-lo dizer *Deixe elas pra lá* ou que me explicasse o que eram aquelas vozes.

Ele não disse coisa alguma, nem sequer seu nome. Não sorriu, ou, se o fez, não pude ver sob seu bigode. Tinha o rosto apontado para a frente e a expressão um tanto resignada e vítrea de um criado indiano fazendo seu dever. Isto é, ao mesmo tempo submisso e levemente altivo.

Entramos em outro corredor — formas fugazes de crianças — e depois cruzamos uma porta aferrolhada para dar em um anexo do prédio antigo. Uma mulher aguardando na porta estendeu-me um pacote, como uma entrega de lavanderia de hotel, e o homem disse: "O senhor pode trocar ali dentro. Vestir apenas roupão e pantufas. Valores serão depositados naquele lugar" — indicou um cesto sobre uma prateleira — "só para ficar ali. Ninguém vai mexer."

Quando entrei na sala de vestiário, ele saiu, assim como a mulher. Fechei a porta e me troquei rapidamente, tirei meu relógio e o depositei junto com minha carteira dentro do cesto. Nesse exato minuto veio uma batida na porta: ele parecia saber que eu terminara.

"Por aqui, senhor."

"Para onde?"

"Para *vault*."

O que ele disse foi *walt*, valsa, e a palavra me animou. Conduziu-me mais para o interior do Lodge, passando por quartos contíguos e corredores estreitos até chegar a uma porta maciça. Atrás dessa porta havia uma sala com uma comprida mesa de madeira no centro, uma ducha em um canto, um banquinho no outro. O minúsculo rastro de fumaça subindo de uma vela em um prato devia ser a origem do odor penetrante e entontecedor.

Dois jovens na "cripta" fizeram uma reverência, suas mãos apertadas em um gesto de *namaste*. O mais alto dos dois indicou para mim o banquinho diante do qual o outro já começara a se agachar.

Esse segundo homem lavou meus pés com água morna, massageando meus dedos, esfregando suavemente, segurando meus calcanhares na mão em concha. Era mais do que meramente jogar água e ensaboar; não era um ritual vazio, mas antes um ato de purificação, uma limpeza lenta e completa da carne de meus pés, dando-lhes vida — lembrando-me de que eu tinha dois pés.

"Mesa, senhor."

Essas instruções lacônicas eram tudo o que eu tinha. Não dava para dizer se conheciam uma frase completa em inglês. Mas não importava. Haviam removido meu roupão e minha toalha, e deitei de bruços sobre a mesa, me sentindo exposto. Meu primeiro pensamento, terrível, foi de que ia ser assassinado: eu estava na postura desamparada de um animal sobre uma laje. Eu deitava como um sacrifício humano, cego para meus captores, o traseiro no ar.

Um deles me borrifou com um líquido agradável enquanto o outro me cobriu com um abrasivo suave — sal, percebi. Os dois usavam luvas de pano, e esfregaram o sal pelo meu corpo como se areassem uma panela. Isso durou por um tempo, esses movimentos de vaivém me embalando.

Fiquei possuído por uma estranha sensação, como se eu não fosse humano, mas um enorme legume ou um animal estúpido sendo limpo. Deixei-me levar por aquilo e me admirei da esfregação consciênciosa, da fricção de suas luvas. Então fui borrifado novamente para tirar o sal e escutei o gorgolejo da água excedente descendo pelos ralos.

Depois que todo o sal fora removido de meu corpo e da mesa, um deles me deu uma toalha e me ajudou a ficar sentado.

"Não tem pressa, senhor."

Ele sabia que eu sentiria tontura após toda aquela sova. Seria a isso que Ma se referira quando havia dito *Vai se sentir um novo homem*? Sequei-me e fiquei de pé nas ripas de madeira sobre o chão. Um dos homens pôs um roupão sobre meus ombros, o outro amarrou a cinta na frente.

"Por aqui, senhor."

Descendo o corredor para uma nova sala, uma mesa seca com aspecto sacrifical como a anterior, mas com um cheiro mais pungente, como óleo de gergelim, e um cheiro de queimado também. Uma lamparina a óleo, uma estátua sagrada em um templo engrinaldado de cravos.

Deitei na mesa, mais uma vez de bruços, mas pude ver um deles pegando uma vasilha de latão de um aquecedor atarracado, parecido com um fogão, e ele entornou óleo quente em minhas costas, nas nádegas, nas coxas e nas panturrilhas, espalhando por meus músculos. Ele pingou um pouco em meu cabelo, massageou meu couro cabeludo e partiu daí até chegar aos meus pés. Me senti como um pedaço de carne sendo marinado para a panela.

Alguns minutos disso, depois "Obrigado, senhor", e me deixaram sozinho no quarto aquecido com o ar espesso do aroma do óleo.

4

Nu nesse estranho cômodo interno em uma mansão antiga cheirando a decadência em um bairro qualquer de Calcutá, comecei a zombar de mim mesmo, pensando: *Isso é o que acontece quando você se entrega*. Eu não sabia de fato onde estava. De algum modo a curiosidade e a vaidade me levaram até lá, e um sentimento que eu julgava superado, a avidez pela experiência, concordando com as sugestões de uma bela estranha. Essa prontidão me fora útil no passado, quando eu precisava de algo sobre o que escrever.

Eu não sabia o que viria em seguida. Fora um ato de fé ou de estupidez — eu era um tolo crédulo. O carro fora enviado, como um veículo num conto de terror ou num mito indiano, e entrei e deixei que me transportassem até lá. Agora lá estava eu, literalmente com as calças na mão, na postura de submissão, sozinho e de nádegas expostas, como um homem grande untado sobre um altar.

E contudo não fiquei alarmado. O óleo quente me acalmara. De bruços, coberto com aquilo, estava aquecido e relaxado, a lamparina bruxuleando no aroma de gergelim e ghee. A única luz vinha da chama dançando na mecha da lamparina a óleo. O último som identificável que eu havia escutado era o clique decidido da porta quando os massagistas se foram. Não lamentei: eu não gostava de ser tocado por um homem. Mas não me surpreendia. Na puritana Índia com sua fixação em castas, era incomum que uma mulher em um spa atendesse clientes homens.

Acho que devo ter cochilado. Todo aquele negócio fora soporífero. Com o rosto numa toalha enrolada, eu me dava conta fracamente — talvez em sonhos pouco profundos, ou em cômodos adjacentes — do murmúrio de vida nas proximidades, como um coro de crianças, vagamente zombeteiro e competitivo como as vozes das crianças parecem fazer. Meu corpo era penetrado pelas vibrações de vidas atarefadas, o arrastar de pezinhos, os gritinhos competitivos das crianças, toda a imensa casa pulsando em torno daquele pequeno ambiente, o *vault*, a cripta.

E pensei, ou sonhei: *Isso é diferente de todos os spas que já conheci, na Índia ou em qualquer outro lugar.* A vida em surdina, as pausas deliberadas, os silêncios de um spa estavam indisponíveis ali. Aquilo era como estar em uma casa de família — das grandes —, em uma escola ou (o pensamento grotesco me ocorreu) em um enorme corpo pulsante. Tive o pensamento absurdo de que eu fora engolido inteiro por uma criatura monstruosa e de que estava na barriga desse monstro. Mas era uma fera indiana, acolhedora e cálida, seu sangue martelando em meus ouvidos, e ainda os gritinhos e chamados de crianças ecoando nas paredes.

Quando acordei, a sra. Unger estava ao meu lado.

Parecia residir no vapor, uma nuvem olorosa repleta do aroma de flores e também de especiarias indianas, óleos e perfumes misturados. Ela exalava calor, suavidade e uma espécie de leveza também. Isso soa hiperbólico. Suponho que minha reação a ela fosse acima do normal porque me senti muito aliviado ao vê-la. Ela esfregou meu ombro, a carícia da pele cálida ou da seda contra a lateral do meu corpo. Ergui a cabeça um pouco e vi que usava um sari roxo. Estava movimentando as mãos, as palmas viradas para baixo, patinando no ar acima de meu corpo, parecendo aquecê-las como quem aquece os dedos no fogo, e em outro movimento erguendo-as num gesto de levitação, e então fazendo um floreio com elas, como que diligentemente sondando, sendo meu corpo o objeto de seus gestos imersíveis.

"Apenas respire normalmente", disse ela, e isso foi tudo o que falou por algum tempo.

Eu continuava nu, lambuzado de óleo, imaginando ser capaz de sentir suas mãos esvoaçantes. Fiquei feliz por ela estar ali, não apenas aliviado por não ser um massagista indiano, mas deleitado de vê-la novamente. Desde o dia anterior eu vinha pensando nela — involuntariamente, sua imagem oscilava em minha lembrança — e eu chegara até a ter um sonho vívido em que sorria para mim, depois se virava e era alguma outra pessoa, uma versão demoníaca de seu lado enfeitiçante. Os horrores cotidianos em uma rua indiana ou em um templo comum fazem dessa espécie de pesadelo uma ocorrência corriqueira. Sem falar, mas (à maneira dos sonhos) sabendo o que eu queria, tentei fazer com que se virasse outra vez, de modo que eu pudesse olhar seu lado sensual.

"Estou tentando ver onde você precisa ser massageado", ela ia dizendo com praticidade banal por cima de minhas lembranças febris. Suas mãos continuavam ativas no ar, pairando como se recebessem sinais com os dedos e as palmas.

"De onde você surgiu?"

Ela não respondeu. Com um desagrado na voz, disse: "É, você precisa ser massageado. Os músculos do trapézio superior. Muito tensos."

Escutá-la me dava prazer. Queria que ficasse. Eu queria sua atenção.

"Agora vou pedir que se vire."

Escorreguei ligeiramente quando rolei sobre as costas. Então senti o calor e o peso de uma toalha sobre minha região pélvica; ela enfiou as pontas sob minhas nádegas, de modo que fiquei decente. Um momento depois colocou um pano úmido sobre meus olhos. Na escuridão tomei consciência da música no recinto — uma cítara, o trauteado de uma flauta e, em arroubos repentinos, o *poc-poc* das tablas.

Agora sentia seu dedilhado confiante em mim. Ela segurava meus dedos do pé, um por um, explicando suavemente: "Aqui é seu ombro" — os dedos menores — "muito tenso", e massageando um dedo depois do outro, "seu pescoço, ouvidos", e segurando o dedão, "sua cabeça". Ela enterrou as unhas na sola de cada pé e o ergueu, aplicando pressão. Depois de um minuto ou algo assim, o mesmo refrão: "Precisa ser massageado."

A mera pressão de seus dedos me relaxou. Ela pegou meu braço direito e apertou do ombro para baixo, meu bíceps, meu antebraço, meu pulso, minha palma, cada dedo, com movimentos inteiros, comprimindo com força, às vezes no limite da dor; e depois o outro braço. Ela massageou minha cabeça, minhas orelhas, meu pescoço, meu rosto, às vezes acariciando, com mais frequência sondando, encontrando um músculo, torcendo forte para despertá-lo e deixá-lo vibrante de calor.

Não disse muito mais, embora eu pudesse senti-la respirando, tanto uma leveza suspirante no ar como uma pressão contra mim, a turgidez da área mediana de sua pele nua entre o sari e o corpete.

Tudo o que disse foi: "Não me ajude — relaxe", conforme descia mais e mais, erguendo minhas pernas, dobrando uma depois a outra, esticando-as e flexionando-as, meus pés, meus tornozelos. Beliscou todos os músculos a partir dos meus tornozelos para cima, delineando-os e pressionando os nós dos dedos contra eles, até minha coxa; depois agarrando o lado interno de minha coxa e fazendo disso um pacote de carne fibrosa, torcendo-a, e enquanto o fazia escovando meu pênis com o dorso das mãos, embora (o pensamento queimando como um circuito superaquecido em meu cérebro) sem dar àquilo nenhuma atenção direta.

Isso foi a questão intumescente, agitando-se sob a toalha, o estúpido "E agora?" que tornava tão difícil ser um homem, a obviedade canina daquilo. Mas, se notou, ela não o disse, determinada a aquecer minhas coxas e, músculo a músculo, tomar posse de cada parte do meu corpo.

Uma hora ou mais disso, embora eu tivesse perdido a noção do tempo — podiam ter sido duas horas. Fiquei agudamente consciente de que ela sabia o que estava fazendo. Seu toque era seguro; ela conhecia cada músculo e cada articulação e pedaço de cartilagem em mim. E sabia — como poderia não saber? — o efeito que me causava. Mas à parte as esfregadas e contatos incidentais, não segurou meu pênis, que não estava ereto, mas túrgido.

Toda aquela massagem com seus dedos inquisitivos agira na direção de meu centro, parecendo comprimir energia em minha virilha. Eu queria dizer *Ponha a mão ali*, mas era uma sensação deliciosa de adiamento. Claro que eu queria mais. Presumi que isso fosse patente, mas também estava ansioso para ver o que viria a seguir, pois, à medida que ela me massageava, e à medida que eu ficava cada vez mais relaxado e agradecido, a impressão que me passava era de uma pessoa dotada de imenso poder e autoridade.

Mãos curativas, dissera seu filho. *Dedos mágicos*, dissera Rajat. Ela não negara. Havia erguido as mãos e as admirado. Eu sorrira naquele momento, mas não estava sorrindo agora. Ela me infligia dor, na periferia de minha virilha, empurrando com força, e, conforme o fazia, seu cabelo devia ter se desmanchado, porque pude sentir o agradável roçar de seus cachos soltos em meus músculos doloridos.

Após algum tempo, em um estupor de êxtase, não senti suas mãos em mim. Eu parecia flutuar. Seus braços estavam esticados acima de meu corpo e ela patinhava no ar outra vez, as palmas para baixo.

"Melhor", disse, inclinando-se sobre mim. "Mas ainda posso sentir a tensão em alguns pontos."

"Ótimo."

"Ótimo nada", disse.

"Assim vou precisar voltar."

"Se quiser."

"Eu quero."

"Tem certeza?"

Esse questionamento era um pouco como a massagem — uma pressão inquisitiva, um flerte experimental, uma réplica mais aprofundada, provocando-me e me dando prazer.

"Por favor."

Quando eu havia rogado por alguma coisa antes? Mas estava falando sério. Nada mais parecia importar. Seu silêncio era também uma forma de pressão.

"Esse lugar é mágico", eu disse, para encorajá-la a conversar comigo.

Sua risada silenciosa, mais para a contração de um músculo, me deixou cismado, quase com medo do que diria a seguir.

"Você nem mesmo sabe onde está", ela disse, com a energia daquela mesma risada suprimida. "E não sabe quem eu sou."

"Quero saber. Quero voltar." Acho que soei como uma criança muito ansiosa. Eu jazia ali, nu e untado sobre a mesa.

"Sei exatamente o que você quer", ela disse. Não a vi se mover, embora devesse tê-lo feito, porque a chama da lamparina a óleo começara a oscilar.

Ela pôs um roupão sobre meus ombros e eu deslizei da mesa, fiquei de pé sem firmeza e amarrei a cinta de pano. Ela, que havia assomado junto a mim e parecera tão poderosa, agora saía de lado, parecendo quase frágil.

Eu queria convencê-la de minha sinceridade e meu valor, mas estava sem ideias. Eu sabia estar no subterrâneo de Calcutá, mas na superfície o caos da cidade ecoava o caos em minha mente. Talvez fosse por isso que eu quisesse voltar para aquela cripta. Eu ansiava por vê-la outra vez. Essa necessidade me proporcionava um vago sentido de obrigação, como se eu estivesse em débito com ela por sua benevolência, a proximidade atenciosa de suas mãos. Ela me tocara. Eu queria retribuir de algum jeito, de modo que pudesse voltar.

"Como se chama o hotel?"

"O hotel?"

"Onde Rajat teve o problema."

"Onde Rajat alega ter tido um problema", ela disse, me corrigindo e pousando a mão em meu braço, uma reconfortante carícia materna. Prosseguiu: "Esqueça. É assunto de Rajat. Tenho certeza de que você tem coisas bem mais importantes para cuidar."

"Tenho algum tempo livre." Eu queria falar mais, dizer que tudo o que eu tinha era tempo, que estava grato por sua atenção precisamente porque fracassara em tirar qualquer proveito de minha visita, que não tinha nada sobre o que escrever, nada em mente, apenas um desejo muito tênue de tomar notas. Procurar pelo hotel me ajudaria a matar algumas horas ociosas.

Ela notou a disposição franca, talvez digna de pena em meu rosto, e me lançou uma expressão quase de compaixão.

"Estará fazendo um favor enorme a Rajat", disse.

"Quero fazer um favor a você também."

"Somos uma pequena constelação feliz", ela disse. "Você pode tomar parte dela."

"Eu gostaria."

"É, hum, um hotelzinho decrépito chamado Ananda, atrás do Mercado Novo — o Hogg Market."

"O corpo apareceu do nada no quarto?"

"Não faço ideia. Rajat estava histérico. Ficou traumatizado. Só sei o que ele me contou, que viu o cadáver e fugiu correndo."

"Quando isso aconteceu?"

"Faz três semanas. Charlie e eu estávamos em Calcutá naquela hora. Era por isso que Rajat estava no hotel. Estava esperando a gente voltar."

"Então você não sabe nada além disso?"

Seu sorriso obstinado de desaprovação nunca parecera mais radiante.

"Viu?" Ela sorria abertamente diante de minha obtusidade, empurrando a porta para me conduzir de volta à entrada da mansão e ao carro que aguardava. "É por isso que estamos contando com você."

Toda essa gentileza e consideração — o carro, o motorista, os massagistas, o aparecimento surpresa da sra. Unger, a massagem, a conversa provocativa sobre o hotel, depois o carro outra vez, o motorista outra vez — pareceram muito generosas e prestativas, antecipando meus desejos.

Mas quando tudo terminou e me vi de volta à minha varanda com (por sugestão da sra. Unger) um copo de suco de manga, percebi que havia sido manipulado. Cada gesto fora planejado, e eu me permitira ser exposto — manipulado em todos os sentidos, exposto em todos os sentidos.

Quando você está sozinho numa cidade distante, flutuando como fazem os estrangeiros, e alguém é bondoso, a bondade é amplificada, e o mesmo se dá com sua gratidão. Se você é um homem e a pessoa bondosa é uma mulher, você pode sentir que foi tocado por um anjo.

Um viajante de primeira viagem talvez ficasse entusiasmado. Não eu. Eu viajava havia tempo demais para não desconfiar desse tipo de atenção. Eu não esquecera que tudo aquilo havia acontecido porque a sra. Unger me pedira um favor. Ela fora categórica no início, mas me conduzira ao Lodge e a suas mãos por meio de uma destra série de movimentos, do modo como alguém tenta lhe vender uma coisa cara — exatamente do modo como um indiano tentaria lhe vender um tapete. "Tome uma xícara de chá, senhor. Não precisa comprar, só dê uma olhada..."

Quase fui convencido. Mas algumas pessoas são tão lisonjeiras que seu próprio caráter persuasivo é suspeito, mais uma vez como o indiano na loja de tapetes que desfia tantos argumentos em defesa do valor da coisa que está tentando lhe vender que você se convence de que o negócio é falso.

Era difícil para mim no meio disso tudo ver a sra. Unger como americana. O sari esmeradamente drapeado e as meticulosas tatuagens de hena em seu pé me deixaram impressionado, mas eu já vira outras americanas com essa aparência estudada.

Sua altivez e seus modos determinados fizeram com que eu lhe desse ouvidos, mas alguma outra coisa me incomodava — sua presunção. Ela queria que eu fizesse um favor; ela, como sua contrapartida indiana, não aceitaria um não como resposta. E lá estava a sequência de eventos, desde o encontro no Oberoi Grand até esse dia, com suas mãos sobre mim. Ela planejara tudo, como um anjo faria, como uma criatura diabólica, também, e havia pensado que eu não notara seus movimentos calculistas.

A própria habilidade da manipulação me deixou desconfiado, o modo como as palavras mais sutis podem fazer você se encolher de medo. *Não vou machucar você* pode soar aterrorizante. Não queria ceder rápido demais. A sra. Unger parecia saber um bocado sobre mim. *Seus amigos no consulado.* Ela conhecia meus escritos e onde eu morava, e provavelmente sabia que eu andava vivendo precariamente. Mas o que ela não sabia, porque gente rica parece nunca saber disso, era que eu dispunha de todo o tempo do mundo. Eu não queria me tornar propriedade sua.

Não tive mais notícias suas depois disso. Uma única palavra. Após a carta suplicante, o encontro agradável, os dedos mágicos — nada. Ela ocupara dois dias inteiros de meu tempo em Calcutá, e agora eu passava um dia esperando, me sentindo desconfortável, em suspense, me sentindo rejeitado.

Ela havia me provocado, feito com que eu me sentisse desamparado, me convidara para os recônditos de sua estranha mansão, um espaço onde eu pensava nesse momento como a cripta da sra. Unger; e agora ficava inacessível. *Eu sei o que você quer* foi uma provocação, embora verdadeira. Deixou-me ainda mais em seu poder, porque ela sabia, porque me negou.

Nessa noite fiz algumas anotações, alguma coisa no sentido de que o primeiro arroubo apaixonado de um novo caso amoroso é uma ilusão de posse. Nada mais importa. E sobre como eu apreciava a sensação de juventude que isso me proporcionava. Mas eu também sabia que isso me tornava óbvio e tolo, até ridículo, porque eu era um homem de meia-idade e sem ideias.

Com tempo de sobra nas mãos, decidi investigar seu pedido fazendo uma visita ao Hotel Ananda.

* * *

O Ananda era um dos inúmeros hotéis estreitos e decadentes situados numa das travessas do Mercado Novo. Uma pedinte insistente, uma mulher com um bebê, me seguiu suplicando por todo um quarteirão, movendo-se tão rapidamente com os pés descalços como eu o fazia em sólidos sapatos. Aquilo me lembrou a história de Howard sobre a babá que usava o filho do patrão para mendigar. Livrei-me dela com cinco rupias, e, ao ver a cor de meu dinheiro, um ambulante colou o ombro comigo, apregoando: "Xales, pashminas, lenços, senhor, shahtoosh", enquanto outro comerciante com um rosto magrelo e suado choramingou: "O que deseja, senhor? Qualquer coisa!"

Meu desejo era conseguir ver direito o Ananda conforme driblava o tráfego no contrafluxo e a marcha de pedestres. Aproximando-me do hotel, fui avistado por um homem parado diante do Taj Palace, mais um pulgueiro, que disse: "Experimentar aqui, senhor. Melhor preço."

Mas fui em frente, subindo as escadas e penetrando no fedor de incenso e na escuridão do Ananda, seu saguão nada mais que uma entrada com um guichê parecendo uma bilheteria. Um calendário, um mata-borrão, uma campainha. Toquei a sineta.

Uma mulher miúda e magra apareceu, usando em vez de um sari um vestido rosa desbotado com um colarinho branco, o cabelo preso numa trança grossa que descia por suas costas.

"Boa tarde, senhor."

"A senhora tem algum quarto vago?"

"Temos, senhor. Solteiro. Duplo. Vista de jardim. Suíte familiar. Qual, senhor?"

"Não tenho certeza. Posso ver alguns?"

Sem responder, apanhou algumas chaves em um painel de ganchos junto ao guichê, no lado de dentro. Seguindo-a pela escada — nada de elevador — perguntei como se chamava.

"Mina, senhor."

"Cristã?"

"Isso mesmo, senhor."

"Qual o nome de sua família?"

"Jagtap, senhor."

"Obrigado por ajudar, Mina."

"Prazer, senhor."

O primeiro quarto era pequeno e abafado. Ela me mostrou o banheiro, o boxe de acrílico, o closet, a cama estreita.

"Duplo é porta do lado."

O duplo era apenas um pouco maior, com duas camas estreitas separadas por uma mesa baixa, sobre a qual um vaso ostentava duas extravagantes flores de plástico. Achei os quartos deprimentes e quase assustadores por seu ar rançoso, seu cheiro de camundongos e baratas, seu ambiente abafado e opressivo.

"Esse hotel foi mencionado por alguém que eu conheço."

"Obrigado, senhor."

"Ele teve um pequeno problema quando esteve aqui." Eu tinha dado uma olhada no calendário. Três semanas atrás, dissera a sra. Unger. Isso foi o fim de semana do dia sete. Eu disse: "Lá pelo dia sete ou perto disso. Aconteceu alguma coisa diferente nesse dia?"

"Não, senhor."

"Talvez ajude se eu souber em que quarto ele ficou."

"Nada diferente, senhor. Não nas dependências."

"Vamos descer, Mina."

No guichê ela devolveu as chaves aos suportes. "Que quarto gostaria de reservar, senhor?"

"Não tenho certeza. Não é para essa noite. Outro dia." Ela encolheu os ombros e se virou. Eu disse: "Mina, preciso ver seu registro de hóspedes."

O enorme e antiquado livro com capa de tecido estava fora de meu alcance em uma prateleira, no interior do guichê.

"Não pode, senhor. O registro contém informação confidencial."

O que me irritou foi o modo eficiente como rejeitou meu pedido, com uma frase perfeitamente formulada em bom inglês. Era uma recusa à indiana, articulada e definitiva.

Mas eu disse: "Você tem irmão, Mina?"

"Três, senhor."

"E se um deles houvesse desaparecido? E se sua mãe estivesse desesperada por descobrir o paradeiro dele? Não gostaria que alguém a ajudasse?"

"Senhor", e ela pareceu agoniada, "registro não pode ser mostrado para público geral para exame sem permissão de gerente".

"Mina, não quero examinar. Só quero olhar uma página." Pude ver que fraquejava, um relaxamento dos ombros, uma inclinação de cabeça. "Por favor. Só a página mostrando o fim de semana do dia sete."

Sem falar, ela deslizou o livro sobre o balcão abaixo da grade. Abriu, molhou o polegar e folheou os cantos das páginas, e quando encontrou a página correta relanceou atrás de si na direção do escritório do gerente e empurrou o livro aberto diante de mim.

Cinco dias apareciam. Não era um hotel movimentado. Eu procurava pelo nome de Rajat. Queria encontrar seu quarto, a diária, qualquer informação sob *Observações*, seu endereço residencial, qualquer coisa. Todos os nomes que vi eram indianos. O dele não estava lá. Virei a página.

"O senhor disse fim de semana do dia sete."

"Pode ser que eu tenha me enganado."

Mas não havia nenhum Rajat nessa página também. Virei de volta à semana anterior ao dia sete."

"Por favor, senhor."

Passei o dedo de nome em nome, sem ver "Rajat" em parte alguma, quando Mina puxou o registro de hóspedes de volta. Nesse instante, a porta da frente se abriu, e um homem usando um kurta branco arregalou os olhos para mim, me fuzilando, suas pressuposições tão óbvias quanto o tremor em seu rosto e os seus ferozes dentes manchados. A raiva súbita o convulsionou e deixou-o com o andar neurálgico.

"Ele pediu para ver, senhor." Mina estava sem fôlego de pânico.

Em um único movimento coxo, o homem entrou atrás do balcão e com um golpe furioso fechou o livro de registros. Enfiou-o numa prateleira do alto e empurrou Mina para o lado — com um tranco de seu braço —, os olhos arregalados, o lábio inferior projetando-se sob o nariz.

"Estava verificando as diárias", eu disse.

"Diárias não estão ali. Diárias estão aqui", ele disse, batendo no vidro do balcão com uma unha amarelada. Sob o vidro estava um pequeno cartão com colunas, encabeçadas por *Tarifas dos quartos — Diária — Semanal — Mensal.* "Registro é estritamente confidencial." Falava como que em estéreo, em duas direções, para Mina e para mim.

Agradeci, mas quando saía escutei-o gritar — vociferações em bengali, o tipo de acesso raivoso que já ouvira antes na Índia, indignação sem peias, pura fúria, sempre um homem berrando com uma mulher.

Nessa noite, de volta ao Hastings, liguei para Howard em seu celular. Ele disse que estava trabalhando até tarde no consulado.

"Continua aqui?", ele perguntou.

Eu sabia que ele estava me provocando, mas fiquei incomodado com a seriedade subjacente a sua provocação, porque eu não poderia explicar facilmente o motivo de minha permanência em Calcutá. Eu o deixara com a ideia de que estava a caminho do sul e depois finalmente indo para o oeste, Mumbai, onde tomaria um voo de volta direto para os Estados Unidos.

"Trabalhando um pouco", eu disse. Até aí era verdade. Eu escrevera aquelas linhas sobre o ar em Calcutá me lembrar das vezes em que esvaziara um saco de aspirador de pó; fizera aquelas anotações sobre as opiniões da sra. Unger; começara um diário que poderia formar a base de uma matéria, um desses diários vazios, prolixos, ociosos e narcisistas que pessoas acometidas dc paixão mantêm quando não têm alguém para consolá-las. *Diário de Calcutá*, eu escrevera no losango da capa, na esperança de que isso alentasse minha mão morta.

Howard disse: "Parvati andou perguntando por você."

A talentosa Parvati, outra mulher inacessível, cuja mera presença me lembrava de como eu era velho, branco e sem ideias.

"Como ela está?", perguntei, esperando parecer interessado.

"Por que você mesmo não pergunta a ela?"

Só de escutar seu nome, e conversar com Howard, me dei conta do quanto tinha a esconder. Nos quatro dias desde que me encontrara com Howard e Parvati, um monte de coisas acontecera: a carta da sra. Unger, o encontro com ela, seu filho e Rajat no Oberoi Grand, a massagem no Lodge, o repúdio no Ananda, e minha melancolia causada por (assim achava eu) desejo frustrado.

"De qualquer jeito, é bom ter notícias suas", disse ele.

"Queria perguntar uma coisa."

"Manda."

Eu disse (a grande mentira que havia ensaiado): "Recebi um e-mail de uma pessoa nos Estados Unidos dizendo que deveria procurar uma certa americana aqui em Calcutá. Queria saber se já ouviu falar dela."

"Pode perguntar."

"Senhora Unger. Acho que o nome é Merrill."

"Filantropa", disse Howard. "Com tudo o que isso implica."

"Por favor, sem ser enigmático."

"Estou sendo enigmático, estou me entregando à ambiguidade. E como pode notar, estou usando o presente histórico, ao estilo bengali."

"Então você a conhece?"

"Só de ouvir falar. Dominadora, rica, maternal, famosa pelos saris. Eu achava que tinha vindo aqui originalmente para trabalhar com as Missionárias da Caridade, a organização da Madre Teresa. Mas posso estar enganado. Sei que mantinha sua própria organização, principalmente humanitária. Trabalhando com crianças de rua, órfãos. Ela se relaciona com indianos — esse é o segredo de seu sucesso. Outras pessoas a consideram inacessível."

"Então ela é bem conhecida."

"Bem conhecida por sua independência. Ela evita a gente."

"E por que isso?"

"Não gosta de chamar a atenção. Não é incomum com americanos na Índia. Muitos deles vêm para cá a fim de buscar uma conexão mais profunda com algo, ou para se abandonar aos desejos, pelos motivos mais variados. Um monte está aqui por causa de outsourcing, joint ventures, empreendimentos high tech, mão de obra barata. E outros estão atrás de espiritualidade, até santidade. Pode ser que alguns estejam procurando as duas coisas."

"Pensei que você tivesse que ficar de olho nos americanos por aqui."

"A sra. Unger é inteiramente autônoma, financeiramente. É notória por não pedir doações. Ela não precisa prestar contas de seus fundos porque não deve a ninguém. Então não fazemos ideia de como sua fundação é extensa. Esse é um modo de guardar segredo — pague você mesmo pela coisa toda. Também é um jeito de ser santo."

Eu começara a rabiscar parte disso em um pedaço de papel, achando que precisaria acrescentar ao meu diário, e fiquei tão preocupado que parei de falar.

"Está aí?", perguntou Howard. "Quanto tempo mais você vai ficar por aqui? Talvez a gente possa se encontrar."

"Não tenho certeza. Eu aviso", eu disse, e eu sabia que soava tão impaciente e evasivo quanto me sentia.

Desliguei, arrependido por ter dito alguma coisa a ele. Para minha vergonha, eu sabia agora como estava desesperado, como precisava muito conversar com alguém, só para me tranquilizar de que não estava sonhando.

Apaixonado, carente, desamparado: eu era um palerma de meia-idade, mas não sabia como me livrar do sentimento a não ser revendo a sra. Unger. Cheguei até a começar a pensar nela como Ma. Pelo que Howard dissera, era quase inapreensível, deliberadamente sigilosa; mas isso para mim era parte da atração. Uma mulher com segredos me caía bem e parecia representar um tipo de sensualidade que eu ansiava. Talvez eu fosse um de seus segredos. Ela certamente era um dos meus.

Todas essas especulações serviam para matar o tempo. Mais um dia inteiro se passou sem que eu tivesse notícia dela. Um dia inteiro em Calcutá em um hotel barato, sem nada para fazer, correspondia a uma semana em algum outro lugar. Fiquei ruminando, e, interrompendo meus devaneios, Parvati ligou.

"Howard disse que você estava em Calcutá."

"Tenho umas coisas pra escrever." A mesma mentira, parecendo mais esfarrapada.

"Você andou perguntando pela sra. Unger, ele disse."

Agora eu me odiava de verdade por ter ligado para ele.

"Alguém nos Estados Unidos me perguntou sobre ela. Só passei o recado adiante." Blá-blá-blá.

"É uma pessoa controversa."

"É?" Mas não era isso que eu queria ouvir.

"Tem gente que acha que é praticamente uma santa."

"Não diga."

"E tem gente que acha que não."

"Tenho certeza de que a resposta está em algum lugar entre as duas coisas."

Parvati riu. “Isso é Calcutá. As duas podem ser verdade. Que tal a gente se encontrar?”

Eu hesitei. Disse: “Tenho que escrever...”

Ela ficou intensamente constrangida, como se eu a tivesse repelido — e imagino que tinha.

“Eu não deveria ter sido tão direta. Você está ocupado, eu entendo. É uma intromissão imperdoável no seu tempo. Desculpe. Acredite, sei muito bem como é ‘preencher o minuto implacável’.”

Um dos aspectos dos indianos de que eu mais gostava era que tinham a linguagem certa para cada ocasião. Ainda era possível ser sutil, até sinuoso, em uma conversa, provavelmente como resultado da esquisita verbosidade vitoriana, usando polidez, amplificação, desculpas elaboradas e cortesias.

Eu tinha certeza disso quando, incapaz de suportar o silêncio por mais tempo, fui ao Oberoi e perambulei por lá, na esperança de ver a sra. Unger. Eu teria ido ao Lodge, não fosse o fato de não fazer ideia de onde ficava: eu fora em seu carro, conduzido até lá pelo labirinto de ruas e depois trazido de volta. Não identifiquei nenhum ponto de referência, e assim a localização de sua vila permaneceu sendo mais um de seus segredos.

Quando atravessava o saguão a caminho de sair, relanceei as poltronas na varanda e vi Rajat sentado sozinho diante de uma bebida. Ele me reconheceu, mas mal reagiu.

“Estava procurando vocês...” Eu não sabia como terminar a frase. Gaguejei ao dizer o nome dela. Disse: “A *grande dame*.”

“Ma.”

Ele parecia pequeno e miserável. Eu queria ver a sra. Unger, mas também poderia contar a Rajat sobre minha visita ao Ananda. Sentindo-me afortunado pelos meus encontros com a sra. Unger, estava disposto a ajudá-lo, por pura superstição, para que minha boa fortuna continuasse.

Em sua perplexidade, Rajat me lembrava como eu me sentia no dia em que recebera a carta da sra. Unger, quando não tinha nada em que pensar — nenhuma ideia, nenhum desejo, só um vazio no espírito. Eu não estava triste; estava insubstancial demais para ser presa até da tristeza. Isso não tinha importância, eu me sentia invisível, e tudo o que fizera em minha vida parecia sem sentido. Eu me abstivera de qualquer tipo de comprometimento devido ao meu ofício de escritor, e agora não tinha nada para escrever. Eu me sacrificara por nada. A sra. Unger me resgatara. Eu podia retribuir o favor fazendo alguma coisa por Rajat.

Eu conhecia essa perplexidade e essa sensação de estar perdido. Por uma série de escolhas deliberadas e um horrível acidente — se a história do cadáver fosse verdade —, ele chegara a um beco sem saída e não via nada a sua frente a não ser o vazio. Era como uma parábola sombria de reconhecimento, o momento em sua vida em que você sente que há um cadáver em seu quarto — e o cadáver é você. Com a sensação de mão morta que eu atravessava, essa morbidez se adequava à minha disposição de espírito.

"Estive no Ananda", eu disse.

Ele baixou a cabeça. "Sei o que deve estar pensando — um lugar horrível."

Era exatamente o que eu havia pensado. Uma espelunca, bem o tipo de hotel onde a pessoa vai encontrar alguma coisa chocante no quarto. Ele notou a admissão em meu rosto.

"Não é tão ruim quanto parece", ele disse. "Charlie indicou para mim. Ele viajou com Ma para fazer uma compra e sugeriu que eu ficasse lá enquanto estavam fora. Ele não gosta que eu fique no apartamento dele no Lodge."

"Você fica lá?"

"De vez em quando. Quando Ma está fora."

Não fiz a pergunta óbvia: *Quando Ma está fora?* Sentei.

"Ele parece ser legal."

"Ele é incrível."

Não prossegui nisso, tampouco. Um garçom se aproximou. Dispensei-o com um aceno. Disse: "Rajat, conte-me exatamente o que aconteceu naquele hotel."

Ele olhou para os sapatos e ficou sem falar por um minuto inteiro, um desses silêncios que o interlocutor presume ser obstinado e patológico, ou talvez estratégico. Um minuto é um bocado de tempo. Eu já estava a ponto de dizer "Olha, esquece", quando ele respirou fundo e começou a falar.

"Eu adiei o momento de me registrar o mais que pude, porque realmente não queria ficar lá sozinho. Aquela área do Mercado Novo é animada se você está com alguém, mas quando está sozinho é de assustar — barulhenta, cheia de gente turbulenta, o trânsito pesado. Acabei indo lá pelas cinco e meia."

"Que dia foi esse?"

"Dia oito. Era um sábado. O gerente me olhou de um jeito sinistro. Ele parecia furioso."

"Tem ideia do motivo?"

"Provavelmente porque eu não tinha bagagem. Só uma bolsa a tiracolo, quase sem nada dentro. Ele perguntou quanto tempo eu ia ficar. Eu disse 'Não tenho certeza', porque Ma não avisou quando voltava."

"Você se registrou com seu nome?"

Ele não respondeu na hora. Outro daqueles silêncios que pareceram teatrais até ele começar a falar e soar atormentado.

"É um pouco complicado. A gente nunca usa o próprio nome nos negócios da fundação. É ideia da Ma. Tem muita gente querendo bisbilhotar o que ela faz. As pessoas sentem inveja das ações humanitárias e da caridade dela."

"Que nome você usou?"

"O de sempre. Krishnaji."

Tentei lembrar se tinha visto um nome assim no livro. "Em que quarto você ficou?"

"Honestamente, não lembro."

"Quantos lances de escada?"

"Um, eu acho. O primeiro andar. Um quarto de tamanho razoável, dando pros fundos do prédio. Era bem barulhento, e o ar abafado me deixou acordado por um bom tempo."

"Então você conseguiu pegar no sono?"

"Consegui. Não sei por quanto tempo. Continuava escuro quando acordei. Abri o celular para ver que horas eram. Umas quatro e alguma coisa."

"Você viu isso no seu telefone?"

"O aparelho dá dia e hora. E foi aí que eu — sabe, celular é também como lanterna. É adequadamente brilhante. Percebi alguma coisa no quarto. Alguma coisa estranha. Iluminei em volta com o celular, andei um pouco e tropecei em um pacote, ou pelo menos achei."

Reviver o momento o fez hesitar.

"E?"

"E iluminei embaixo e vi o corpo."

"Descreva."

"Pequeno, pálido, nu — um menino de uns dez ou onze anos. Fiquei aterrorizado. Os olhos estavam abertos, a boca aberta."

"Você sabia que ele estava morto?"

"Sem dúvida. Mole. Inerte. Parecendo como argila, uma cor azulada. Ou a cor podia ter sido um efeito da minha iluminação."

"Sangue em algum lugar?"

"Nenhum que eu pudesse ver."

"Você acendeu a luz?"

"Não, estava assustado demais. Eu tinha meu celular de lanterna, como eu disse."

"O que você fez em seguida?"

"Juntei minhas coisas no banheiro, pus numa sacola pequena e desci. Não tinha ninguém na recepção, só um *chowkidar* na porta. Saí de fininho e fui para o mercado, onde umas pessoas estavam arrumando suas barracas para o dia. Ainda estava escuro."

"Alguém viu você?"

Ele abanou negativamente a cabeça e disse: "Até onde eu sei." Mas ele ficara pálido. "Você não consegue imaginar o que é estar no mesmo quarto que uma pessoa morta. Fiquei tão aterrorizado que liguei para o Charlie. Ele estava com Ma em Uttar Pradesh. Ele foi maravilhoso. Ma também. Voltaram para Calcutá nesse mesmo dia."

"Mas vocês não contaram para a polícia."

"Teria sido muito pior se tivéssemos feito isso. A gente não contou para ninguém. Eu nem fazia ideia de que o senhor sabia até ter aparecido aquela noite aqui. Para ser honesto, fiquei um pouco surpreso que Ma contou pra você."

Eu não disse, mas eu também fiquei um pouco surpreso. *Por que* ela havia me contado? Eu era um escritor que ficava em casa inventando crimes, não alguém que saía pelo vasto mundo tendo contato com eles.

E então Rajat sorriu. Mas não estava sorrindo para mim. Ele fitava algum ponto além de mim. Virei e vi Charlie andando em nossa direção. Ele cumprimentou Rajat curvando-se para ele e dando umas risadinhas, e então me fitou e disse oi, apenas essa única palavra.

"Eu estava perguntando a Rajat sobre o hotel."

"O drama", disse Charlie em tom de descrença. "Você não faz ideia, fofo. Vamos indo?"

Rajat se levantou de sua cadeira, mas continuei sentado. Claramente tinha assuntos em outro lugar, e eu era supérfluo.

"Como está sua mãe?", perguntei.

"Fabulosa, como sempre."

Eu queria perguntar mais, porém seu tom de voz indicou que não tinha nenhum interesse em mim — talvez adivinhando meu desespero. Mas ali estava eu, tentando ajudar seu amigo Rajat com um problema que sua mãe havia sugerido que eu resolvesse. Por que não me pediram que me juntasse a eles? Haviam se mostrado tão amigáveis quando eu estivera com eles com a sra. Unger presente... Mas ela também havia se mostrado diferente.

Ali sentado naquela situação constrangedora depois de os dois se erguerem, senti perversamente que Charlie não parecia nem um pouco com sua mãe. Era escuro, ela era clara; o cabelo dele era cacheado, o dela, liso. Embora ela fosse esbelta e de ossatura pequena, passava a impressão de força; ele era alto, e contudo me parecia fraco e dissimulado. Fiquei ofendido com seu comportamento, principalmente sua brusquidão. A inferioridade social que eu vivenciara na infância em Nova York veio à tona na Índia, com todas as suas inversões esnobes e recusas pseudoeducadas. Comecei a odiar aqueles dois jovens pairando acima de mim — inclusive Rajat, pelo modo como se animara ao ver Charlie. Para mim reservara apenas sua melancolia atônita, e eu fora tonto o bastante de me preocupar com sua situação.

"Ma provavelmente está no Lodge", disse Rajat.

Mas é claro que eu não fazia ideia de onde ficava o lugar e estava insultado demais para pedir que me explicassem.

"Obrigado pela ajuda", eu disse, querendo dizer *Vão tomar naquele lugar.*

Deduzi que Charlie estava sendo competitivo, ressentido com meu interesse — mais um dos amigos de sua mãe tentando monopolizar seu tempo, talvez interessado em seu dinheiro. Ele se comportara como um rival, mal disfarçando a agressividade. Então fiquei observando-os saírem da varanda e se dirigirem ao saguão. E pensei, como fizera tantas vezes em minha vida: *O que estou fazendo aqui?*

Humilhado, decidi sair de Calcutá. Aquilo tudo fora um terrível engano. Eu tinha sido ludibriado e me sentia um tolo. Estava longe de casa havia muito tempo, começara a perder o rumo, precisava arregaçar as mangas e voltar ao trabalho ou aceitar o fato de que algumas viagens não produziam coisa alguma além da ingrata repetição. Eu esticara demais minha visita, e a irrealidade de estar em um lugar tão exótico me deixara um pouco sentimental e suscetível. Como é tantas vezes o caso — vá o mais longe possível, que alguma coisa acontece, uma transformação, o prazer e o dilema do viajante, um efeito de solidão e estranhamento. Você começa a se transformar em outro.

5

E as cidades também mudam — ou, antes, após algum tempo elas se revelam. Calcutá, vim a perceber, era uma cidade visivelmente feita por mãos humanas. Outras cidades são bem cimentadas e projetadas, superfícies inteiriças. Em Calcutá o reboco e a pintura eram grosseiros; as colunas coríntias, os capitéis jônicos, as balaustradas e pórticos cilíndricos e muito mais que se parecia com mármore eram na verdade madeira caiada. Não era bonito, mas o aspecto artesanal emprestava-lhe um rosto humano, que é também um aspecto de impermanência, se não de fragilidade. O trabalho manual se evidenciava nos remendos, na irregularidade dos tijolos, na pintura malfeita, nos floreados desajeitados da carpintaria, como os tristes painéis rendilhados nas fachadas de algumas construções, os padrões assimétricos, as junções mal encaixadas, as escadas periclitantes. Nada era reto, nada era aprumado. Observando detidamente a cidade inchada e empenada, eu olhava para a marcenaria apressada, as massas de vidro soltas, os pregos enferrujados, e pensava: *Um sujeito descalço fez isso segurando um martelo velho na mão descarnada.*

Havia mais uma coisa que eu não vira no começo, algo que sob o encanto de viver no Hastings ganhara foco lentamente. Era uma revelação que nunca me ocorrera nos hotéis cinco estrelas onde eu normalmente ficava de graça em troca de escrever a respeito. Nada era novo em Calcutá; pelo menos, nada parecia novo, porque toda estrutura nessa imensa cidade feita à mão parecia elementar. Não havia nada novo que funcionasse: nenhum edifício novo, nenhuma estrada nova, até mesmo as placas de sinalização nas ruas rebatizadas pareciam antigas — a Free School Street era Mirza Ghalib Road, a Wellesley Street era Rafi Ahmend Kidwai. A cidade continuava crescendo, e contudo ainda parecia precária e arruinada, e em áreas de elegância embotada e miséria dramática pairava um mau cheiro onipresente e humano.

Eu me perguntava se deveria ir embora, voltar a ser eu mesmo. Com vistas a ponderar sobre isso, a pensar com clareza, empreendia longas caminhadas pelas ruas laterais e vielas, ziguezagueando até o rio por Eden Gardens, ou seguindo rumo norte pelo labirinto que ficava a leste de Chowringhee, o bairro variegado chamado Taltala. Eu desfrutava o prazer, raro no mundo, de flanar por uma antiguidade barroca. Só que era mais do que flanar: eu estava envolto por uma espécie de revisitação que conhecera apenas em sonhos, de viver no passado da Índia, parte Raj, parte ruína, que era o presente nessa cidade anacrônica.

Solitário, em busca de companhia, ou simplesmente para estar entre amigos do copo como eu, andei pelos bares. Bares indianos, em geral frequentados puramente por homens escuros, podiam ser deprimentes, e o ruído dos aparelhos de ar-condicionado punham meu espírito ainda mais para baixo. Mas circulei e conheci alguns que me deixaram mais animado. O Oly Pub, na Park Street, era um que eu apreciava por seu desleixo, sua sordidez combinava com meu humor. Entreguei-me a essa que era a mais anti-indiana das atividades, algo que teria chocado a sra. Unger, comer o famoso filé do Oly. Agradava-me observar o modo como serviam uísque medindo em coqueteleiras grandes ou pequenas, o *barra peg* ou *chota peg*. No andar de cima, entre a clientela mais jovem, às vezes havia mulheres bebendo, algo que teria sido impensável em Nova Déli ou Madras, mas não na Calcutá que eu agora começava a achar agradável. De vez em quando eu via um rato no Oly, e certa noite vi dois ratos enormes atravessando o bar de uma ponta à outra, sem mostrar mais pressa do que qualquer um dos desocupados e bebuns ali dentro.

No primeiro andar do Roxy Cinema, atrás do Oberoi Grand, onde encontrara a sra. Unger pela primeira vez, ficava o Roxy Bar, onde não havia a menor chance de encontrá-la, e onde à noite eu ouvia música ao vivo de filmes de Bollywood. Os fregueses aqui, um degrau abaixo dos do Oly, eram na maioria pequenos funcionários e trabalhadores humildes, pessoas com pouca instrução, mas dinheiro extra suficiente para uma ou duas garrafas de cerveja. Os garçons em gravata-borboleta e camisa branca eram o único aspecto formal do Roxy. Ao meu modo dramático, eu fantasiava que seria um bom lugar para alguém como eu comparecer a um encontro secreto.

Para variar um pouco da comida do Hastings, eu ocasionalmente ia ao New Cathay, em Chowringhee, um pequeno restaurante no velho estilo chinês de Calcutá com o teto elevado cheio de ventiladores para refrescar a leal clientela. Eu me perguntava o que a sra. Unger diria vendo-me curvado sobre um prato de frango apimentado e arroz. Era mais um lugar onde eu sabia que jamais toparia com outro estrangeiro, onde a comida e a cerveja eram baratas, e eu podia convencer a mim mesmo, como tantas vezes fazia em Calcutá, de que estava vivendo em um inacessível passado da cidade.

Descobri o que os moradores já sabiam, que toda a vida transcorria ali: os ambulantes, os mascates, as prostitutas, os enclaves anglo-cristãos, os lojistas, os vendedores de legumes, as famílias, os meninos apressados, os homens ruidosos. As mulheres e jovens bonitas passavam na ponta dos pés entre os montes de entulho; algumas usando saris recolhidos em pilhas de lixo pelas vielas, e uma delas era a European Asylum Lane. Para os moradores locais ali era um teatro de atividade ao ar livre; ninguém notava a decrepitude, o fedor, os esgotos. E assim aprendi uma lição, de que eu deveria fazer o mesmo, e ser grato pelo que tinha.

De vez em quando, dos fundos da carrancuda fachada de uma casa ou descendo do balcão de um cortiço cheio de roupa no varal, eu escutava as vozes elevadas dos adultos e os gritos de protestos das crianças. Percebia instintivamente que os pais atravessavam um acesso incontrolável de repreensão cada vez mais acerbo. Nunca ouvi essas vozes em público, mas era comum que esses uivos coléricos fossem a música de fundo das minhas caminhadas ao final do dia, gente brigando dentro de casa sob o calor. Aquilo me lembrava minha própria infância, de ser humilhado por minha mãe puritana devido a alguma coisa que eu dissera ou fizera impensadamente — sua fúria direcionada contra mim. Eu não sentia rancor; sorria por minha boa sorte de ter conhecido a sra. Unger.

Esses passeios me deixaram mais confiante. Eu me perguntava em que medida isso era devido ao fato de ter conhecido a agora inacessível Ma. Um bocado, suspeitava. Eu admirava qualquer um, sobretudo um americano, capaz de viver por um longo tempo naquele lugar caótico sem se queixar ou fazer um drama. Pelo contrário, a sra. Unger era só elogios com a cidade.

As construções fraturadas e esburacadas casavam com meu estado de espírito; pareciam corroídas e incompletas, e contudo eu enxergava lampejos de sua antiga glória. Estava em meu elemento; eu estava além daquilo. Entrara no declínio e no envelhecimento. As rachaduras aparecendo entre a tinta que descascava, as venezianas imundas, as janelas opacas de pó, as lâmpadas queimadas, o neon falhando, os riquixás bambos e táxis amassados, tudo o sonho de um fracasso, refletiam exatamente o que eu sentia a meu próprio respeito.

Certo dia, a caminho do Roxy Bar, meu passeio pelo Mercado Novo me levou para os arredores do hotel Ananda. Fazia mais de uma semana desde minha última e insatisfatória visita, e quando me aproximei vi o gerente no amplo degrau superior, sentado ao modo bengali característico, todo o peso jogado sobre o quadril esquerdo e a mão esquerda, com a perna esquerda puxada para cima e o pé direito plantado no degrau, as dobras de seu dhoti pendendo frouxamente.

Parei e cumprimentei-o. Se ele tivesse sorrido e acenado, talvez eu seguisse em frente. Mas ele me olhou feio, com a carranca sombria, bicuda, que homens indianos assumem em atitude de desagrado ou desafio — como se estivessem imitando um rosto de demônio corvídeo visto em algum templo. A expressão de desprezo do homem me fez parar, lembrando-me de como fora de pouca ajuda, um empecilho, até, naquele dia. Lembrei sua grosseria.

Conforme subia os degraus, ele inclinou-se ligeiramente para trás, ainda me encarando com malevolência.

"Lembra-se de mim?"

Em vez de responder, ele intensificou sua expressão maligna, e fez isso estreitando os olhos e me desafiando com uma contração do nariz adunco.

"Eu esperava poder dar mais uma olhada em seu registro de hóspedes."

"Não disponível."

"Apenas uma página em particular. Para examiná-la em busca de uma anotação particular." Uma das consequências de estar entre bengalis era que eu começara a falar desse jeito, na esperança de ser compreendido.

"Não possível."

Conforme dizia isso, e antes que eu pudesse galgar o último degrau para impor minha presença, ele arrepanhou o dhoti em torno das pernas e ficou de pé. Começou a se retirar para o saguão estreito do Ananda, os braços cruzados. Tinha pelos nas orelhas e, quando abriu a boca para cuspir um escarro vermelho contra sua própria parede, vi seus dentes vermelhos e gastos de mascar bétel. O rosto e os dentes pareciam a fachada arruinada de seu hotel.

Vi uma geladeira com porta de vidro junto ao saguão. "E vou querer um Thums Up, por favor."

"Doze rupias."

Dei para ele as notas amassadas e me servi de uma garrafa, tirando a tampa — pois não fizera qualquer menção de me servir — com o abridor pendurado em um barbante. Agora, com a garrafa, eu tinha um pretexto para ficar ali.

Mas ele fora para trás do balcão com a grade, que para mim parecia uma bilheteria.

"Então não pode me mostrar o registro?"

"Confidencial", resmungou.

Percebi logo abaixo do balcão uma reluzente cabeça de cabelos, com a risca revelando o couro cabeludo esbranquiçado.

"É você, Mina?", perguntei.

O cabelo se moveu, e uma jovem se voltou para mim, franziu o rosto ligeiramente, envergonhada, e disse: "Mina não está aqui."

"O que aconteceu com Mina?", perguntei ao gerente.

"Não mais empregada. Agora precisa ir."

"Não terminei isso", eu disse, sacudindo o líquido na garrafa de Thums Up.

"Termine lá fora."

"E se eu quiser um quarto?"

"Se quer um quarto, mostre dados de passaporte e dinheiro adiantado. Se não, pode ir embora."

"Posso perguntar seu nome?"

"Sou o gerente, Bibhuti Biswas."

"Senhor Biswas, o que aconteceu com Mina?"

Sua boca ficou quadrada. Seus dentes eram cavilhas manchadas de preto e vermelho. Não eram apenas suas orelhas que eram peludas nas beiradas, mas tufos de pelo grosso brotavam de seus ouvidos. Tinha o rosto escuro, amassado, bicudo de um corvo.

"Saia."

"Por que deveria?"

Esse rude bate-boca no ambiente pequeno e quente do guichê deixou a mulher agachada atrás do balcão visivelmente nervosa. Seu chefe estava agitado. O sol da tarde através das janelas sujas me ofuscava parcialmente.

Dirigindo-me em parte para ele e em parte para ela, falei: "Pode me dizer onde Mina mora?"

Batendo bruscamente no tampo de sua mesa com uma régua de madeira, o gerente contornou o balcão em três passadas, quase dando pulinhos de corvo, e começou a vociferar, mostrando os dentes novamente.

"Devo pedir a bondade de deixar recinto."

"Qual o problema?" Tentei ficar calmo, mas eu já vira indianos como ele tendo um acesso de fúria em questão de segundos, de modo que fiquei preparado para pular.

"Posso chamar policial sem demora."

"Escuta, isso é por uma boa causa."

"Arre", ele disse, pressionando um dos nós dos dedos contra seu nariz, mas notei que na outra mão continuava com a régua de madeira, oculta nas pregas de seu dhoti.

"Deixa pra lá."

Voltei para meu hotel, gostando menos da cidade, acreditando que minha investigação amadorística fora fútil e planejando minha partida — mentalmente indo embora da Índia. Aproximei-me da recepção para dar uma olhada nos horários dos trens, e, ao me ver, Ramesh Datta, o homem da recepção, começou a sorrir. Mas estava sorrindo para alguma coisa ou alguém além de mim.

"Seu carro, senhor."

Virei, e, parado próximo a uma coluna como que para ocupar menos espaço e não se intrometer, Balraj, o motorista, tirou seu quepe pontudo e fez uma mesura.

* * *

Dessa vez, a caminho do Lodge, procurei pontos de referência. Queria me lembrar do trajeto. Quando ficamos paralisados no tráfego pesado, mendigos pressionaram o rosto contra a janela e gesticularam por comida, ansiosamente levando as mãos à boca, esfregando a barriga, suplicando. Ao desviar o rosto, perdi os pontos de referência, mas mesmo quando pude me concentrar duvidei de que seria capaz de encontrar o caminho outra vez. Íamos de travessa em travessa, nos espremendo pelas vielas, e, embora cada uma delas tivesse seu nome em bengali e inglês numa placa esmaltada presa na quina das construções, não dava para ver nenhum com clareza. Calcutá era mais uma cidade indiana onde, assim que eu me achava afastado de uma via principal, estava perdido. E não apenas perdido, mas transportado, parecendo transpor uma cidade alternativa, submersa, uma Calcutá subterrânea sem padrão aparente e da qual não havia como escapar, outro nível da cidade existindo em uma luz fantasmagórica e difusa com o pó levantado.

No canto de um cruzamento entupido pelo tráfego estavam a mansão decadente, o pátio com a fonte rachada, o muro quebrado, as amplas venezianas de bambu, a escadaria, as colunas caneladas.

Em seu sari roxo e dourado, a sra. Unger parecia quase um membro da realeza no topo dos degraus, as mãos unidas.

"Bem-vindo."

O sari resplandeceu levemente quando ela endireitou o corpo. Seu cabelo estava puxado para trás, usava braceletes dourados nos pulsos, e seu rosto era muito pálido entre os indianos que ficavam a seu lado como lacaios.

"Obrigado por mandar o carro."

"Disseram-me que andou indagando por mim."

Indagando por mim era um de seus anglicismos, e uma falta com a verdade. Eu não estava desesperado atrás de sua atenção, mas tinha curiosidade em descobrir seus reais sentimentos em relação a mim. Estava com medo de mergulhar mais fundo, de ficar tão cativado que corria o risco de me perder em sua personalidade imensa, envolvente, tão envolvido por sua afeição a ponto de ficar cego e sufocado. Se era para me deixar sufocar — uma tentação —, eu tinha de saber se ela era a coisa real.

"Fiquei pensando se gostaria que lhe mostrasse o Lodge."

"Eu adoraria." Assustou-me o pensamento de que para conhecê-la melhor eu teria concordado com qualquer coisa que sugerisse.

Ela virou para voltar a entrar na mansão e, quando o fez, acenou para uma criança que aguardava timidamente junto à balaustrada de pedra entalhada do amplo alpendre. Foi rapidamente em sua direção, um menino magrelo de calção azul e camiseta cinza, e o segurou pela mão.

"Esse é Jyoti", disse.

"Oi, Jyoti. Tudo bem?"

"Tudo bem, tio. Obrigado."

Tinha uma voz suave mas firme e permaneceu todo aprumado, a cabeça ereta, os braços ao lado do corpo, numa postura de obediência. Por sua respiração curta e pelo pestanejar acelerado de seus cílios dava para perceber seu nervosismo, e contudo fora tão instruído em boas maneiras que sabia como manter o decoro. Exibia o autodomínio de um subalterno diligente. Não se deixava relaxar; alerta, educado, atento sem parecer preocupado. E de algum modo sua ansiedade apenas enfatizava esses traços, porque em toda a sua fragilidade ele mostrava coragem. Embora fosse talvez mais velho e exibisse um ar sério, até mesmo fatigado, não parecia ter mais do que dez ou onze anos — um pequeno soldado inabalável. E eu gostei de ter sido chamado de tio.

"Há quanto tempo está aqui?"

"Oito meses, tio."

"Você gosta de morar no Lodge?"

"Estou prosperando, tio. Graças à bondade da senhora. Ma é nosso esteio."

Eu podia dizer o mesmo.

A sra. Unger disse: "Adoraria levar o crédito pelo sucesso de Jyoti, mas, sabe, ele conseguiu por si mesmo. Tudo o que posso fazer é fornecer as ferramentas para essas crianças. Elas precisam aprender a usar. Só depende delas. E Jyoti é um dos garotos mais importantes, agora, um dos monitores. Não é mesmo, Jyoti?"

"É, Ma."

"Jyoti é um dos meninos mais espertos do Lodge. Ele veio até nós quando era um menor abandonado. Estava morando numa caixa de papelão em um *bustee* em Sonagachi."

Eu conhecia o lugar. Incluíra em meu roteiro das caminhadas no fim do dia, o bairro da luz vermelha perto da estação ferroviária Sealdah, onde prostitutas pintadas como palhaços debruçavam-se lubricamente nos parapeitos do segundo andar. De modo que um pequeno colorido local para mim constituíra pura miséria para Jyoti, cuja mãe devia ter vivido e trabalhado atrás de uma daquelas janelas.

"Deu para perceber que ele prometia muito. Pense só nos horrores que já viu em sua curta vida."

Eu era incapaz de imaginar a vida de uma criança nas ruas desse bairro devasso de Calcutá — o álcool, as brigas, as gritarias, os homens se estranhando. De algum modo aquela criança retivera sua humanidade. Mas seus olhos sofridos eram os de uma pessoa bem mais velha, ferida e cansada. Talvez se sentisse um pouco constrangido ali parado me encarando, mas seus anos de formação o tornaram impermeável ao choque.

"Eu adoraria poder ajudá-lo de alguma forma", eu disse.

"Não está vendo? Ele não precisa de ajuda. Precisa, Jyoti?"

"Não, Ma."

"Ele tem tudo de que precisa."

"Tenho, Ma", ele disse e sorriu, e observei não mais que um leve tremor de dúvida em seus lábios, como o que você nota quando uma pessoa triste sorri.

"Ele não é um mocinho?"

Talvez em Calcutá. Para mim, parecia menor que o normal e magrelo, as pernas como dois gravetos, a pele cinzenta e ressecada da desnutrição.

"Uma criança de rua", disse a sra. Unger. "Estamos cuidando para que recupere a saúde. Ele vai ficar bem."

"Quanto tempo faz que cuida desse orfanato?"

"Nós nunca usamos essa palavra." Ela foi ríspida e parecia ofendida. "Isso é um lar, não uma casa. Vivemos juntos como uma família."

O menino Jyoti parecia um pouco distante. Tinha uma carinha de rato, orelhas de abano, uma cabeça pequena e ombros estreitos, e estava descalço, só de calção.

"Quantas crianças vocês têm por aqui?"

"Podemos acomodar sessenta ou mais, mas precisam ficar separados, meninos e meninas. Eles crescem, vão para outro lugar, trazemos outros para a família."

Passamos por uma classe onde garotas pequenas de vestido branco sentavam em mesas desenhando em folhas de papel com lápis de cor.

"Eu dou ênfase às habilidades nas artes e na linguagem. A maioria dessas crianças foi rejeitada pela mãe, que não podia assumir seus cuidados por um motivo ou outro. Alguns ficaram órfãos ou foram raptados, ou são filhos de pais pobres que os deixaram aqui porque conhecem a reputação de minha fundação. De outro modo morreriam, talvez. Aqui é a cozinha."

Duas mulheres em aventais brancos de algodão e chapéus brancos mexiam terrinas de dhal, outra amassava chapattis e os fritava numa chapa lisa do fogão. Em outra mesa uma mulher escolhia ervilhas, separando as pedrinhas.

"Comida nutritiva, esse é o segredo", disse a sra. Unger. "Somos totalmente ayurvédicos por aqui. Totalmente vegetarianos. Temos um médico ayurvédico na equipe."

Chegamos a uma escada circular. Ela chamou um menino vestido em calção azul e camiseta cinza, o mesmo tipo de uniforme escolar de Jyoti, que correu até ele. Então ela começou a subir a escada.

"Essa mansão foi de uma família inglesa muito importante", disse a sra. Unger quando atingiu o patamar e virou para observar a sala enorme mais abaixo. "Estava em péssimas condições quando a encontrei, sete anos atrás, mas aos poucos vamos deixando em ordem. Charlie e Rajat estão ajudando no trabalho de restauro. Veja só esses corrimãos de teca, a balaustrada, aqueles painéis de madeira. Tudo muito antigo e muito bem preservado."

"Está mais para uma clínica de reabilitação", disse eu.

"Essa é a palavra. Quero salvar vidas." Apontava à esquerda e à direita conforme caminhávamos. "Quartos, dormitórios, duchas."

Os grandes cômodos superiores tinham divisórias e, nas paredes, havia beliches, ao passo que, no centro, fileiras de pequenas camas. O pé-direito chegava a três metros em alguns quartos, com ventiladores pendendo de tubos verticais.

"Meninos aqui e" — ela continua caminhando pelo corredor — "ali, meninas".

"Que idade eles têm, mais ou menos?", perguntei.

"A gente pega quando são novos. Damos encorajamento. Treinamos, e depois estão prontos para ingressar no vasto mundo."

Fiquei impressionado com a arrumação do lugar, o modo como a sra. Unger o gerenciava como uma diretora bondosa; mas quando a elogiei ela fez pouco caso, aparentemente por modéstia. E mesmo assim eu tagarelei e a elogiei ainda mais. Queria agradá-la e, embora minha intenção fosse exagerar sua generosidade, percebi que não era preciso. Ela estava envolvida em um poderoso exemplo de filantropia, usando dinheiro próprio, não solicitando fundos, para criar um lugar seguro para crianças perdidas.

Disse isso a ela.

"Obrigada", ela disse. "Gostei disso — 'crianças perdidas'. Gostaria de usar isso no meu folder. Às vezes, quando eles chegam aqui, estão famintos, quase fora de controle. O mundo foi cruel com eles. Mas tentamos reconfortá-los. Alimentamos, damos condições de higiene, fazemos com que se sintam seguros."

"Como fazem isso?"

"Com amor", disse ela, simplesmente. "Às vezes eu simplesmente os seguro, passo os braços em torno deles. Consigo sentir toda a tensão indo embora."

Eu queria ser abraçado desse jeito. Ali estava eu, sozinho na Índia; eu podia ser comparado às crianças perdidas, sem rumo na cidade. Era um pensamento compreensível para mim uma criança se acalmando nos braços da sra. Unger. Eu havia ficado aos seus cuidados — os dedos mágicos — e queria mais.

"Chame de um porto seguro", ela disse.

Era sereno, arrumado, limpo. O lugar funcionava de verdade.

Havíamos chegado à parte de trás da mansão, em um cômodo que dava no jardim, segundo eu me lembrava. Dali e em torno do pátio nos fundos eu reconheci a área do spa — a sala de massagem onde eu estivera, a sala de vapor, as duchas e banhos de imersão, e em um balcão no andar de cima havia espreguiçadeiras, onde, após uma sessão de massagem, escovação ou sauna, a pessoa podia deitar para um cochilo.

Dois homens estavam dormindo ali, seus rostos cobertos com toalhas, as pernas esticadas. Imóveis como cadáveres.

"Charlie e Rajat", disse a sra. Unger. "Adoro ver os dois juntos."

Na noite em que a conhecera, ela havia dito: "Nunca sei o que fazer" e "Eles mandam". E eu a vira como a mãe insegura, sendo gentilmente controlada por seu filho e o amigo dele. Agora eu não caía mais nessa, mas estava mais do que nunca comovido com sua bondade.

Ali como em qualquer outra parte da mansão havia homens em pijamas brancos parados como assistentes hospitalares, ou como sentinelas. Eles cumprimentavam a sra. Unger com um gesto de respeito, sem fitá-la diretamente nos olhos, mas, em um hábito de estima, curvando-se ligeiramente — e eu não teria ficado surpreso caso se prostrassem de joelhos e se aviltassem, tocando a barra de seu sari, lamuriando em submissão. Pensei nisso porque um deles de fato pareceu que ia fazê-lo, dando-me um susto quando se ajoelhou e jogou o corpo todo para a frente ao seus pés em uma genuflexão.

"O jardim", ela disse, passando direto pelo criado, esticando o braço, indicando palmeiras, arbustos, lírios vermelhos e raízes de árvores grossas e pálidas cercando um tanque de água cintilante.

"As salas de massagem são ali embaixo, não são?"

"Isso mesmo. Descendo as escadas."

"Gostei muito da experiência", eu disse.

Ela sorriu, mas vagamente. Será que eu havia interrompido seu curso de pensamento? Ela disse, sem grande emoção: "Fico muito feliz."

"Eu meio que imaginei que estivéssemos indo para lá."

"Tudo a seu tempo", ela disse.

Seria isso uma provocação? Difícil dizer. Não dava para chamar de trivial o passeio pela casa. Quanto mais eu via, mais ficava convencido das dimensões do projeto — o tamanho da mansão, o número de crianças, a ordem em tudo, como escola e como abrigo, inteiramente autossuficiente, com uma clínica e um spa.

Ela dissera *Quero que me conheça*. Na hora, suas palavras me pareceram uma procrastinação. Mas agora eu vira o suficiente para saber que era uma pessoa com uma essência verdadeira. Era uma idealista e era bondosa; era maternal, e contudo tinha a eficiência e a autoridade de uma mulher de negócios — todas as qualidades de alguém responsável por cuidar de outros.

Havíamos chegado a um saguão do andar de baixo que ficava de frente para o jardim. As estátuas cobertas de musgo, os tijolos úmidos no caminho pavimentado, a piscina com sua fonte — uma cabeça de vaca de mármore expelindo água do cano em sua boca arredondada, um gorgolejo que parecia refrescar o jardim.

"Chá?", disse a sra. Unger.

"Perfeito." Mas eu teria dito isso para qualquer coisa que houvesse sugerido.

"É de ervas. Uma de nossas próprias combinações. Hortelã e pasta de nim."

"Eu adoraria. Com um pouco de gelo, talvez."

"A gente nunca usa gelo."

"Ah?"

"Pense no que o gelo faria com seu organismo", disse e, antes que eu pudesse responder, prosseguiu: "Seria um trauma." Um homem de pijama branco pairava ao lado. "Dois bules de chá."

"Sim, madame."

"Você cuida desse lugar todo sozinha?"

"Charlie e Rajat são de enorme ajuda."

"Fico espantado que não tenha financiamento de fora."

"Um pouco mais de fundos não seria nada mau, mas não quero depender de ninguém. Isso significaria interferência. Esse lugar funciona direito porque sou sozinha."

Ela falou sobre a administração da casa, a equipe da clínica, o spa, a escola; mas o tempo todo eu me distraía com sua beleza, seu rosto viçoso, seus lábios grossos, o modo como os caninos se projetavam contra eles, seu cabelo escuro e grosso puxado para trás e preso numa trança, os balouçantes brincos dourados de argola presos aos lóbulos de suas orelhas muito juntas da cabeça, os seios que eram definidos mesmo na massa da seda retorcida de seu sari e xale. Suas mãos — as estimulantes mãos que haviam me levado a um clímax de delírio. Suas palavras nunca significaram tanto para mim quanto suas mãos; suas palavras eram tão abstratas ou esotéricas que chegavam a não fazer sentido. Mas suas mãos haviam me percorrido inteiro, cada centímetro de meu corpo, dentro de mim. Ela me refizera com suas mãos, me tornara seu.

Eu a escutava descrever o trabalho que fazia como filantropa, e ficava maravilhado, mas não conseguia tirar da cabeça o prazer que me proporcionara quando eu me deitava nu sob suas mãos. E contudo ela não aludira ao episódio. Não me dera nenhum alívio, apenas me enchera de um tipo de desejo que eu julgava inatingível.

"Nunca conheci ninguém como você", eu disse.

"Isso pode significar qualquer coisa."

"Estou tentando fazer um elogio."

"Obrigada. Pode parecer uma coisa estranha para mim dizer isso, mas acho que ninguém nunca é capaz de conhecer a outra pessoa completamente. Tentamos, mas — talvez seja melhor dessa forma."

"Você disse que queria que eu a conhecesse. Você queria me conhecer."

"Me conhecer melhor. Conhecer você melhor. Não conhecer completamente. Isso é inútil tentar."

"Qual o objetivo?"

"Não é divertido tentar?"

"É frustrante", eu disse.

O chá já fora trazido; o criado não fizera um ruído. A sra. Unger não disse mais nada. Deixou que o homem servisse a cada um de nós uma xícara do fragrante chá.

Formando-se em minha cabeça havia a frase *Eu estava ansioso por suas mãos curativas — seus dedos mágicos*. Soou patética e cafona conforme silenciosamente a ensaiei. Mas era o que eu sentia. Eu queria mais. Sentado ali com aquele desejo mudo por ela, me senti como um macaco, com a fome de um macaco.

Mas eu disse: "Você me enviou uma carta, lembra? Era sobre um corpo em um hotel — muito dramático. Pensei que queria que eu a ajudasse."

Não podia lhe dizer que conversara com Rajat, que fizera duas visitas ao Ananda: eu não obtive qualquer resultado.

Junto daquela mulher dotada eu me sentia inepto e não tinha novidades.

"Estava imaginando se você se lembrava da carta."

"Como poderia esquecer? Ainda estou com ela — uma carta de verdade, não um e-mail. Nanquim roxo em papel artesanal. Você se arrependeu de tê-la me enviado?"

"De jeito nenhum." Ela falou com plena certeza.

"Então o que quer que eu faça?"

"Não faça perguntas."

"E depois?"

Ela me encarou com uma expressão triunfante, como se tivesse me pegado. E é claro que tinha.

"Chega de perguntas", eu disse.

"Estava imaginando se planeja ficar em Calcutá."

Sem perguntas. Eu disse: "Faço qualquer coisa que você me pedir."

"Mais nada, hoje", ela disse e, com um gesto, sinalizou para que Balraj me levasse de volta ao Hastings.

Talvez você pense — eu certamente pensei — que seu sorriso impassível e seus modos distantes me desencorajariam e talvez me afastariam a ponto de eu desenvolver outro círculo social em Calcutá, ou (como eu havia brevemente planejado) de partir da cidade de uma vez por todas. O contrário foi o caso. No começo, ela havia dito que sabia que eu estava perto do consulado. Embora não conhecesse Howard, provavelmente acreditava que eu fosse mais um arroz de festa do consulado. Imaginou que eu fazia alguma diferença para aquelas pessoas.

E contudo eu os vira cada vez menos por causa dela, e seus dias de distanciamento tornaram-me mais dependente dela. O fato de não mencionar a carta fez com que eu a memorizasse; sua distância me mantivera em suspense. Eu ansiara que me ligasse. Não fora capaz de ligar para ela, nem tampouco podia espreitar nos arredores do Lodge, porque não fazia ideia de onde ficava naquela cidade de ruelas e becos remotos. Eu a desejara, ela se mostrara inacessível e eu ficara desamparado — um modo patético de um homem crescido se comportar, e algo novo para mim.

Eu havia pensado comigo mesmo que não queria seu amor, que não via qualquer futuro para nós, que achava seu filho e o amigo dele um pouco esquisitos e mais para desagradáveis. O que eu queria, então?

Eu estava deitado na cama nessa noite, girando meu rádio de ondas curtas, tentando obter notícias do vasto mundo. Surpreendi a mim mesmo falando em voz alta.

"Mais", eu disse.

Sozinho, tornei-me introspectivo e analítico, prestando atenção exagerada aos meus sonhos, como fazem pessoas solitárias, esperando por bons presságios, esperando por esperança. Ultimamente, andava sonhando com fugas arriscadas, que chegava com esforço ao bastião de muros muito altos e tinha de descer as escadas mais estreitas e íngremes sem corrimão, um imenso vazio de cada lado, andando na ponta dos pés, cheio de medo e vertigem. E contudo eu jamais caía, em todas as variações desse tema acrofóbico. O barulho do ventilador no teto, o estrépito das venezianas, as vozes na rua e o brilhante sol matinal contribuíam para os efeitos tormentosos no sonho.

Nunca desconfiei de que a sra. Unger pudesse atormentar alguém. Ela era ocupada. Eu não podia estar mais desocupado. Não se passava um dia em minhas melancólicas ruminações em Calcutá sem que eu pensasse quanto era virtuosa, trabalhando dia após dia para melhorar a vida daquelas crianças, e quão egoisticamente eu passava meu tempo, sem ajudar quem quer que fosse. Eu pensava com frequência no menino de orelhas de abano, Jyoti: quanta coisa ela fizera por ele, o modo como o resgatara — o tipo de criança de rua que eu via todos os dias em Calcutá e pelas quais simplesmente passava apressado, sem querer refletir sobre seu destino. Não via a mim mesmo como digno o bastante de sua atenção. Eu merecia esperar. *Não faça perguntas* era uma charada, mas era uma determinação que eu merecia. Minha espera paciente era a prova de minha lealdade. Eu não estava apaixonado, mas alguma coisa mais profunda se apossou de mim, uma peculiar forma de devoção, uma necessidade de ficar sob sua proteção. E eu sabia que outros deviam ter sentido o mesmo — as crianças perdidas, por exemplo.

Talvez eu fosse uma delas?

Uma das observações mais felizes de um triste filósofo alemão foi a de que o único modo de conhecer uma pessoa é amá-la sem alimentar esperanças.

O outro efeito de minha solidão foi o de que o diário que eu começara tornara-se o repositório de todos esses pensamentos, até mesmo de um tipo de narrativa. Manter um diário é em geral um sinal inconfundível de desespero. Era um registro de meus sentimentos, uma cronologia de incidentes (incluindo os que descrevi aqui) e um relato da passagem do tempo. Servia a seu propósito: eu não tinha nada mais para escrever; me mantinha ocupado à noite e não me deixava esquecer meu sofrimento.

Saio para caminhar, escrevi. *Procuro o homem que costumava ser. Acredito que vagando por aí posso me encontrar com ele vagando. Preciso buscar conforto nessa incerteza. Quero alguma coisa sobre o que escrever. Andar pela ruína da cidade imensa, decadente, mas como que eterna, me ajuda a meditar sobre o passado e me dá esperança de ser capaz de encontrar o homem que fui outrora — autoconfiante num país estranho, anônimo a ponto de ser invisível, um fantasma errando de rua em rua na decrepitude sem fim, despercebido. Espero me ver cara a cara comigo mesmo.*

Que choque, então, com esses rabiscos pesarosos, em meu espírito de anonimato, ser tocado certa tarde na rua. Não o puxão de manga de um mendigo ou vendedor importuno, mas um duro beliscão na pele pelos dedos em pinça de alguém. Recolhi a mão.

"Pegue, senhor."

"Não."

"Por favor, senhor."

Uma garota de rosto esguio em um xale insistia comigo que aceitasse um pedaço de papel dobrado. Imaginei que estivesse vendendo algo ou tentando me distrair para que pudessem bater minha carteira. Foi por isso que, ao ser tocado, levei as mãos aos bolsos e segurei com força minha carteira e minhas chaves, travando os braços firmemente na lateral do corpo. Ou se eu pegasse o bilhete ela diria: "Sem mãe, sem pai. Por favor, dar algo, senhor."

Mas ela disse: "Número celular, senhor."

"Não quero."

"Mina, senhor."

Isso me deteve. E agora reconheci essa garota nervosa de xale como a nova funcionária do Ananda, a cabeça de cabelo brilhante que se mexia sob o balcão.

Fiquei com o papel. Sem hesitar, ela ajeitou seu xale e se afastou como um raio, abrindo caminho sinuosamente no contrafluxo de pedestres, sumindo atrás de um homem com um carrinho atulhado de cocos e chinelos de criança.

Sempre admirei ver um indiano correr — disparar naquele tráfego, no meio da multidão, no calor. E contudo muitas vezes corriam, e quanto mais pobres e esfarrapados fossem, mais rápido iam, os joelhos subindo e descendo, os pés palmilhando acelerados. Estrangeiros nunca corriam na Índia.

Desdobrei o papel. Andei um pouco, então parei junto à soleira de uma porta, digitei o número e pus a mão em concha sobre o telefone. Ouvi o sinal de chamada, depois vozes. Não pude entender uma palavra. Disse em meio ao barulho: "Mina?"

"Sim, aqui."

"Alguém acabou de me dar seu número."

"Minha amiga. Estou sabendo."

"O que você quer?"

"Passar informação."

"Ok. Vamos nos encontrar."

"Amanhã, hora do chá."

"Meu hotel. O Hastings."

"Hotel não pode, senhor."

"Que tal o Roxy ou o Oly Pub?"

"Não pode Roxy. Ir para Eden Teashop. Middleton Row em Park Street. Hora do chá."

Tive de lhe pedir para repetir isso diversas vezes.

Finalmente, ela disse: "Táxi vai saber."

"Vou reconhecer você?"

"Eu encontro senhor."

Claro, o *ferringhi* grande e rosado seria óbvio.

Como Mina previra, o motorista sabia o lugar preciso, uma pequena padaria e café com bandejas de doces indianos na vitrine e mais alguns nas prateleiras de vidro sob o balcão, lá dentro. A última vez que vira Mina ela estava com um vestido cor-de-rosa, então fiquei confuso quando entrei na hora combinada — imaginei que fosse quatro da tarde — e não vi nenhuma mulher que se parecesse com ela. Nenhum vestido, apenas saris.

Sentando em um canto, com uma boa visão da porta, pedi chá para o garçom e olhei cautelosamente em volta. Havia três mesas ocupadas. Meu chá foi servido. Bebi. Li um caderno do *Statesman* jogado numa cadeira ao lado e, depois de uns trinta minutos sem sinal de Mina, paguei a conta e saí. Fiquei pensando no que dera errado. Dobrei na Park Street e continuei a andar.

O calor, o fedor, o vapor de diesel, o ruído, tudo se combinava para tornar o ar enfumaçado ainda mais espesso, e me oprimia. Como podia alguém correr com esse ar? Eu começara a andar num passo acelerado pela calçada, mas diminuí o ritmo, sentindo o calor nos ombros, a cabeça zumbindo com os cheiros. Era exaustivo estar em meio a tanta atividade humana — tanta futilidade, assim parecia —, pessoas se acotovelando comigo, pisando em meus pés. Fui ficando esgotado com os corpos roçando e empurrando a cada passo.

Levei uma trombada. Virei para protestar e vi uma mulher embrulhada em um sari, parada ao meu lado.

"Mina?"

"De fato, senhor."

"Esperei você na loja de chá."

"Não podia entrar, senhor. Vi um parente do senhor Bibhuti Biswas ali dentro. Esperei perto, no armazém."

"Então, aonde vamos?"

"Continue andando nessa direção para o cemitério."

O Park Street Cemetery — eu estivera lá numa de minhas caminhadas reflexivas. Andamos, Mina e eu, sem falar, ela ligeiramente à minha frente. Quando chegamos aos portões do cemitério ela se adiantou rapidamente por um dos caminhos de cascalho laterais e sumiu entre as lápides. Não corri. Eu a perdera, mas contava com o fato de que me encontraria. Segui marchando como um turista. Entrando cada vez mais no cemitério, onde os túmulos eram como obeliscos e pirâmides, as criptas como pequenas vilas e bangalôs clássicos, avistei-a sentada em um banco próximo a um túmulo enorme e arruinado — colunas dóricas, uma grinalda de mármore, um anjo alado e corvos abusados crocitando nas árvores e pulando pelo chão.

"Mina."

"Isso, senhor. Aqui, senhor. Obrigada."

"Obrigado por entrar em contato."

"Perdão por clamor em público, senhor. Eu não podia revelar minha pessoa."

"Você está de sari. Achei que fosse estar de vestido."

Sentei ao seu lado então; conforme ajustou o xale para conversar, pude ver seu rosto. Todo um lado estava inchado e ferido. Seu olho esquerdo circundado por pele escurecida, o próprio olho vermelho, o branco injetado de sangue.

"O que aconteceu com você?"

"Senhor Bibhuti Biswas aplicou surra, senhor."

Ela puxou o xale no antebraço e vi hematomas e ferimentos ali, vergões, manchas vermelhas e com sangue negro e encrostado cheio de rachaduras em sua pele escura.

"Eu quebrar as regras, senhor. Ele me bate com lathi, senhor. Ele chamando eu *kangali. Bhikhiri.* Outros nomes feios. Então diz: '*Tumi kono kajer na — tumi ekdom bekar!*'"

Esse desabafo em bengali me deixou com o olhar parado, fitando-a em perplexidade.

"'Você total inútil. Total imprestável.' Daí me põe na rua."

"Que coisa horrível!"

"Muito ruim. O que posso fazer? Mas eu sabia por que senhor indo Hotel Ananda. Eu sabia sobre amigo do senhor."

"De quc tinha um homem morto no quarto?"

"Menino morto, senhor. Enrolado em tapete, senhor. Como tumbaco em bidi."

"Você viu o corpo?"

"Quando eles levarem, todos nós sabendo. O senhor Bibhuti Biswas diz *Chup karo*. Bico calado! Mas é criança humana, senhor. Uma das crianças de Deus."

"O que será que aconteceu com ele?"

"Não posso saber como ele morto."

"Não. Estou querendo dizer, como se desfizeram dele?"

"Desfizeram em pedaços, senhor. Tão horrível. Fui testemunha. Usaram *dah* muito afiada."

"Quer dizer, no tapete?"

"Não tapete em seguida. Caixa, senhor. Grande baú, por assim dizer. Talvez no rio. Ou em caminhão de lixo municipal."

"Nunca vamos descobrir."

"Muita gente morre em Calcutá, senhor."

"Alguns estão bem aqui."

Na quietude do cemitério, atrás dos grossos muros, entre os monumentos elevados e as inscrições ornamentadas, as colunas caneladas e a estatuária.

"Mas eu gosto de vir aqui."

"Para ver os túmulos?"

"Ver anjos, senhor. Olha."

Anjos ajoelhados em oração, anjos em repouso em pedestais. Anjos com as asas estendidas — algumas asas quebradas, outros anjos sem cabeça —, anjos tocando trombetas. Estavam rachados e dilapidados, alguns deles esculpidos em pedra, outros em mármore, e nessa cidade de tinta descascando a maioria estava manchada ou coberta de musgo, mas eram anjos mesmo assim. Os anjos me trouxeram à mente o menino morto no quarto.

"Mas como ele foi parar lá?", perguntei. Mina me encarava, seu olho bom mostrando preocupação. "O menino. No hotel. No quarto."

"Eu gerente de plantão."

"Na recepção?"

"Sim. Entrega de pacote."

Sorri com a explicação, como sorrira com o *gerente de plantão*. "Eles entregaram o corpo de um morto?"

"Um tapete, senhor. Eu assinei por aquilo, senhor. O tapete despachado para quarto do seu amigo."

"Qual quarto?"

"Quinze. Vista do jardim."

"Onde estava o corpo?"

"Tapete embrulhado. Corpo dentro."

Agora eu entendia: o menino magrelo enrolado no tapete e levado para cima, provavelmente no escuro, depositado no quarto e desenrolado. Rajat havia acordado e visto o cadáver no chão, e fugido.

"Então meu amigo não imaginou tudo isso?"

"Não pode contar para senhor Bibhuti Biswas, senhor, que falou comigo. Ele fica muito furioso."

"Ele não é mais seu chefe."

"Ele terrível comigo outra vez, me batendo. Ele sabendo minha residência em *bustee* em Tollygunge. Eu tenho novo emprego."

"Fazendo o quê?"

"Varredora, senhor."

Isso me partiu o coração — o rosto machucado, os dedos esqueléticos segurando o xale. Impotente e envergonhado, dei-lhe duas notas de quinhentas rupias.

"Deus abençoe, senhor."

Ela levou as mãos às dobras de seu xale e tirou uma pequena bolsa de pano e a pôs sobre o colo. Desfez os nós na aba e apanhou um saquinho plástico fechado com fita adesiva.

"Não precisa ter medo, senhor, por favor."

"Por que eu teria medo?" Eu começara a sorrir, mas seu rosto cheio de hematomas me cortou.

"Isso ser muito estranho para senhor. Não deve gritar. É muito importante. Tudo que sobrou. A única coisa." Ela falou vagarosamente, de um modo enervante. Balançava a cabeça quando punha o saquinho plástico em minha mão. "Senhor vai saber o que fazer."

"Devo abrir isso agora?"

"Depois que eu for embora, senhor. Não suporto olhar para isso outra vez. É coisa deveras terrível."

Ela puxou o xale sobre o rosto, beliscou o tecido levemente na altura do queixo para expor apenas os olhos, curvou-se e disse "Deus abençoe, senhor" mais uma vez, e partiu entre os túmulos e os inúmeros anjos e desapareceu.

Fiquei segurando o saquinho macio. Estava cético: os indianos adoram um drama; seu elemento natural era a hipérbole. Eles viviam nas palavras — as palavras são mais agradáveis e habitáveis que os *bustees*. A sra. Unger era desse jeito, também. Então peguei o pacote com fita adesiva com a sensação de perder meu tempo ao modo indiano: *Isso ser muito estranho para senhor. Não deve gritar.*

Não gritei na hora. Pensei: *Um pedaço de carne, que coisa esquisita na Índia vegetariana.*

Mas então vi os dedinhos pequenos, as unhas minúsculas, quase reptilianas, as linhas da palma, os ossos serrados do pulso, a carne rasgada presa com um pedaço de barbante. Uma mão humana — uma mão morta, rígida e cinza. Deixei escapar um grito, como se houvesse levado uma facada.

Com aquilo em minha posse, eu sabia que não podia sair de Calcutá.

Estivesse eu em uma casa, teria escondido a mão morta em um cômodo afastado, ou numa caixa no porão, ou num baú no sótão. Havia algo arrepiante em carregar aquela coisa horrível de volta comigo para o meu quarto no Hastings. Eu não conseguia parar de pensar nas unhas amarelas, no pulso cuidadosamente serrado amarrado com barbante. Onde quer que a pusesse em meu quarto, eu nunca estaria a mais de dois metros dela. Não podia enfiá-la em uma gaveta ou no armário — a mulher da limpeza a encontraria. Então eu a tranquei num bolso lateral de minha bolsa de lona, usando meu pequeno cadeado. Como o bolso era bem pequeno, dava para ver a protuberância, eu podia quase identificar o contorno dos nós dos dedos — meu olhar era atraído o tempo todo para aquele volume.

Quem era ele? Alguém que apenas trabalhara, que nunca rira, que estava esquecido, alguém provavelmente mais útil morto do que vivo; um infeliz. Minha lembrança da coisa me acordava no meio da noite. Imaginei-a se flexionando para se libertar, tentando se agarrar no tecido para sair do bolso. Mesmo libertada, poupada da cremação, nada mais era que uma mão rígida, uma pequena pata que havia sido separada de um corpo.

Seccionada, em seu saquinho plástico manchado, era digna de piedade, carente de atenção. Fui acometido de um severo senso de obrigação. A despeito de ser tão pequena, seu peso era enorme, prendendo-me em Calcutá, suplicando por ser identificada. Meu segredo e minha responsabilidade. Aquilo me fora confiado. Mina sabia como era valiosa, mas não tinha como fazer ideia do quanto importava para mim — como aquilo me exprobrava. Eu desejava jamais tê-la visto, porque sabia agora que estava preso a uma obrigação. Eu vira mãos como aquela inúmeras vezes em Calcutá — exatamente como aquela, enfiada em meu rosto no trânsito, ou implorando quando eu andava pela cidade, a mão curvada de um mendigo.

Em meus piores momentos à noite, observando a saliência em minha bolsa de lona, eu sabia quem era aquela figura triste e negligenciada que fora embrulhada e levada para o quarto. Era eu. Eu sabia a quem pertencia aquela mão morta. Era minha.

* * *

A sra. Unger dissera mais cedo que precisava me ver. Agora parecia me ignorar. Esse paradoxo me feria, mas o que eu podia fazer? Só obedecer. Não faça perguntas.

Liguei para Howard no consulado, na esperança de que pudesse me ajudar a identificar a mão morta, como presumia que Mina esperava de mim.

"Preciso de um favor."

"É por isso que estou aqui, fazer favores para americanos itinerantes."

"É sério. Quero que me ponha em contato com um especialista forense. Tenho uma coisa para ser examinada, em segredo."

"Me diz o que é que eu penso em alguém."

"Uma mão morta." Disse isso de forma tão suave que precisei repetir três vezes até ele entender.

"Isso é uma figura de linguagem?"

"Uma mão humana. Pequena. Sem piada. Preciso saber mais a respeito."

Quando se deu conta de que eu falava sério, assumiu um tom solene e um pouco culpado. Engoliu em seco e disse: "A pessoa certa para você é meu amigo, doutor Mooly Mukherjee, na central de polícia. Vou ligar para ele e dizer que está a caminho."

No dia seguinte, dirigindo-me ao endereço na Bazar Street, perto da Dalhousie Square, apresentei-me na sede da polícia e, depois de uma longa espera, fui levado ao andar de cima por um *chowkidar* à presença do dr. Mooly Mukherjee. Era um sujeito com uma barriga enorme e um bigode espesso, e os modos vivos e confiantes de um médico.

"Howard é grande amigo", ele disse. "Deixou-me um recado em meu correio de voz. Espero não ter feito o senhor esperar."

Devia saber que fizera. Eu ficara no andar de baixo por quase meia hora.

"Quero que dê uma olhada nisso", eu disse, e fiquei feliz em ver, enquanto eu falava, que me contornava para fechar a porta da sala.

Ele mal reagiu ao abrir o saquinho. Então franziu o rosto e esfregou o bigode. Não tirou a mão morta, como eu fizera. Olhou para ela atentamente através do embrulho plástico transparente.

"Não vou perguntar como esse pedaço de corpo veio parar em posse do senhor. Vou presumir que aconteceu idoneamente, ou que o senhor apenas encontrou. O Hooghly está cheio de pedaços de corpos de cremações incompletas. Minha querida esposa e eu encontramos uma perna humana um dia desses em Tolly's Nullah."

"Então o senhor compreende."

"Vou deixar isso registrado como DNA, em vez de prova. Do que o senhor necessita?"

"Quero saber a idade. O sexo. Principalmente, digitais. Eu gostaria de identificar a quem pertenceu."

Depois que ele concordou e fui embora da sala, caminhando para me acalmar, pensei: *E quem sou eu? Por favor, diga-me quem sou eu e o que eu estou fazendo.*

E então tudo mudou.

6

A sala vaporosa e escura, a cripta da sra. Unger, estava arrumada como que para uma Missa Negra. A única luz era a chama de uma vela fragrante, perto de um incenso queimando em um prato diante de uma deusa de expressão feroz. O ar estava pesado com o odor resinoso de óleo quente. Saturado desse mesmo óleo, eu me deitava de bruços sobre a mesa de madeira maciça, que tinha a forma de antigos altares que eu havia visto no Oriente Médio — na Síria e na Jordânia —, em que animais eram mortos e oferecidos como sacrifício. Esse em questão também era côncavo na ponta e entalhado com canaletas, de modo que o sangue pudesse escoar do animal decapitado. Eu estava me entregando, estava me oferecendo. Eu estava feliz.

Eu estava calmo porque — como posso descrevê-lo sem soar sentimentaloide? — estava convencido da bondade da sra. Unger, de suas intenções puras, suas grandes obras entre os pobres e inocentes de Calcutá. E contudo também me sentia revigorado por sua paixão. Queria que soubesse como me sentia. Ela começara a me testar — de certo modo, tudo o que fazia ou dizia era um teste para minha sinceridade. Ela me enviara uma carta, apresentara-me a seu filho e ao amigo dele, me levara para comer, fizera uma massagem em mim com suas mãos curativas. E então me obrigara a esperar, me atormentara, voltara a encontrar-se comigo, dissera "Não faça perguntas", e finalmente me apresentara o interior de sua mansão, a casa das crianças perdidas.

Eu havia cooperado. Não poderia ter recusado. Estava fascinado, meio apaixonado, mas também com medo, porque em minha vida (e ela parecia saber disso) eu não amara ninguém sem ter saído ferido. Amor era poder e posse, amor causava dor: a pessoa nunca está tão exposta como quando está apaixonada, nunca é mais ferida; a posse era uma escravidão, algo sufocante.

Então a sra. Unger me convocara para sua cripta, e senti enfim que precisava de mim, talvez não tanto quanto eu a desejava, mas o desejo nunca é igual. Talvez isso explicasse a intensidade, a diferença tantalizante deixando-me ávido, ao passo que o fato de ela se retrair um pouco, ou pelo menos não corresponder exatamente à minha paixão, fizesse com que eu supervalorizasse a minha e quisesse mais da parte dela.

Isso soa como uma medição de forças, e presumo que a maioria das paixões se resuma a isso, mas é de um tipo devastador em que ambas as partes ficam satisfeitas. Simplesmente não era possível equiparar os desejos, assim como não dá para desempenhar o mesmo papel: sempre existe um que dá e um que recebe. Mencionei antes os paradoxos e as contradições da riqueza. A sra. Unger corporificava algumas dessas contradições e me lembrava todos os conflitos que senti quando confrontado com uma pessoa rica. Eu olhava para uma dessas pessoas e sabia que não tinha importância. Eu não sentia como se houvesse qualquer coisa que pudesse dar a ela, e então percebi que minha dádiva para ela era minha submissão. Ao longo dessa meia corte ela dera um jeito de remover os últimos vestígios de minha resistência, toda a minha hesitação, todas as minhas perguntas.

Ela perguntara se eu planejava ficar em Calcutá.

Vou fazer o que você quiser que eu faça, eu havia dito.

Essa era a postura exigida: rendição incondicional.

Não precisou de nenhum esforço de minha parte. Queria que ela fizesse o que tivesse vontade de fazer comigo; queria que me usasse. Ela era virtuosa e eu não, e para provar isso, ali estava eu no altar sacrifical, deitado de cara, nu em pelo.

Não a escutei entrando na cripta. Escutei o ferrolho da porta sendo erguido como uma unha raspando, o pino puxado com determinação. Então tomei consciência de um poderoso odor de flores enchendo o ambiente, um perfume que pairava no meu rosto e aquecia meu couro cabeludo, uma doçura que era como um anestésico, o aroma sussurrando e condensando no ar, parcialmente me sufocando e deixando tonto. E estar na cripta era como estar dentro de seu corpo.

O sari de seda bateu em meu braço, deslizou por meu ombro, roçou meu queixo. Eu queria comê-lo. Senti um leve toque, seus dedos em minha cabeça como que a ungindo, e pontas de dedos nas minhas costas nuas, percorrendo minha espinha. Eu começara a erguer a cabeça quando senti a pressão de sua mão. Mas estava zonzo demais com o forte perfume para fazer grande coisa além de ficar ali na mesa-altar e receber seu toque.

Ela não disse uma palavra, porém suas mãos em mim eram eloquentes, sondando-me com os polegares, pressionando os nós contra minha coluna, interrogando minha carne com seus dedos. Ela segurou minha cabeça, ergueu e torceu até meu pescoço parecer pivotar em uma camada cristalizada de grãos de açúcar. Beliscou meu pescoço do jeito que um cozinheiro molda ondulações na massa de um doce, e mesmo em meu estado drogado senti dor. Ela massageou minhas orelhas, começando pelas bordas e movendo-se lentamente em direção aos lóbulos. Cabeça, pescoço, ombros, espinha — ela me apertava e parecia penetrar em meu corpo, cavando para encontrar as ligações de meus músculos.

Todo esse tempo permaneci deitado de bruços na madeira quente e oleosa da mesa sacrifical.

Ela ergueu delicadamente meu braço direito, cravou seus dedos nos músculos, começando por meu ombro, e pressionou tão forte que parecia estar usando um alicate, descendo gradativamente até meu pulso. A pressão era dolorosa, talvez ainda mais porque eu podia escutá-la respirando pesadamente com o esforço. E quando deslizou até minha mão e segurou-a, separando carne e músculo de minha palma aberta usando o polegar sobre os ossos, fui quase subjugado por uma sensação que não sabia identificar como de prazer ou dor.

Eu trabalhava com essa mão. Minha mão direita era o instrumento de ação e criação — segurar uma caneta, fazer amor. Ela continha a alma de meu aperto de mão, era uma arma, me alimentava e consolava quando eu esfregava as bochechas, segurava o queixo ou coçava os olhos: minha vida estava entalhada naquelas linhas, meu trabalho em seus calos. Essa mão era meu instrumento de escrita.

Ela parecia saber como essa mão era importante para mim conforme separava cada músculo em minha palma e usava as pontas de seus dedos para encontrar os ossinhos abaixo, finalmente estalando as juntas de um dedo após o outro.

Dar a mão é a promessa matrimonial entre os noivos. Era exatamente o que eu sentia. Ela havia segurado minha mão, massageado, arrancado, aquecido com sua própria mão e a transformado em sua própria mão.

Ela ergueu meu outro braço e fez o mesmo, subjugando músculos, desconectando ossos, fazendo-me em pedaços músculo após músculo, um ritual de separação e conexão, uma espécie de cirurgia sem sangue.

Eu não havia me dado conta de como ela era forte. Na escuridão, sentindo a veemência de seu toque, era como um menino nas mãos de uma gigante — pequeno, não fraco, mas subjugado. Ela mudou de lugar para ficar na ponta da mesa, posicionou o topo da minha cabeça pouco acima de seus joelhos e a segurou, apertando conforme se dedicava às minhas costas.

Nu sob suas mãos, eu poderia facilmente ter sido uma criança; não apenas um garoto pequeno, mas um bebê, ali deitado recebendo os cuidados maternos. Mas em vez de carícias inocentes, eu queria algo explícito, dominador e sensual. Eu ansiara por ser tocado. Adorei suas mãos e o modo como o calor se irradiava da pele suave de suas sedas, e eu anelava por ser tocado ainda mais, com mais força, com mais assertividade. Ela se demorou na base de minhas costas, me acariciou, e finalmente empreendeu a elaborada operação de encontrar os músculos de minhas nádegas, despejando óleo aquecido sobre elas e beliscando e moendo-as com os punhos fechados, usando ambas as mãos até meu corpo ficar achatado contra a mesa.

Ela diminuiu o ritmo brevemente. Minha pele ardia, formigando e sem fôlego eu tinha consciência de sua movimentação no ambiente, uma perturbação do perfume, pequenos fios e torvelinhos do odor quente junto a meus ouvidos.

Puxando o ar pelo nariz, ela agarrou meus ombros e com um súbito erguer de seu sari subiu na mesa e montou em cima de mim, a cavalo, os joelhos um de cada lado. Então se deitou de comprido contra mim, encaixando-se nas minhas costas e pernas, seu queixo repousando levemente em minha nuca, suas sedas como carne, o cálido peso de seu corpo esguio mantendo-me cativo.

Como uma mãe, como uma amante, permaneceu assim por um longo tempo, usando seus braços e cotovelos, espremendo o ar para fora de mim, imprimindo a si mesma em meu corpo. Lentamente, insinuou-se contra mim, impedindo-me de executar o mínimo movimento. Dava para sentir sua respiração, sua boca quente aberta em meu pescoço. Adorei seu corpo macio em mim, seus joelhos na parte posterior de minhas pernas. Ela pressionou com tanta força que foi como se estivesse forçando a vida para fora de mim, me desalojando, habitando-me.

Permaneci impotente o tempo todo. Eu nada fizera além de receber sua atenção. Ela era maternal, porém mais do que isso: entrara naquela zona íntima de cuidados maternos que era também erótica. Continuava ali em cima de meu corpo nu, esfregando-o sutilmente, usando seu corpo todo, me confinando até eu ser dominado pelo calor de seu hálito, seu pesado perfume, sua carne vibrante sobre mim, com a pulsação de seu sangue, massageando-me com o batimento de seu coração. Eu não dormi. Em vez disso, morri. Sem sonhos.

Voltei à vida deitado de costas, piscando à luz das velas. Ela segurava minha cabeça. Eu estava grogue, não conseguia falar. Ela tocou meu rosto, meus lábios, meus olhos.

"Você é meu."

Ela pôde perceber pelas pontas de seus dedos contra minha cabeça que eu estava feliz demais para responder.

"Isso foi incrível."

"*Bhoga*", ela disse, e então: "Tem uma coisa que quero que você veja. Mas não agora."

Eu não era tolo de perguntar quando.

Ela me acompanhou pelos ensombrecidos corredores da mansão, e, como sempre, escutei o som de vozes infantis, seus pés pisando e derrapando, cadeiras arrastadas, o clique de portas de armário, e as vozes mais graves de mulheres, ralhando, admoestando e desfiando reprimendas.

O carro estava estacionado perto da fonte quebrada, Balraj ao lado na mesma posição agachada em que eu o vira pela última vez. Ele se levantou e abriu a porta para mim.

"Não tome banho", ela disse do alto da escada. "Isso tira todas as fragrâncias e os óleos. Descanse e beba água, mais nada. Você precisa se reidratar."

"Trânsito", disse Balraj quando ficamos presos entre centenas de carros buzinando, caminhões e riquixás motorizados.

Cansado demais para responder, fiz que sim para seus olhos no retrovisor. Mais tarde, depois que me deixou no Hastings, bebi uma jarra de água e dormi por dez horas. Ela se imprimira tão intimamente em mim que a noite toda senti sua carne contra meu corpo, seu espírito dentro de mim, o toque de suas mãos, seu hálito em meu pescoço, seu peso e a sedosidade líquida e fresca de seu sari, sua pele em minha pele, seus ossos contra meus ossos.

Eu não dormia sozinho: ela continuava comigo, seu odor, seu calor, sua feminilidade sobre mim, a palpitação de seu sangue. Eu podia senti-la tão distintamente que quando finalmente acordei fiquei surpreso de me ver sozinho.

E contudo ela existia dentro de mim. Havia se insinuado ali, seu espírito vivendo dentro de mim, eu ainda podia sentir a pressão de seu corpo. Ela era palpável, eu podia saboreá-la e cheirá-la, ela deixara uma impressão em cada parte minha, uma presença física, uma imagem mental que fulgurava como uma chama negra em minha mente. Compreendi essa leveza de alma como algo extraordinário a me fortalecer. Pensei: *Isso justifica tudo.* Mas eu era supersticioso demais para dar um nome a essa sensação.

Parte dois

7

Faixas de luz diurna brilhavam incandescentes pelas ripas de minhas venezianas. Eu sempre encarara essa luz como um lembrete de que estava em Calcutá; agora esse brilho era como uma aparição da sra. Unger. Ela era meu calor e minha luz, minha razão para estar na cidade, era a vida para mim — meu primeiro pensamento quando respirei essa manhã, sentindo seus dedos em minhas mãos. Bocejei e sentei na beirada da cama, lânguido mas descansado após o sono profundo.

O telefone tocou. Imaginei quem poderia ser. Atrapalhei-me com o aparelho como se fosse um recém-chegado à Terra. Os telefones de quarto no Hastings eram modelos pretos e pesados feitos de baquelita, com um grosso fio espiralado, aparelhos que haviam sido descartados como obsoletos em todos os demais lugares do mundo, mas em Calcutá nada conhecia a obsolescência. Antes que pudesse dizer qualquer coisa, fui sacudido por uma rouca voz masculina.

"Aqui é doutor Mukherjee, falando da central operacional de polícia."

"Pois não. Alguma notícia sobre aquele, hum, item?"

"Só um relatório preliminar relacionado a impressões digitais."

"O que descobriram?"

"Melhor pergunta — o que não descobriram?", disse ele, satisfeito consigo mesmo por soar paradoxal. "Tenho algumas questões para tratar. Vou precisar ver o senhor em pessoa."

"Quando quiser."

"Minha agenda está cheia. Semana que vem é melhor que essa", disse. "Conhece ocupação do falecido?"

"Não faço ideia."

"Podia ter sido pedreiro? Especializado em azulejo? Em tijolo? Tenho algumas ideias gerais. Lojista de ferragens?"

Sorri com a palavra arcaica que usou, *ironmongery*, naquela voz áspera e arcaica, no telefone maciço e arcaico. Era a ilusão à indiana, como se eu estivesse conversando com alguém numa linha antiga que se estendia ao passado distante.

"Mas, doutor Mukherjee, era uma criança."

Sua voz se elevou em protesto, disse: "Criança pode ser trabalhador manual. Por que não, senhor?"

"Na Índia."

"Na Índia e em outro lugar."

Refleti sobre isso. "É só isso o que pode me dizer?"

"Estamos procedendo a mais testes, como programado. Favor vir semana que vem para conversa."

Fiquei desnorteado com a ligação. Para restaurar meu humor, a leveza que sentira ao acordar, trabalhei em meu diário após o café e durante a maior parte do dia, escrevendo uma descrição da massagem que a sra. Unger fizera em mim. Mas foi mais do que uma massagem: foi um ato de possessão. Toda a minha hesitação sumiu quando escrevi a respeito, e parecia, conforme reconstruía o episódio, que eu não só recuperara minha competência como também, no ato de escrever, começara a compreender o que se passara comigo, minha transformação. E pensei em como ela tornara aquele dia importante, e que me presenteara com esse dia também, um dia de escrita. De modo que, assim como fizera por mim, em sua obra em Calcutá ela dava a suas crianças perdidas tempo e esperança.

Descobri que conseguia ficar sossegado, agora. Não sentia qualquer urgência de ir embora de Calcutá, tampouco de deixar meu hotel. Estava contente; ela me acalmara. Eu a compreendia mais como uma humanitária — uma figura materna — proporcionando conforto. Não era questão de dinheiro, mas antes de profundidade de sentimento. Deixava-me espantado que ela mal se desse conta disso.

Na manhã seguinte, outro dia ofuscante, o telefone voltou a tocar, dessa vez antes que eu estivesse totalmente acordado. Imaginei que fosse o dr. Mooly Mukherjee com novos dados, mas era a sra. Unger.

"Estou aqui embaixo, no saguão. Desça o quanto antes — precisamos ir a um lugar sem muita demora. Temos um longo dia pela frente. Tem dormido bem?"

Emiti um murmúrio agradecido. Ela era uma luz brilhante na outra ponta da linha. Eu não conseguia recordar claramente seu rosto.

"Eu sabia que sim."

Outra surpresa: após o encantamento, ela era pura eficiência. Mas era cheia de surpresas.

Sentindo-me com calor e pegajoso do longo sono, tomei uma ducha, me vesti e desci correndo, comendo uma banana no caminho.

"Não devia comer banana", ela disse. "Não com seu tipo físico."

"Que tem meu tipo físico?"

"*Pitta*. Fogo e água."

"O que eu devo comer?"

"Figo." Ela sorria. Assumiu a postura de uma dançarina. "Melão."

Escutei as palavras olhando para seu corpo. E fiquei pensando em como era sortudo de ter aquela mulher em minha vida, aparecendo no saguão de meu hotel naquela manhã ensolarada. Estava vestida com um sari branco, o xale sobre a cabeça, e não pendendo de seus ombros. Era como uma madona, o rosto emoldurado pelas pregas do xale; mas mesmo assim, parecendo uma figura santa, passava uma aura de sensualidade, algo em sua atitude ao parar, e também na inclinação e no ritmo flutuante de seu andar, seus passos curtos, lépidos, um modo de mover as mãos, seus dedos esguios, expressivos. Ela me tocou suavemente quando passei, e quando parei a fim de saborear o momento vi a curva de seus quadris, uma rotação, deslizando sob o sari.

Não perguntei aonde íamos. Obedeci à regra.

"Madame?" Balraj dirigia em meio ao fluxo de carros buzinando.

"Kalighat."

Enquanto avançávamos vagarosamente ao longo de Chowringhee, dei uma olhada no relógio. Ainda não eram sete e meia. Isso explicava minha sonolência, e eu estava com a leve ressaca que normalmente me dava quando ficava escrevendo até tarde. Mas essa sensação era bem-vinda. Eu escrevera na verdade seis páginas. Naquele trânsito denso, na marcha arrastada sob o calor — e aquilo viraria um inferno escaldante em algumas horas —, percebi que ela devia ter me acordado às sete ou um pouco antes. Estava tão ansioso para vê-la que não teria me importado com um horário mais cedo.

"Conheço esse nome, Kalighat."

"Um dos lugares sagrados", disse ela. "A gente tem uma coisa importante para fazer lá."

Eu a adorei por dizer "a gente". Fiquei em júbilo e reconfortado, porque era assim que queria que pensasse em mim, como um amigo, como um aliado. Mais que isso, como um parceiro.

"Maravilha", eu disse, me referindo a tudo. "O que *bhoga* quer dizer?"

"É um termo tântrico. Um desejo físico intenso."

Tive de virar o rosto. Olhei pela janela. Passávamos pelo Mehboob Panwallah and Eatery, o nome assumindo uma importância irrelevante porque eu olhava para a placa conforme ela falava.

"O que você faz quando está sozinho?"

Ela fazia perguntas importantes abruptamente. Eu poderia ter lhe contado sobre Parvati e seus poemas, aquele flerte estéril. Ou sobre Howard e suas anedotas consulares ("você podia usar isso"), a vida errante que eu levava entre trabalhos e cidades e artigos de revistas, minha vida de procrastinação — o oposto de sua vida de ação e compromisso. Mas tudo isso terminara.

"Não muita coisa", eu disse. Fiquei pensando se ousaria lhe contar, porque ao contar eu ficava exposto; eu não tinha mais segredos. Porém ela saberia se eu estivesse mentindo e ela mesma era tão sincera que parecia uma coisa baixa tentar tapeá-la. Queria que confiasse em mim. Eu havia cortejado mulheres suficientes no passado para saber que apenas a confiança — e a esperança — de uma mulher levavam ao sexo.

A sra. Unger me encarava com seus olhos pálidos, que eram escuros em um ambiente escuro, esverdeados à luz de velas, cinzentos à luz do dia, como agora; e dava para perceber pelo jeito de seus lábios, a posição de seu queixo, o modo como seus caninos projetavam-se contra seus lábios que esperava que eu falasse mais.

"Penso em você quando estou sozinho", eu disse. Eu havia dito isso para várias mulheres só da boca para fora, mas falava a sério agora, de um modo desesperado. "É só nisso que penso — quanto vai demorar para que eu veja você outra vez. E fico imaginando o que você está fazendo. Por favor, não ria."

Ela tocou minha mão. "Isso é tão meigo."

"É um pouco patético também."

Ela riu e continuou me tocando.

"Porque eu penso em mim mesmo como um homem grande e forte", eu disse em tom de piada, mas falava a sério. Mal reconhecia o homem que eu me tornara. Pouco antes estivera planejando sair de Calcutá, e lá estava eu, em suspense no meu hotel, tomando notas, evitando os amigos, esperando ser convocado pela sra. Unger, reduzido a um garotinho carente.

"Isso significa muita coisa para mim", ela disse.

Eu esperava que ela fosse dizer que era assim que se sentia também quando estava sozinha, que pensava em mim. Mas eu queria que fosse sincera. Não podia verbalizar isso como uma pergunta.

Eu disse: "Eu ficaria feliz se pensasse em mim de vez em quando."

"Penso em você sempre." A resposta veio um pouco prontamente demais, como se obedecesse a uma forma de polidez. Mas não estava mentindo: eu podia sentir sua sinceridade em seus dedos, o modo como segurava minha mão. "Acho que temos uma ligação especial."

A mão da pessoa pode ser como um detector de mentira. Na dela não senti qualquer estremecimento da enganação, apenas um *mas*, algo que ficou por dizer ao fim de sua declaração.

Como que respondendo a uma pergunta que eu não tinha feito, ela prosseguiu: "Quero que saiba tudo."

"Isso é o que eu quero."

"Vai levar tempo", ela disse. "Se for paciente...", fez uma pausa, olhou pela janela, o zoológico de Calcutá à direita, a mansão do vice-rei, mais um dos decadentes bolos de casamento da cidade, agora Biblioteca Nacional, mais adiante à direita, atrás de uma grande placa branca, "vai ver".

"Penso sempre naquela carta que você me mandou."

"Meu convite."

"Foi mais que isso. Você queria que eu a ajudasse a salvar Rajat de se ver envolvido naquele negócio. O corpo no quarto de hotel."

O rosto dela empalideceu e perdeu ânimo com o pensamento. Disse: "Ainda quero sua ajuda. O pobre Rajat não pode ser comprometido. Isso iria destruí-lo."

Se eu tivesse o que quer que fosse para relatar, teria dito ali mesmo — que eu visitara o hotel duas vezes, fora rechaçado na segunda e descobrira que a garota que havia me ajudado fora atacada e mandada embora; que me encontrara com ela no Park Street Cemetery e que ela me dera a mão decepada. Mas não tinha qualquer notícia reveladora, apenas esses acontecimentos inconclusivos para contar.

"Quero fazer tudo que puder para protegê-lo", disse ela. "Eu o tenho na maior estima."

Estávamos em ruas afastadas, entre vilas e conjuntos murados, alguns deles muito luxuosos, outros quase românticos em sua decrepitude, cobertos de hera, em meio a grandes jardins. E havia moradores de rua e barracos, também, como nos bairros mais caros de Calcutá. Porém aquele era abastado, com um fluxo de tráfego menos intenso.

"Esse lugar me parece familiar."

"Alipore."

"Parece seu bairro", eu disse. E percebi que *era* o bairro dela.

Ela não respondeu. Mas qualquer uma daquelas vilas podia ter sido a sua.

"Fico feliz que pense em mim", eu disse, porque queria ouvi-la dizer outra vez. Não podia perguntar. Normalmente era difícil obedecer à sua proibição de fazer perguntas.

"Sei. Mas você é uma pessoa forte, independente, então sabe como é estranho sentir necessidade de algum outro."

Eu queria dizer: *Não sou forte mais.*

"Charlie percebe. Acho que está com um pouco de ciúme."

"Ele tem a vida dele", disse eu, porque não podia dizer: *Ele tem Rajat.*

Ela olhou pela janela como que vislumbrando uma resposta. "Vai fazer bem a ele. Não interfiro."

"Pensei que Charlie trabalhasse para você."

"Ele ajuda com a fundação. Mas cuida de seus próprios assuntos."

Isso era típico de sua ambiguidade confiante. *Seus próprios assuntos* podia ter significado qualquer coisa.

"Sou tão ocupada com minhas obras de caridade que mal encontro tempo para outras coisas. Quer dizer, além da fundação tem minha escola, minha clínica, o abrigo. Bom, você sabe. Controlar os fundos e a contabilidade é um trabalho em período integral. E tem tanta coisa mais. Isso é Calcutá!"

As calçadas por onde passávamos, a despeito das vilas elegantes atrás dos muros elevados, estavam apinhadas de mulheres e crianças. Naquele local, quando ela parou de falar, mulheres em saris vermelhos e amarelos trabalhavam em um canteiro de obras, carregando cascalho para fora de um poço, esvaziando um cesto por vez em uma pilha junto à rua — operárias da construção vestidas como para um festival folclórico.

"Quero causar impacto. Quero fazer algo por essas pessoas. Não quero ser apenas mais uma turista na Índia."

Ela falava em um sussurro urgente, não do jeito heroico e enfadado de um filantropo, gabando-se de suas ações. Seu meio-tom sincero de modéstia me comoveu e encheu de anseio.

Eu nunca conhecera uma mulher como ela. Uma mulher daquelas, pensava eu egoisticamente, era tão honesta, tão leal a seus princípios, que nunca me deixaria. Ela iria me amar e cuidar de mim, seria uma companheira e uma amiga zelosa, olharia por mim com a atenção que dedicava a suas crianças perdidas. E essa mesma paixão podia ser traduzida para a cama, onde a generosidade importava mais.

"É sempre assim."

Ela estava falando do trânsito, cada vez mais denso à medida que nos movíamos por ruas cada vez mais estreitas, entre prédios e lojas ainda mais antigos, um bairro de pedestres e riquixás motorizados, um lugar com a aparência de um bazar, não residencial, a não ser num sentido mais amplo, pois as pessoas pareciam morar em qualquer lugar, telheiros, barracos, cobertores à beira da rua. Muitas dessas pessoas eram ambulantes, vendendo contas, relíquias, grinaldas de cravos, ou ficavam de cócoras entre pilhas de flores frescas, prendendo-as num fio.

O carro diminuiu a marcha, uma barreira metálica atravessada na rua adiante.

"Bloqueio", disse Balraj.

"A gente anda, a partir daqui. *Deka hobey.*"

Fiquei feliz de sair do apertado banco traseiro e pensei — não pela primeira vez — que os motoristas indianos ficavam com o melhor lugar; os estimados passageiros iam atrás sem o menor espaço para as pernas. Quando abri a porta (Balraj abria a da sra. Unger), fui cercado por homens se oferecendo como guias ou para me vender medalhões sagrados e colares. A sra. Unger os afastou com um gesto de mão e me conduziu, como uma mãe pastoreando seu pequeno menino, mantendo-se alguns passos à frente, e passou pelos vendedores de frutas e pelas barracas para entrar numa viela estreita.

"Olhe."

A distância, uma abertura entre duas cabanas pobres, um córrego sórdido enlameado, margens cobertas de lixo, onde algumas mulheres esfregavam panelas na água imunda e outras — mulheres e crianças — recolhiam coisas entre a enorme pilha de entulho que as águas haviam despejado.

"O sagrado Ganga."

Ela prosseguia em seu passo confiante, deixando para trás os homens que a importunavam.

"Olha ali."

A placa no prédio velho, baixo, desbotado, amarelo dizia MISSIONÁRIAS DA CARIDADE — LAR DE MADRE TERESA PARA OS DESAMPARADOS ENFERMOS E MORIBUNDOS. Com as janelas fechadas, os peitoris caindo aos pedaços e o reboco rachado, poderia ter sido uma escola ou um armazém.

"Pode entrar, se quiser."

"Voyeurismo", eu disse, mas outra placa chamou minha atenção: O MAIOR OBJETIVO DA VIDA HUMANA É VIVER EM PAZ COM DEUS — MADRE.

A sra. Unger também viu isso. Disse: "Pobre Agnes. Queria saber se conseguiu seu objetivo de encontrar a paz com Deus. Sem dúvida encontrou a paz com os milionários e as celebridades. Como ela adorava visitar Nova York. Ela foi para Palm Beach certa vez e fascinou todo mundo. Minha nossa, onde enfiou todo aquele dinheiro? Certamente não gastou nesse prédio deprimente."

"O lugar parece que vai desabar."

"Compare com meu Lodge", disse a sra. Unger.

"Entendo o que quer dizer."

"Sabe por que ela se estabeleceu aqui?", prosseguiu. "Para que pudesse ser um desafio permanente ao templo." Indicou uma balaustrada e uma cúpula dourada. "Aquele é o templo."

Ela travou o maxilar e continuou caminhando obstinadamente entre a multidão agitada e o ocasional carro buzinando. Carroças, riquixás motorizados, vacas, vendedores, mendigos, homens santos e saddhus — ela abria caminho e eu a seguia, como quando era levado na infância.

Então segurei sua mão e em vez dos dedos consoladores senti um súbito aperto de tenaz, forte demais, quente demais, úmido demais, não me conduzindo, mas pressionando em busca de apoio, suas unhas cravadas em mim como um raptor agarrado à carne. Ela não me soltava.

"Essa gente", disse, sobre a multidão. Havia empalidecido. Suas feições estavam exacerbadas pela ansiedade e exibia um meio sorriso de medo. "Sempre acho que querem me devorar."

Havia aberto caminho sem olhar à direita ou à esquerda. Essa aparente confiança, que era só bravata, sem contato olho no olho, fizera com que parecesse dominar a situação.

Mas sua mão me revelou a verdade quando senti seu aperto. Ninguém teria adivinhado que notara a multidão, mas sua mão se decompusera em um pequeno animal em pânico. Foi só depois de deixarmos para trás toda aquela gente se empurrando que ela afrouxou a pressão e voltou a falar calmamente.

"Você só ouviu falar de um lado da mulherzinha", disse sobre Madre Teresa. "O lado santo."

"Suponho que havia outro lado."

"Com uma santa? Sempre. Um lado horrível", disse a sra. Unger com certa brandura, como que solidária.

"Mas aquela casa é famosa por ser seu asilo."

"E é um necrotério glorificado", disse, parecendo angustiada, "porque ela adorava o sofrimento". Prendeu o ar quando passamos por outro coágulo humano de olhos arregalados. "Fico me perguntando quem era ela quando estava sozinha. Acho que não tinha fé em ninguém a não ser em si mesma. Nada errado com isso, mas, como a maioria das pessoas populistas, ela não sabia quando parar."

"Isso parece um pouco duro."

"Não nego suas obras de caridade. Mas ela repassou muito pouco dos milhões que recebeu. Acreditava que a pobreza tornava as pessoas melhores, mas a pobreza pode despertar o que elas têm de pior. O Vaticano ficou com o dinheiro, aqueles embusteiros e pedófilos. A pequena Agnes era uma egoísta." A sra. Unger continuava segurando minha mão, suas emoções palpitando em mim. "Não a culpo por deixar sua ordem de freiras e começar o próprio grupo de irmãs. Ela precisava estar no comando. É compreensível que tenha se inventado — é sempre assim com esses supostos santos. Santos estão sempre numa jornada própria. Agnes estava."

"Como você sabe?"

"Eu a conheci. Eu a ajudei." A sra. Unger sorria, passando entre um par de mendigos suplicantes. Desviei o rosto de suas mãos em concha. "Ela tinha dúvidas, você sabe. Mas seu ateísmo é perdoável, pobrezinha. Deus abandonou completamente a coitada. Em lugar de fé, ela tinha uma força de vontade feroz e um amor pelo fracasso e a morte e — com licença..." — dispensou com um gesto um homem numa bicicleta — "a pobreza e a doença. Amava absolutamente todas essas misérias que concentram a mente da pessoa na salvação. 'Salve-nos', gritavam para ela, e esse grito sem esperança deixou sua cabeça virada. Bom, claro que era para virar. Quem não seria atencioso com pessoas tão desesperadas, principalmente se você pode construir sua reputação em cima disso".

"Você a conheceu bem?", perguntei.

"Às vezes acho que sou a única pessoa no mundo que a conheceu de verdade. Ela era minúscula. Incorpórea. Tinha plena consciência o tempo todo do efeito que seu rosto chupado e seu corpo torto provocavam nas pessoas. Gente famosa adorava posar do seu lado."

Tentei imaginar a sra. Unger e Madre Teresa lado a lado, mas me pareceu uma dupla absurda. Desconfiei de que Madre Teresa não teria ficado aterrorizada pela multidão, como a sra. Unger obviamente estava.

"Ela era preocupada com a morte. Eu só cuido dos vivos, de crianças com toda a vida pela frente", disse a sra. Unger. "Ela queria proporcionar uma morte confortável para as pessoas. Isso é realização? E que tal dar para elas sessenta anos de vida proveitosa? Não, Agnes não estava interessada nisso."

Eu disse: "Para onde estamos indo?"

Mas ela estava absorta demais nas lembranças de Madre Teresa para responder.

"Isso tudo eu posso ignorar, mas o que não dá para ignorar é a sua atitude horrorosa e a carência de ser notada. Isso é santidade? Ela vivia para que as pessoas olhassem para ela. Pedia dinheiro, mas achava que a riqueza era a origem do mal. Precisava de testemunhas. Aí está a diferença. Eu não quero atenção. Não preciso de testemunhas. Eu dei dinheiro pra ela."

Então sorriu — o sorriso do mau humor — e fez um gesto na direção da casa de Madre Teresa.

"E o que sobrou? Só aquele anacronismo gritante, a casa da morte."

À sua frente, um homem barbado vestindo uma camiseta branca comprida e um khadi de tecido caseiro a reconheceu e fez uma expressão ansiosa.

"Isso, madame, aqui", e um gesto convidando.

"*Apni keman achen?*"

"*Bhalo achhi.* Saúde é bom, madame. Estava esperando senhora, madame."

A frente de sua loja era aberta — nada de muro. Não era uma loja no sentido usual, estava mais para um curral sem laterais protegido por um telhado. Em um cercado com chão de terra batida havia cerca de uma dúzia de cabritos pretos balindo. Eram pequenos, na maioria, com pelos brilhantes, lamuriando-se tristemente, todos presos com uma corda em torno do pescoço. Eles mastigavam sua ração, uma pilha de forragem juntada numa espécie de gamela.

O homem barbado separou um dos cabritos puxando-o pela corda e ergueu o animal do chão, segurando-o nos braços. Mas a sra. Unger passou direto por ele — em seu sari branco diáfano, naquele redil malcheiroso, parecia pairar acima da terra pisoteada.

"Aquele ali", disse, indicando um pequeno cabrito de expressão perplexa que a encarava sem balir. O animal parecia carinhoso e confiante, até um pouco desafiador.

"É bonitinho", eu disse.

"O mais preto. *Dam koto?*"

"Mil rupias, madame."

Estendendo-lhe um maço de notas preso por uma tira de papel, ela não tirou os olhos do cabrito escolhido.

"Meu bravo animalzinho", disse.

O que aconteceu em seguida foi rápido. Atravessamos a ruela, passamos outra vez pelo asilo de Madre Teresa, e seguimos por uma travessa, entrando no templo que ela me mostrara antes. Um jovem carregava o cabrito firmemente contra o peito. Ao vê-la, alguns homens dentro do templo abriram caminho, empurrando as pessoas, depois ralhando comigo para que tirasse os sapatos.

Enquanto eu me sentava em um banco, desamarrava os sapatos e os tirava ("E meias também, senhor"), a sra. Unger descalçava as sandálias e se dirigia aos fundos do templo. Encontrei-a cercada por um grupo de homens que cantava, os rostos suados, perto de uma área murada — apenas muros, sem cobertura. Havia um colar de flores em seu pescoço, e o cabrito também estava agrinaldado como um adorado animalzinho de estimação. O cântico dos homens foi se elevando com a atmosfera de excitação.

Um homem no cercado de muros vestindo uma espécie de avental rodado parou diante de um tambor de corda e começou a tocar, um batuque sincopado que levou a multidão masculina a acompanhar com batidas de pés. Os braços do homem estavam respingados de vermelho. O som e a cantoria alta faziam o dia parecer ainda mais quente. Minha camisa colou nas costas e minha cabeça queimava.

Falando no que imaginei ser bengali, a sra. Unger ordenou que o rapaz com o cabrito ingressasse no cercado. O sujeito pisou em cima de punhados de flores e no que parecia ser tinta fresca no chão de pedra, onde um sacerdote descalço aguardava, sua testa e bochechas lambuzadas de cinzas e cinabre ritual.

O cabrito começou a balir quando sua cabeça foi encaixada entre dois pequenos pilares de pedra da altura de uma canela, o pescoço firmemente apoiado contra um cepo. O batuque ficou mais alto. O sacerdote levou os dedos aos lábios e acariciou a cabeça do animal. Então ergueu uma comprida faca curva e, sem hesitar, golpeou, como um açougueiro separando um corte de carne, e com o mesmo baque surdo quando a lâmina se chocou com a madeira maciça.

Os balidos cessaram como um soluço interrompido quando a cabeça tombou no chão de pedra, pousando na base das colunas, o sangue borbulhando e esguichando da carne viva destroçada do pescoço e espirrando sobre as flores, formando uma poça junto aos pés do sacerdote.

Eu engasgara no ato de sufocar um grito de "Não, por favor", mas todo mundo em volta de mim gritava em êxtase. Mesmo estando ao ar livre me senti sufocado, como num quarto abafado. Embora já tivesse visto animais mortos, esquilos atropelados na estrada e cadáveres humanos em caixões, nunca vira uma criatura sendo assassinada. Uma coisa viva intumescida de sangue, sangue que agora se empoçava no piso de pedra. Meu coração ficou apertado; senti um nó nas entranhas; eu queria vomitar.

A sra. Unger se curvou para beijar a carcaça do bode negro e quando endireitou o corpo estava suja de sangue, manchas vermelhas em seu xale.

Um grito de júbilo se ergueu, *Joi Kali!*, cruelmente triunfante, conforme ela tirava o xale manchado de sangue por cima da cabeça e o pendurava nos pequenos postes sacrificais, junto com uma grinalda de lírios escarlates. Os espectadores se adiantaram, os pés descalços chapinhando e escorregando no sangue, para enfiar o rosto entre as dobras do xale.

A carcaça do cabrito decapitado foi pendurada em um gancho. Usando a mesma ferramenta, o sacerdote esfolou e trinchou destramente o animal, separando cortes sanguinolentos e pernis em uma bandeja, e ordenando em seguida que fosse levada dali.

A expressão no rosto da sra. Unger era de enlevo, cintilante de suor, os cachos de cabelo colados nas maçãs do rosto, e ela ofereceu a face para o sacerdote, que, num gesto da mão gotejante, marcou sua testa com um dedo tinto de sangue.

Murmurando, o rosto uma máscara rubra de paixão, ela ergueu os olhos para a janela do templo, a boca entreaberta — como eu vira mulheres em um espasmo de prazer —, as mãos apertadas, respirando profundamente. Ela falava como uma sacerdotisa possuída, mas suas palavras eram sufocadas pelos cantos e gritos dos que haviam observado o sacrifício.

Antes de irmos embora, ela me conduziu pelo templo. Passamos por uma janela interna onde a imagem da deusa Kali, de um negro brilhante e com maquiagens coloridas, arregalava os losangos de seus olhos alaranjados entre a pilha de flores e oferendas. Senti um ligeiro medo, acotovelando-me com a multidão naquele lugar sufocante de incenso e flores e pratos de moeda e peregrinos arrebatados, que se contorciam em gestos de devoção e engasgavam, parecendo comer o ar, todos sorrindo selvagemente para a imagem colérica.

8

O sari branco levemente salpicado de sangue se enfunou quando ela atravessou o bazar de Kalighat, passando pelos mendigos, vendedores de flores e bancas de frutas, os homens santos suplicantes, os riquixás ruidosos, as bicicletas motorizadas buzinando. Só de ouvir os sons você percebia que estava em outro país — campainhas de bicicleta, cascos de pôneis no pavimento de pedra, a metralha de uma máquina de costura, o clangor de um martelo na bigorna, os estrépitos e solavancos das rodas de carroças.

Embora sua mão estivesse quente, agarrando a minha como se fosse de uma criança em pânico, ela parecia inteiramente calma. Agora eu sabia que, sob sua força e segurança impassíveis, a sra. Unger ficava apreensiva com a enorme turba estridente. Bem, quem não ficaria? Mas eu estava impressionado em presenciar seu blefe, não revelando nada exceto indiferença. Ela parecia imperturbável e mesmo naquela rua imunda do mercado não tomava conhecimento dos homens tentando chamar sua atenção. Mais do que isso, parecia satisfeita e um pouco fatigada, com um sorriso abatido, extenuado, mas com um brilho como de alívio sexual no rosto, os lábios abertos, os olhos brilhando de prazer, embora o rosto estivesse mais para pálido.

Passando por uma pilha de flores, os lírios cor de sangue que eu vira por toda parte, comentei sobre seu vermelho vivo. Tentei soltar a mão para encostar nas pétalas, mas seus dedos me agarraram com força redobrada.

"Segure em mim", ela disse, e como que para ocultar seu medo acrescentou: "Os lírios *shonali* — os favoritos de Kali."

Como ela não hesitava e continuava andando ligeiramente à minha frente, puxando-me pela mão, vi como a barra de seu sari estava encharcada com um estreito contorno avermelhado, uma faixa de sangue orlando de carmim o ponto onde o tecido tocara o chão do cercado sacrifical. E os leves pelos de seu braço adornados com gotículas de sangue, mais para orvalho do que para coágulos. Se eu não tivesse visto onde estivera, teria imaginado que se sujara com tinta fresca. Vermelho vivo em alguns lugares, em outros, manchas ficando marrons.

"O puja foi para trazer boa sorte", ela disse, "e para nos abençoar em nossa próxima empreitada".

Esse *nós* me alegrou. Vendo seu carro a distância, Balraj perto dele, ela ergueu a mão. Balraj enfiou o quepe de chofer, aprumou o corpo e entrou no carro. Mas levou vários minutos até que conseguisse nos alcançar através da aglomeração de gente.

Eu sabia agora que a sra. Unger ficava pouco à vontade na rua, embora não demonstrasse; ela não olhava para ninguém na multidão. Seu olhar permanecia erguido para a protuberância dourada no topo do templo de Kali enquanto segurava minha mão. E isso foi mais uma coisa que fiquei sabendo: ela precisava de mim.

Se você tivesse dinheiro na Índia, eu estava pensando outra vez, nunca precisava esperar. Algumas pessoas, como a sra. Unger, nunca esperavam, enquanto outras não faziam nada além de esperar a hora de serem chamadas para abrir uma porta; muitos obedeciam sem ninguém ordenar, agindo quando aquele com dinheiro ou poder aparecia, como se esses criados funcionassem por um sensor de movimento.

Não devo esquecer isso, pensei; se eu começar a passar batido por esse tipo de atenção, vou ficar como essa gente endinheirada, com sua presunção e pedantismo. No tocante a isso a sra. Unger era como o restante deles, pressupondo que estariam a sua espera, impaciente com qualquer atraso. Mas ao menos tinha a delicadeza de não comentar. Não dizia nada para mim, mas dava para perceber por seu jeito que tamborilava os dedos mentalmente — lindos dedos, por sinal. Parece ser uma característica da impaciência a pessoa não conseguir falar, ou pelo menos manter uma conversa animada, quando está esperando dessa forma — preocupada demais com a expectativa e a amolação para ter ou expressar um pensamento completo, e aparentemente atordoada com a amolação que elas causam, também.

Isso, e seu medo da multidão, tornavam a sra. Unger humana para mim. Acolhi de bom grado suas falhas. Eu precisava ser tranquilizado com a ideia de que ela não era perfeita, porque normalmente — e especialmente quando estava longe dela — eu sentia que era infalível. Sua aparente perfeição me intimidava e me lembrava de minha própria fraqueza.

No carro, ela disse: "Estamos atravessando o rio. Você já esteve por lá, sem dúvida."

"Em Howrah. No Jardim Botânico."

"Howrah anda mais limpo hoje em dia, mas os jardins estão uma bagunça — terrivelmente negligenciados. Felizmente aquelas árvores não precisam de muitos cuidados, mas está virando uma selva. Por favor, deixe-me terminar" — eu começara a falar — "estamos passando. Aqui é a ponte Vidyasagar".

Havíamos subido a rampa e feito a elevada curva para o primeiro trecho de ponte. Olhando para trás, pude ver os Eden Gardens e o estádio esportivo; olhando para a frente, o verde enganoso na margem oposta do rio — enganoso porque ocultava outro *bustee* superpovoado, abarrotado de barracos e velhas lojas.

"É incrível. Você anda e anda na Índia e fica esperando chegar ao campo em algum momento. Mas não, é apenas mais cidade, o grande espraiamento da Índia, a vila inchada."

A sra. Unger abanou a cabeça ao me ouvir dizer isso. "Tento não ver multidões mais. Vejo indivíduos que precisam de ajuda." Ela tocou a mancha na barra do sari; o sangue secara, e ela escovou as finas cascas com a mão. "Se você olhar de perto as feições humanas da Índia, não é tão assustador."

Considerei a afirmação e pensei o contrário. Se você olhasse de perto as feições humanas da Índia, o país era muito mais assustador. Os olhares famélicos, os dentes amarelos, os ossos das pessoas despontando pela pele, os pés empoeirados em sandálias de borracha, a urgência de suas posturas, sempre se batendo. Mas a sra. Unger falava com autoridade e sabia das coisas mais do que eu. Eu enxergava gente condenada onde ela enxergava vida e esperança, porque eu não estava fazendo nada e ela proporcionava ajuda.

Ela ficou calma no carro, embora o tráfego estivesse tão pesado outra vez que mal nos movemos assim que deixamos a ponte.

"Onde estamos?"

"Bloqueios", disse Balraj. "Shibpur."

A sra. Unger não disse nada, apenas se ajeitou em seu banco e olhou adiante sem nenhuma emoção discernível. Após algum tempo, avançando palmo a palmo, vimos a causa do engarrafamento, uma vaca morta na rua, como um objeto levemente estofado, uma velha peça de mobília feita de ossos que tombara e se quebrara, o trânsito em fila única contornando-a. Um policial soprava seu apito estridente, conduzindo o contrafluxo, sacudindo os braços para sinalizar.

"Uma pena", disse Balraj, relanceando a carcaça, a bacia e as costelas e pernas em ângulos oblíquos, o animal morto parecendo caído do céu e estatelado com o impacto.

A sra. Unger não deu ordem alguma. Balraj sabia aonde estávamos indo. Logo ele dobrou a rua na direção de um amplo muro de estuque com portões enferrujados de mais de dois metros de altura bloqueando a visão do que quer que houvesse ali dentro.

O carro mal diminuiu a marcha quando um homem em uniforme cáqui saiu de sua guarita e foi até o portão, puxando o ferrolho e abrindo-o, primeiro o lado esquerdo, depois o direito, outro exemplo de alguém na Índia cuja função era observar e esperar — horas, dias — pelo momento em que o sahib chegaria.

Entramos numa espécie de parque, avançando pelo caminho de cascalho, passando por árvores de sombra e pequenos canteiros floridos onde jardineiros se ajoelhavam arrancando ervas daninhas. A distância, mais adiante no caminho, avistei diversas construções grandes de telhado vermelho. Esperei ver estudantes. Os jardins, o tamanho dos prédios, a serenidade do lugar deram-me a impressão de um pequeno campus de faculdade. Contudo, à parte os jardineiros e um ou outro funcionário, não havia ninguém à vista.

"É outro mundo", eu disse, pensando no trânsito e nos barracos do lado de lá do muro.

"Aqui ficam meus depósitos e armazéns", disse a sra. Unger, mas não estava olhando para eles. Ela olhava para a frente, onde havia um furgão branco estacionado diante de uma construção térrea, um pequeno prédio escolar que aparentemente podia abrigar uma série de salas de aula.

Depois de estacionarmos e passarmos pelo primeiro depósito, vi que a grande porta da frente estava aberta, um caminhão comprido de ré em um galpão de carga.

"Então é um depósito mesmo."

"Mercadoria de exportação. Não tem nada para olhar. Está tudo embrulhado e pronto para embarcar." Ela continuou caminhando para o prédio menor. "Aquilo é para comercialização nos Estados Unidos. Minhas lojas, principalmente. Mas forneço para varejistas de bens de luxo também."

"É uma grande operação", eu disse, na esperança de que me contasse mais.

"Isso é só a ponta do negócio. Tenho fábricas em outros lugares. A maior parte do que eu ganho seria cara demais para fabricar em Calcutá. Não tenho espaço aqui."

Sorri ouvindo a sra. Unger revelar seu lado prático, falando de outsourcing, despesas indiretas, infraestrutura, custo do produto final. A mulher que eu vira como decididamente espiritual, defendendo curas ayurvédicas e alimentos integrais, que passara horas nas profundezas de seu Lodge em (eu supunha) Alipore, me massageando, tornando-me seu, era também uma astuta mulher de negócios, rápida com os fatos.

Mais jardineiros se ajoelhavam junto aos canteiros floridos perto do prédio menor, cavoucando com os dedos magros em torno de tufos de balsaminas rosa e roxas. Cumprimentaram respeitosamente a sra. Unger e se curvaram ainda mais baixo, evitando seus olhos, como que se aviltando, deixando-a passar.

Havia outro homem em uniforme cáqui diante do prédio de um andar, mais um para antecipar nossa aproximação e abrir portas. E assim foi: a sra. Unger não diminuiu o passo, a porta foi aberta e entramos.

"Estão atrasados."

Era Charlie. Ele a beijou — um pouco ternamente demais, talvez um modo de me desafiar. Estava vestido em estilo indiano, em um kurta longo e branco, calças brancas justas, pantufas pretas.

"Trânsito", ela disse. "E paramos para um puja."

Charlie disse: "Está suja de sangue, como sempre."

"Onde estão?", perguntou ela, passando por ele.

"Bem ali. Foi o melhor que a gente conseguiu."

Charlie não me cumprimentou. Se estivesse ocupado, talvez eu não me importasse. Eu sabia o que era ter alguma preocupação na cabeça. Mas estava ali parado em sua postura presunçosa — as roupas indianas faziam-no parecer ainda mais confiante —, como que posando de modelo, e sem olhar para mim. Virando de lado, ignorou-me com tal brusquidão que só podia ser um acinte.

"Esse prédio antigo é lindo", disse eu, fazendo o comentário só para ver se ele responderia.

Ele não respondeu, e ambos me davam as costas, agora, mãe e filho. Fiquei isolado, embasbacado, e como ele havia me esnobado me senti em evidência por ter dito algo tão banal.

A sra. Unger pareceu subitamente irritada — eu compreendia que estivesse ocupada e não podia culpá-la. Aquele era o negócio que financiava suas obras de caridade. Mas a indiferença de Charlie em relação a mim pareceu calculada. Seu ressentimento era palpável, emanando como um cheiro ruim. Era ao mesmo tempo possessivo e hostil, tresandando a rejeição e contrariedade, um ódio que me advertia a não chegar muito perto.

Tentei outra vez, mais um comentário, de pura maldade, porque sua hostilidade era um tanto ostensiva. Disse: "Esse assoalho é de teca sólida, e que largura! Imagina só a idade das árvores, o tamanho delas. Provavelmente tinham séculos de idade."

Uma observação desinteressante, só conversa mole, que era exatamente o que eu pretendia — outro teste. E obteve o efeito esperado — nada, ou antes o esforço de Charlie em não expressar nada. Dava mais trabalho a ele deixar patente que estava me ignorando do que a mim fazer esses comentários idiotas.

Mas talvez não fosse apenas um jogo. Talvez eu realmente estivesse ressentido com toda a atenção que recebia de sua mãe, assim como ele se ressentia de minha presença ali. Ele tinha seu direito como filho, mas eu adorava a mulher e tinha direitos, também. Eu merecia pelo menos o reconhecimento de que sua mãe também gostava de mim, de um modo que ele não podia compartilhar.

Mãe e filho, tocando-se, conferenciando, muito próximos, me excluíam, enquanto eu observava a cinco passos de distância. Pensei que provavelmente era impossível ficar entre eles ou partilhar de sua confiança. Pensei também que fossem quais fossem os termos de minha relação com a sra. Unger, eu sempre seria visto como um intruso por seu filho. Nunca seria íntimo dos dois, mas por mim tudo bem. Não tinha interesse nele, e, como a sra. Unger mesmo dissera, Charlie tinha Rajat.

Outra coisa estranha que notei (e tudo isso aconteceu no intervalo de poucos minutos após entrarmos no esquisito prédio escolar antigo) foi que ela estava diferente ali, assim como estivera diferente no carro e também no templo, e diferente de minha lembrança dela em sua cripta fragrante no Lodge. Em cada novo contexto ela revelava um novo aspecto de sua personalidade, e às vezes uma nova personalidade. Lembrei a ousadia de sua carta para mim, sua graciosa submissão de nosso primeiro encontro, à mesa com bebidas, sua encantadora assertividade na sala de massagem. No templo de Kali e logo depois, ela parecera régia, desfilando com seu sari manchado de sangue pelo Kalighat. E agora aqui, mãe e gerente, pura eficiência, passando pelas duas portas enormes e entrando no curral.

Pois curral era o que aquilo me parecia. Essa impressão era enfatizada pela massa de crianças pequenas entre as esparsas mulheres agachadas. Às vezes a mãe segura seu filho nos braços de modo a apresentar a criança como um escudo. Algumas daquelas mulheres agiam assim, segurando as crianças em atitude de proteção, mas protegendo-se a si mesmas, hesitantes, encolhendo-se atrás daqueles pequenos de expressão angustiada.

Apenas mais ou menos uma hora antes, eu vira algo parecido no mercado em Kalighat, a visão de cabritos amarrados e reunidos, com medo, balindo como crianças. Ambos eram também mais ou menos do mesmo tamanho. A suavidade lustrosa e a inocência dos cabritos ecoavam no rosto lavado e esfregado daquelas crianças de rosto doce, tão minúsculas, tão limpas, tão aterrorizadas em seus olhares. As mães (tinham de ser mães; ninguém mais as teria segurado com tanta ternura) também pareciam assustadas, erguendo o rosto para a imponente estrangeira de sari branco, o jovem alto de kurta ao lado dela com a mão levemente pousada em seu cotovelo, os caros óculos escuros empoleirados pretensiosamente no alto da cabeça. Ele começava a perder prematuramente os cabelos, e percebi que esse era seu jeito de disfarçar, a estratégia óbvia de um homem com calvície precoce.

De modo que eu não via crianças, via cabritos, pequenos, intimidados e atônitos, todo um galpão murmurante de cabritos, com medo do sacrifício, prevendo sua decapitação. Senti vergonha de mim mesmo por esse pensamento. Era o tipo de sugestão sombria que muitas vezes me ocorria na Índia. Entre tantas pessoas elas pareciam não só condenadas, como também dispensáveis; existindo apenas para morrer.

Esse pavoroso pensamento era injusto de minha parte e indigno da sra. Unger, que se sacrificava todos os dias para ajudar tais pessoas. *Não vejo mais multidões. Vejo indivíduos que precisam de ajuda*, dissera. Eu precisava lembrar a mim mesmo sua honestidade e seu esforço, aquela linda mulher que administrava um orfanato, uma escola, uma clínica e um spa ayurvédico. Eu era um mero espectador, um turista, um charlatão, um voyeur. Até mesmo Charlie, com toda a sua arrogância e esnobismo, era uma pessoa mais solidária e digna do que eu, perambulando pelas ruas e choramingando meu bloqueio de escritor.

Charlie cumprimentava as mulheres, apresentando sua mãe, abrindo caminho entre a multidão de crianças, a maioria delas no colo, muitas sentadas no piso de madeira, algumas de pé, encarando a mulher alta.

Ficaram em silêncio enquanto a sra. Unger andava em seu meio, todos os rostos voltados para ela. No canto oposto do galpão notei a presença de Rajat e, ainda me sentindo em evidência, me aproximei para dizer olá.

"Que monte de gente", eu disse, outra banalidade, mas o social depende das banalidades. O motivo do lugar-comum era passar uma imagem inofensiva, até mesmo um pouco vaga.

"A quantidade mensal, mas menos do que o normal."

"Então isso acontece com regularidade?"

"Uma vez por mês. Não é tanta gente — Ma não pega todos. Ela vai ficar decepcionada."

"Acho incrível que encontre lugar para todos eles."

"Tem uma liberação todo mês também. Fica quase elas por elas." Estava olhando além de mim, através do lugar, para a sra. Unger. "Ma passou no templo."

"Como você sabe?"

"Respingos", disse, sibilando a palavra. "Mancha de sangue meio que lhe cai bem."

Virei para olhar também.

"É uma boa cor para Ma." Então falou como se estivesse lendo a legenda de um mostruário de cores. "Sangue seco."

Eu não conseguia ler um rosto indiano. Não sabia dizer que emoção residia sob aquela expressão. Ele me encarou, os lábios paralisados numa espécie de sorriso que não lhe emprestava qualquer jovialidade, apenas (supus) um desprezo dissimulado por minha ignorância — mais desdém, provavelmente.

A fim de fazer com que sua expressão mudasse, eu disse: "Estive no hotel."

Ele continuou me encarando. Disse: "Ah?"

"O Ananda", eu disse.

"Senhor já me contou isso."

"Fui lá outra vez."

Agora o sorrisinho afetado parecia colado. Estaria fazendo pouco de mim por conta dessa segunda visita? Seus olhos estavam vazios e sem emoção. Eu não fazia ideia.

"Só quero esquecer a respeito. Foi uma experiência terrível."

"Tem um detalhe que você esqueceu de me contar."

"Eu contei tudo." Parecia me desafiar, olhando sem piscar.

"Você não mencionou como o menino morto foi parar no seu quarto."

"Não sei como ele foi parar lá. Obviamente alguém levou ele para o quarto enquanto eu estava dormindo."

"Levou como?"

"Não faço ideia."

"Você não viu no que ele estava embrulhado?"

Num sussurro áspero ele disse: "Ele estava sem roupa."

Seria isso teimosia por parte de Rajat? Eu não queria ajudá-lo com a palavra "tapete".

"Você só viu a ele e mais nada?"

"O que mais poderia ser? Um menino morto não é suficiente?"

Agora dava para ler sua expressão: seu rosto tensionara com a lembrança de ver o menino morto, os olhos úmidos de medo, os lábios retorcidos na boca murmurante. Eu teria sentido pena dele, não fosse minha a incumbência de provar se o que dizia era verdade.

Do outro lado, a sra. Unger se curvara para pegar uma criança nos braços de sua mãe. Ela falou com a mulher, tranquilizando-a, enquanto afagava a cabeça da menina — uma garotinha com um vestido roxo puído que descia até seus pés descalços. Conforme a erguia pude ver como era esquelética, descarnada, encovada, com a pele seca e fosca da desnutrição, os olhos febris brilhantes e uma lassidão que a tornava flácida e aquiescente nos braços da sra. Unger.

Carregando a criança como um símbolo de autoridade, parecendo ainda mais uma mãe, a sra. Unger cumprimentava as outras mães, falava com suas crianças. Ela mudou a criança de posição, encaixando-a em um só braço flexionado, e o fato de segurá-la desse modo fez com que parecesse mais acessível. Andou pelo galpão, caminhando entre as crianças sentadas e ajoelhadas.

"*Namashkar*", dizia, e "*Apni keman achen*" — olá e como vai?, em bengali.

Muito bem, diziam, *Bhalo achhi*, ou, com mais frequência, apenas bem, *Thik achhey*.

Ela dava tapinhas na criança conforme a carregava, ou a embalava e mudava de posição como uma boneca. Imaginei que a menina devia ter uns seis anos ou algo assim, mas uma criança indiana daquele tamanho podia ser mais velha. A pobreza as diminuía, encolhia, proporcionava-lhes um corpo singular, pernas finas ou barrigas inchadas. Algumas crianças tinham o rosto parecido com o de um velho e algumas mães pareciam garotas exauridas.

Rajat acompanhava seu progresso pelo galpão. Disse: "Ela está pensando: 'Por que só tem isso?' Mas não é fácil." Observou-a se curvar para conversar com um grupo de crianças ansiosas. "Ela sabe como acalmá-las."

"Por que essas pessoas estariam com medo?"

Agora ele se tornava ilegível outra vez, com uma expressão que parecia desprezo por minha ignorância, mais desdém pelo estrangeiro grande e desinformado.

Continuou a elogiar a sra. Unger, mas eu estava pensando agora em como se referira a suas manchas de sangue ("A cor cai bem em Ma"), e não conseguia tirar os olhos do sangue escuro na barra de seu sari, do sangue seco e encrostado em seus pés.

Abanando a cabeça, parecendo discordar, ela discutia fortemente com Charlie. Ele era mais alto, de modo que tinha de se curvar ligeiramente, e era fácil perceber que ela era a figura de autoridade.

"Desculpe", Charlie lhe dizia quando me aproximei dos dois.

Ainda segurando a criança, ela foi na direção da porta, e tomei isso como um sinal de que deveria segui-la.

"Tchau, mãe."

Mais desdém comigo, porque a essa altura eu estava bem atrás dela, saindo do lugar. Ela me passara sua grande cesta macia que usava de bolsa.

No carro, ela disse: "Charlie me odeia."

"Ele tem a vida dele", eu disse, outra banalidade. O que sabia eu?

A garotinha ia entre nós no banco de trás.

"O comparecimento pareceu bom."

"Bom nada. O galpão devia estar lotado. Pense em todas as crianças que não estavam lá, que perderam a oportunidade. Isso parte meu coração."

Ela parecia inteiramente altruísta falando desse modo, querendo mais trabalho, vendo seu papel em termos de resgate. E eu estava às voltas com meus pensamentos egoístas outra vez: uma mulher tão preocupada com o bem-estar humano vai me tomar aos seus cuidados. Era assim que ela me parecia, uma benfeitora. Eu a conhecera como alguém totalmente comprometida com a doação. Ela abraçava a garotinha.

"O nome dela é Usha", disse. "Não é lindo? Significa 'aurora'."

"Aquela era a mãe dela lá no galpão?"

A sra. Unger sorriu para mim, como se eu tivesse dito uma grande tolice.

"A mãe dela sou eu."

9

Seria possível desejar alguém mais do que eu desejava a sra. Unger? Eu achava que não, mesmo na meia-idade, depois de tudo o que aprendera com o amor. Eu nunca me sentira daquele jeito, completamente absorto e dependente, como um menininho agarrado na saia da mãe. Era amor de um tipo dilatado: eu era seu devoto. Não tinha nada a oferecer exceto minha lealdade. Ela tinha tudo a me oferecer. Quando não podia vê-la eu me sentia pesaroso, quase doente. E contudo preferia ficar sozinho a estar na companhia de outras pessoas — Howard ou Parvati. Parecia uma deslealdade passar meu tempo com quem quer que fosse. Essa devoção era do tipo que privava a pessoa da família e dos amigos; eles não serviam para nada — pior, eram intrusos. E eu precisava de meu espaço secreto.

Howard insistia. Ligava para arranjar compromissos. Se eu queria falar na Sociedade Teosófica. Se eu queria dar uma palestra na universidade de Burdwan. E que tal a Semana do Livro em Ballygunge?

Normalmente eu teria dito sim, mas de algum modo seus pedidos me desanimavam, me constrangiam, me deixavam triste.

"Não posso, lamento, sério", eu dizia, e ficava quase às lágrimas, pensando: *Não tenho nada a dizer para ninguém. Estou vazio.*

"Tenho umas histórias ótimas pra você", ele disse.

Ele gostava de me contar as mais pitorescas ("Você podia usar isso em um artigo"). Uma era sobre dois funcionários do Serviço Exterior americano, dois homens, que se envolveram em um assassinato seguido de suicídio. "Isso foi na Guiné Equatorial, mas quem sabe você põe um pano de fundo indiano." Outra era sobre a esposa de um cônsul americano que cantava canções de Tagore e tinha uma espécie de culto de seguidores. "Talvez seja alguma coisa na água daqui — um monte de mulheres estrangeiras ficam com complexo de deusa." E havia o Homem Macaco: "Um macaco enorme anda pela vizinhança, provocando o caos. Ele matou um representante do consulado no terraço de sua residência. Um bando de vigilantes saiu caçando o Homem Macaco. Houve centenas de relatos de um Homem Macaco sendo avistado. As pessoas continuam aterrorizadas com o Homem Macaco — que pode ser um homem peludo, pode ser um macaco bem grande. Não acha que daria um belo conto?"

Era o tipo de coisa que as pessoas vinham me dizendo desde que eu me entendia por escritor. Quem dera ele soubesse da fantástica aventura que eu estava vivendo com a sra. Unger, para a qual eu não tinha vocabulário.

O toque estridente do telefone antiquado em meu quarto era um tormento. Eu esperava que fosse a sra. Unger. Era Howard, e fiquei desconfiado na mesma hora. Hábil em fazer as pessoas dizerem sim, ele era dotado de uma voz especial, suavemente insistente, mas respeitosa, para induzir ao consentimento. Estava acostumado a lidar com gente difícil — bengalis renitentes, matronas pomposas, comissários do Partido Comunista de Bengala, uns tipos odiosos do Departamento de Estado —, e embora fosse agora um funcionário de assuntos públicos, ocupara por algum tempo o cargo de cônsul assistente, lidando com uma boa quantidade de insidiosos pretendentes a visto.

"Paul Theroux quer se encontrar com você. Ele está em Calcutá."

"Nunca fomos apresentados", eu disse. "Como ele sabe que estou aqui?"

"Eu falei pra ele. É um grande fã." Isso só podia ser papo furado. "Mencionei que você uma vez perguntou sobre a senhora Unger." Antes que eu pudesse protestar, disse: "Ele também perguntou sobre ela."

Meu corpo todo ficou bambo. Senti a garganta fechar, minha voz diminuir.

"É por isso que ele está aqui?"

"Acho que não." Howard intensificou sua voz especial de "vendas". "Era para ele abrir a Feira do Livro de Calcutá, mas ela gorou na última hora por causa de uma ação de uns moradores locais, que disseram que ia provocar poluição. Não é engraçado? Você podia usar isso numa matéria."

Mas eu ainda estava pensando em *Ele também perguntou sobre ela*, e estava entorpecido demais para responder.

"A gente estava tomando uma bebida no hotel dele ontem e do nada ele disse: 'O nome Merrill Unger quer dizer alguma coisa pra você?'"

Em uma voz que eu mal reconheci, disse: "O que foi que você falou?"

"Falei que conhecia outra pessoa que tinha feito essa mesma pergunta."

Fiquei mudo. Desde que a conhecera, sentia que era toda minha — e eu, dela. Éramos o segredo um do outro. Nem mesmo seu filho dissimulado e curioso poderia ter sabido o que havia entre nós. Havíamos nos encontrado às escondidas, com hora marcada, e ela operara sua mágica tântrica em mim na semiescuridão, à luz de bruxuleantes lamparinas a óleo em sua cripta, no Lodge.

Imprudentemente, antes disso, eu deixara escapar seu nome para Howard, sem me dar conta de que ele ia se lembrar. Eu julgara ter sido bem casual. Mas como funcionário do Serviço Exterior ele estava alerta para a menor sugestão de qualquer fato novo ou pergunta. Seu trabalho era saber o máximo possível sobre os americanos em Calcutá, manter-se informado a respeito, estabelecer conexões. Ele não sabia muita coisa sobre a sra. Unger, de modo que sobre essa exígua amizade esperava descobrir mais. Arranjando um encontro, pondo-me em contato com alguém como Theroux, talvez algo viesse à tona — sobre nós, sobre ela. Eu tomara Howard por amigo, mas, por mais casual que parecesse, um diplomata nunca estava de folga. Sua primeira lealdade era para com a bandeira, e manter a bandeira tremulando era seu trabalho.

"Não o conheço", eu disse. "Nunca fomos apresentados."

"Essa é sua chance."

Howard era esperto, mas não fazia ideia do antagonismo que existe entre escritores.

A jovialidade de Howard mascarava sua mente calculista. Com o pretexto de um encontro fortuito, a química reativa de juntar pessoas, iria descobrir mais sobre mim, Theroux e a sra. Unger. Era a triangulação do mundo diplomático, dar uma festa ("Tome mais uma bebida!") para ver que informação conseguia extrair.

Eu não queria cooperar ou me deixar ser sugado por isso. A sra. Unger era meu segredo, minha missão, meu único motivo para estar em Calcutá. Eu estava em posse da mão morta capaz de abrir a porta para a verdade. Howard porém fora solícito comigo, e bondoso; eu precisava de seus favores naquela cidade cheia e difícil. De modo que tive de concordar, mas adverti a mim mesmo antes de tudo para ser precavido, não entregar nada. Mais do que me poupar, eu queria proteger a sra. Unger daquele notório bisbilhoteiro.

O que eu sabia sobre Theroux era o que todo mundo sabia sobre ele. Era conhecido por ser intrometido, especialmente entre gente incauta — estranhos que conhecia em trens, viajantes que não faziam ideia de quem ele era, pessoas pensando alto em momentos de guarda baixa. Eu suspeitava de que a maior parte do que escrevera fosse ficção, uma vez que começara sua vida de escritor como romancista. E eu sabia da tentação que era melhorar citações ou dramatizar encontros acidentais e paisagens distantes, tornar as pessoas e os lugares mais exóticos. Mas ele era explícito demais para ser convincente. A vida dificilmente era tão simples, e nunca era simples numa cidade como essa. Eu mesmo já incorrera em alguma descrição mais romanceada, mas sempre achei que as tintas com que carregava minha história eram por uma boa causa. Como a maioria dos escritores, ele usava qualquer pessoa que conhecesse sem dó nem piedade.

Eu me ressentia de seus livros lucrativos, sua bonomia, seus modos alegres. De sua obra dava para perceber que era o tipo de escritor que sorria e o encorajava a falar, para depois escrever um relato impiedoso da conversa, mostrando como sabia das coisas. Ele não era cruel, mas era implacável. Observava tudo — os sapatos raspando, a barriga protuberante, os clichês — em suas viagens pelo mundo, generalizando e tirando conclusões simplistas. "No Pacífico, o chefe geralmente é o sujeito cuja camiseta não está tão suja quanto a dos demais" — esse tipo de coisa.

Eu prezava meu anonimato — Theroux igualmente, embora tivesse a reputação de usá-lo para tocaiar o interlocutor desavisado. Como viajante, eu não queria qualquer testemunha para minhas experiências. Era meu privilégio como escritor escrever sobre mim mesmo sem alguém olhando por cima dos ombros. Em resumo, e por tudo o que há de mais sagrado, eu não queria ser apresentado ao sujeito.

O que todo viajante mais anseia, o que o escritor necessita, é a ilusão de ser um descobridor solitário, seja de um território real ou imaginado. Isso é obviamente uma quimera, mas necessária para preservar a disposição de espírito que permite a um escritor tornar seu um lugar. Theroux era possessivo quanto aos lugares que descrevia. Se estivesse em Calcutá, queria ser seu dono. Mas eu havia empenhado demasiado tempo e esforço na cidade para entregá-la de mãos beijadas ou dividi-la com ele. Eu queria minha própria Calcutá. Queria que a sra. Unger fosse minha. Não queria fornecer informações. Não queria ser testemunhado.

Se me recusasse a conhecê-lo, ele teria ficado com a pulga atrás da orelha, e Howard teria se aborrecido comigo. Se concordasse, estaria me arriscando a pôr em risco meu relacionamento com a sra. Unger. Mas ao que parecia eu não tinha escolha.

Reprimindo minha raiva, eu disse: "Talvez a gente possa se encontrar para uma bebida. Ando muito ocupado."

Eu não queria uma bebida, não estava ocupado, sentia uma falta terrível da sra. Unger e lá estava eu condenado a conhecer alguém que aparentemente estava competindo comigo — a falar sobre ela quando tudo o que eu queria era vê-la.

"Ótimo. Ele está hospedado no Fairlawn."

Típico de alguém atrás do "pitoresco" em vez do genuíno (como eu). O Fairlawn ocupava uma mansão decadente. Era uma instituição de Calcutá em todos os sentidos, administrada pela autoritária sra. Smith e por sua família: comida insossa, costeletas de carneiro e repolho cozido, garçons despóticos. Em qualquer outra cidade, teria passado por pitoresco e divertido; em Calcutá, parecia triste, até ameaçador, o tipo de lugar que Theroux podia usar como cenário de suas ficções indianas, o que me deixou com um pé atrás. O Fairlawn ficava a alguns quarteirões do Hastings, perto da Madge Lane. Eu passava por ele a caminho do Museu Indiano. Eu evitava ficar em lugares assim, preferindo em vez disso um quarto cortesia em algum hotel luxuoso disposto a trocar uma pernoite por uma menção em um de meus artigos de viagem. Mas eu não tenho escrito coisa alguma, então os convites haviam passado em branco.

Querendo resolver o assunto de uma vez por todas, eu disse que teríamos de nos encontrar no dia seguinte. Howard concordou tão prontamente que suspeitei de que a vontade de Theroux de me conhecer não tinha nada de casual. Ele estava determinado a me pôr contra a parede. Queria alguma coisa de mim. Então fiquei com os dois pés atrás.

"Digamos umas cinco, happy hour", disse Howard. "O cara é legal. Você vai gostar dele."

Isso soou como uma ordem. Também me deixou desconfiado. E odiei ouvir Howard elogiando o homem.

No dia seguinte, entrando no pátio ajardinado do Fairlawn, vendo os dois sob guarda-sóis listrados, decidi pegá-los de surpresa. Existem dois métodos de se apresentar a um estrangeiro abelhudo e hiperalerta como aquele. Um é andar direto em sua direção, pela porta da frente, sorrindo conforme se aproxima. O outro é ir por trás, a porta errada. A desvantagem de ir de frente é que a pessoa tem tempo de medir você, de pensar no que vai perguntar, de avaliar seus movimentos — o andar e a postura de alguém podem ser fáceis de interpretar, e entregar muita coisa. Ele seria capaz de examinar o que eu estava usando, minha camisa, meus sapatos. Ele gostava de descrever o que as pessoas estavam calçando. Indo por trás, eu o pegaria de surpresa e impediria esse tipo de avaliação calculista.

Foi o que fiz; entrei sorrateiro pela porta lateral, contornei as árvores, passei ao lado de outras mesas onde as pessoas bebiam e me introduzi entre os dois. Eu chegava mais cedo de propósito naquela tarde quente, para pegá-los desarmados.

"Oi, Howard", eu disse, aparecendo do nada, pondo-me diante deles e puxando uma cadeira. Pude perceber que havia lhes pregado um susto. Estavam tomando Kingfishers e observando a porta lateral do Fairlawn, à espera de que eu surgisse ali e fizesse a caminhada longa e reveladora até sua mesa.

"Esse é Paul Theroux", disse Howard, parecendo constrangido com meu súbito aparecimento. Sinalizou para um garçom com um toque em sua garrafa de Kingfisher, significando que era para me trazer uma.

"Jerry, é ótimo conhecer você, finalmente." O *finalmente* só podia ser falso, como se estivesse querendo me conhecer havia anos. Eu sabia que não era nada disso. "O que traz Jerry Delfont a Calcutá?"

O uso do nome completo na cara da pessoa em uma frase assim sempre me irritou por ser algo teatral, um maneirismo de quem pergunta — mais insinceridade. E quanto mais deprimido eu ficava por meu fracasso como escritor, mais eu odiava meu nome, de modo que isso não era simplesmente irritante, mas também doloroso.

"Um pouco disso, um pouco daquilo. Só de passagem. E quanto a você?"

"A mesma coisa. Só de passagem. Sou um desses que Kipling descrevia como tendo passado algumas semanas na Índia, passeado por essa grande Esfinge das Planícies e escrito livros a respeito, denunciando ou louvando, conforme manda sua ignorância. Em outras palavras, sem maiores planos. Você?"

"Plano nenhum", disse eu. "À espera da monção e não muito mais que isso."

"Sei o que quer dizer. Vou ficar feliz quando começar. Esse calor é horrível."

"É difícil trabalhar nesse calor", disse Howard.

Theroux disse: "Não estou escrevendo nada. Jerry?"

"Quem dera. Quente demais."

Perdoem o diálogo banal, que a propósito continuou um pouco mais. O motivo de eu escrever essas frases ocas é que desejo mostrar como Theroux era oblíquo comigo, oblíquo ao mesmo tempo em que parecia cordial e acessível. Ele era condescendente e evasivo; não dava qualquer informação; tampouco eu lhe fornecia alguma.

Esse tempo todo — presumo que fosse uma técnica que aprendera como escritor viajante — ele me observava de perto. Suas palavras nada significavam, mas enquanto falava para prender minha atenção era capaz de me estudar, exatamente o que eu queria evitar. Ele relanceava meus sapatos, minha calça de linho, minha camisa de linho folgada, e tentava aferir minha idade, avaliar minhas evasivas, como que procurando um ponto fraco. Sua postura relaxada destinava-se a me tranquilizar, mas seus olhos inquietos eram os de um predador.

"Essa cidade não muda", ia dizendo Howard.

E tive de admitir que, dissimulando, proferindo meus próprios clichês, estava fazendo o mesmo que Theroux, formando minha opinião sobre ele.

Conhecer um escritor em carne e osso é sempre uma decepção, uma vez que a imagem que você tem do que ele escreve é formada com base em palavras tendenciosas ou enganosas. Na página o escritor é um ser inteligente, eficaz e fluente, perspicaz e alerta: o leitor inventa um rosto para esse homem. Em carne e osso, o escritor é normalmente deformado, supercauteloso ou hesitante; falível no sentido de que a carne é falível; injuriado, vesgo, mais velho e mais baixo do que você imaginava — mesmo, com bastante frequência, desequilibrado. Conheci Hunter Thompson certa vez em uma festa em Nova York, e ele me pareceu tímido, melindroso, insano, como uma criança desmiolada. Os escritores nunca se parecem com a foto da orelha. Sempre são menores e mais pesados. O cabelo de Theroux era mais ralo, mas nunca o cabelo de um escritor chega sequer perto de se parecer com o que você vê na fotografia.

Raposa da prosa, ele parecia ansioso e óbvio, mais corpulento do que na foto, nem um pouco vulpino, mas preocupado, flexionando os dedos numa atividade de deslocamento para usar as mãos, como se estivesse querendo escrever o que eu dizia ou tomar notas. A despeito da umidade, usava um khadi de algodão rústico e calças largas, uma camisa sem colarinho, sapatos de couro para caminhada, sem meias, e um relógio caro. Seus óculos redondos de aro grosso eram do tipo que os indianos chamavam de "óculos Netaji", modelo popularizado pelo nacionalista Netaji Bose. Embora sorrisse bastante agradavelmente, seus olhos eram irrequietos atrás das lentes, ocupados demais, fixos em mim, de um lado para outro o tempo todo. Fiquei reconfortado em ver que parecia mais velho do que na foto; perdera a boa aparência, se é que um dia a tivera; mas era vigoroso em sua determinação, aquela impiedade que já mencionei antes. Era cordial de um modo que me incomodava, porque eu sabia que não era sincero e que queria alguma coisa.

"Não tenho visto artigos assinados por Jerry Delfont ultimamente", disse. O irritante maneirismo verbal. Estremeci ao escutar meu nome completo outra vez. "Geralmente você aparece em toda parte."

"Tenho andado muito ocupado", eu disse, e percebi pela contração forçada de encorajamento em sua expressão que não acreditou em mim. Eu não andava nem um pouco ocupado, não de algum modo que ele pudesse ter compreendido.

"Alguma coisa em especial?"

"De certo modo", eu disse, e ambos sabíamos que isso queria dizer não.

A forma e o tom da pergunta de alguém muitas vezes indicam que a pessoa quer ouvir a mesma pergunta. "Você já esteve no Butão?" significa "Me pergunte sobre o Butão. Acabo de voltar de lá". Mas esse não era seu estilo. Ele não queria responder a pergunta nenhuma. Era o interrogador, no campo periférico, atrás da luz.

E cada pergunta vinha acompanhada de um elogio.

"Sempre procuro seus artigos nas revistas. São muito atuais."

"Tento me manter atualizado", eu disse.

"Você viaja leve. Invejo você."

Outra referência sagaz. "Viaje Leve" era o título de uma de minhas colunas de revista.

"Você faz um bocado de tevê", ele disse.

Isso era gozação? Parecia.

Howard disse: "Eu não tinha percebido isso."

"Era cabo. Não é a mesma coisa que tevê aberta."

"Você é bom nessa coisa", disse Theroux. "Devia fazer com mais frequência. Podia ter seu próprio programa sobre viagens."

Recebi isso como querendo dizer que eu não era bem um escritor, que meu verdadeiro talento estava em tagarelar na frente da câmera. Talvez não fosse isso o que ele quisesse dizer. Mas o problema de conversar com ele era que eu não tinha certeza exatamente do que queria dizer. O que eu *tinha* certeza era de que o tempo todo ele fazia sua dança verbal, usando sua desorientação de mágico enquanto me observava atentamente.

"Você faz tevê, não faz?"

"Não", ele disse. "Nunca. Eu nunca daria pra coisa." Seria isso um elogio ou algum comentário impertinente?

"Quanto tempo faz que está em Calcutá?", perguntou.

"Mais ou menos um mês. Talvez mais. Perdi a noção do tempo."

"Isso sim é que é viajar", disse ele, soando grandiloquente e presunçoso. "Sem limites nem restrições — sem perspectiva de voltar pra casa."

"Como não tenho casa, é moleza", eu disse, para esclarecer as coisas.

"Livre e desimpedido."

"Não exatamente. Tenho um inquilino em meu imóvel em Nova York. Uso o dinheiro do aluguel para viajar."

E eu pensei: *Droga, por que estou passando essa informação a ele?*

"E quanto a você?", disse eu. "Onde mora?"

"Difícil dizer. Nunca fui feliz morando num lugar só. E nós americanos somos expatriados naturais, até mesmo os escritores, como nós."

Completamente evasivo, e *como nós* era apenas um modo de bancar o condescendente comigo. Ele escrevia livros, eu escrevia artigos de revista; mas se referindo a ambos como escritores ele magnanimamente me incluía no seu rol. Será que achava mesmo que eu acreditava nele?

Era mais velho do que eu imaginava, mas afetava uma espécie de curiosidade ávida que eu associava a gente mais jovem — alguém em formação. E isso era mais um traço irritante. Mas na maior parte eram seus olhos inquiridores que me incomodavam.

"Temos uns americanos por aqui que quase se podem classificar como expatriados", disse Howard. "Vistos indianos e autorizações para trabalhar são problemáticos, mas existem americanos na Índia que veem a si mesmos como residentes."

Embora eu soubesse a quem se referia, não ajudei.

"Missionários", disse Theroux. "Os indianos odeiam esses chatos cristianizadores. Vira e mexe saem em perseguição deles. É gozado, a gente teve todo tipo de proselitismo hindu nos Estados Unidos. Lembram aquele guru maluco do sexo com os Rolls-Royces e os chapéus esquisitos?"

"Bhagwan Shree Rajneesh", eu disse.

"Bhagwan quer dizer 'deus'", disse Theroux. "Ele se promoveu a deus!"

Howard disse: "É usado num sentido diferente, meio que um honorífico."

"Tanto faz", disse Theroux. "Era sexo tântrico que ele estava vendendo, para lançar um encanto sexual no rebanho. Eu o associo a perversidade polimorfa. E fraude de visto."

"De qualquer jeito, ele já morreu", falei.

"Os americanos que vêm para Calcutá tendem à filantropia", disse Howard. "Um número imenso deles começou trabalhando como voluntário para Madre Teresa. Era quase um rito de passagem, parte da excursão pela Índia. Ver os cartões-postais, depois algumas semanas alimentando os incuráveis."

"Madre Teresa acreditava que pobreza era uma coisa boa", eu disse, tentando lembrar o que a sra. Unger havia dito.

"É bastante estranho, ela coletava milhões em doações", disse Theroux.

Howard comentou: "Vejo gente assim o tempo todo."

"Thoreau disse: encontre um defensor de causas humanitárias e você vai ver que no fundo há qualquer coisa errada com a vida dele. 'Se o sujeito cometeu um ato hediondo, o que ele faz? Sai por aí reformando o mundo.' Por que outro motivo estrelas pop e celebridades se envolveriam nessas causas? As vidas delas são desprezíveis. As coisas que fazem são tão imprestáveis, tão vulgares e supervalorizadas... Precisam compensar, parecer pessoas melhores do que são. E bancar os arrogantes humanitários alimenta seu ego."

Ele se animou e pareceu atipicamente sincero conforme foi ficando mais irritado.

Eu disse: "Talvez elas queiram dar um significado a suas vidas. Escrevi um artigo sobre Liz Taylor. Ela se importa de verdade com a pesquisa da Aids e levantou muito dinheiro — milhões."

"Acho que isso é o que acontece com atrizes que não conseguem mais papéis nos filmes", disse Theroux. Ele enfiava o dedo em um prato de amendoins sobre a mesa, remexendo-os, um modo de mostrar para mim que não tinha interesse no que eu estava dizendo. "Sabe como chamam isso em bengali? *Cheena badam*. Amêndoas chinesas. Mas é só amendoim. O que isso lhe diz sobre pretensões aqui?"

Eu disse: "Liz Taylor está usando a fama dela por uma boa causa."

"Com todo o respeito, Jerry, isso é o que todos eles dizem, todos esses mitomaníacos exibicionistas fajutos."

"Qual o problema com boas ações?"

"Não estão fazendo boas ações. Estão se promovendo. Eles pensam que dinheiro é a resposta, mas têm tanto dinheiro que deveriam saber que dinheiro não é a resposta. Estão causando um estrago. Aqui, pegue umas amêndoas chinesas."

"Então qual é a resposta?"

"Como dizia o guru: 'Qual é a pergunta?'"

"A senhora Unger não é exibicionista", disse Howard.

Finalmente, depois de todo esse tempo, o nome. Ele viera pairando sobre a conversa pelos últimos quinze minutos.

Theroux virou para mim. "O que você acha?"

Fui vago. "Sobre o quê?"

"A senhora Unger."

Dei um gole em minha cerveja e tentei parecer indiferente. Disse: "Não a conheço de verdade."

Howard reagiu a isso apenas com a mais leve contração de espinha, um aprumo, um insignificante movimento da cabeça, e percebi que Theroux notara tanto a contorção involuntária da reação de Howard como minha própria negativa furada. Eu não devia ter desconversado. Os dois perceberam que eu estava mentindo, mas o pior de tudo foi que Theroux fingiu acreditar em mim. Sua expressão imperturbável de credulidade era o equivalente do desprezo para mim, o olhar insensível e imóvel de um caçador acompanhando sua presa pela mira da arma — um animal que acabara de revelar uma fraqueza, uma lentidão, uma coxeadura, talvez.

"Posso lhe contar algumas coisas sobre ela", disse Theroux. "Ela fica abaixo do radar. Foi casada umas duas ou três vezes. Chegou a Calcutá faz uns dez anos, como tanta gente, para trabalhar no asilo de Kalighat com Madre Teresa. Ficou desiludida com a freirinha. Mudou-se para o estabelecimento vizinho."

"O templo de Kali?", perguntou Howard.

"Isso. Dizem que é uma curandeira." Enquanto falava, Theroux mal olhava para mim, embora estivesse me monitorando de perto. "Dizem que é uma *dakini*, uma espécie de sacerdotisa, e que ensinou massagem tântrica para uma atriz francesa que tinha vindo trabalhar com Madre Teresa. Essa atriz depois teve um caso com um figurão de Hollywood e enfeitiçou o ricaço com o método tântrico da senhora Unger. Que tal uma história dessas?"

"Por que não escreve sobre isso?"

"Por que você não escreve?", disse Theroux. "Ah, desculpe, é mesmo — você não a conhece." Ficou me observando à espera de uma reação, antes de acrescentar: "Se informe por aí. Ela nunca foi entrevistada, mesmo sendo dona de uma das maiores instituições de caridade privadas de Calcutá. Ela daria uma *get* e tanto — não é assim que falam na tevê sobre pessoas muito requisitadas?"

"Não tenho feito muita tevê ultimamente."

"Achei que você tinha dito que estava lançando um novo programa de viagens. Ela daria um segmento de Calcutá perfeito."

"Ou um capítulo num dos seus livros."

"Tenho material de sobra", disse ele. "Quer material? Ei, já sei."

Enfiou a mão dentro da valise e começou a folhear uma pasta de recortes de jornal, separando-os.

"Adoro essas histórias de Calcutá. São como lendas urbanas. Tem uma mulher aqui, a senhora Chakraverti, que alega ser uma bruxa e supostamente teve um caso com Elvis. Ela anuncia os poderes. Ou a louca de duas semanas atrás em Howrah que ficou com ciúme da cunhada e jogou o bebê dela em um lago quando ninguém estava olhando. Dois casos como esses em uma semana! E também" — ele segurava agora outro fino recorte — "ultimamente, criados vêm se associando a *dacoits* pra roubar seus patrões, às vezes assassinando-os. Teve um caso recente em Ballygunge, logo adiante na estrada. Os jornais publicaram uma matéria sobre como saber se seus criados estão planejando matar você. Adoro esse tipo de coisa".

"Eu só leio os classificados matrimoniais", disse Howard.

"Eu também leio", disse Theroux. "E que tal os classificados de raptos?"

Não estava olhando para mim, e, mesmo assim, virado de lado, seu corpo era como um instrumento medindo minhas reações.

"'Procura-se garota sequestrada'", leu Theroux. "'Sumita Chandran, dez anos, um metro e vinte, sequestrada no dia 12 de fevereiro em Howrah.' Ou 'Anikat, oito meses de idade, sumida desde janeiro'. 'Sultana, cinco anos, desaparecida em 2007. Nitesh Kumar, sete anos. Prafula, cinco.'" Fechou a pasta de recortes. "Quarenta e quatro mil crianças desaparecidas todo ano. Onze milhões de crianças indianas estão descritas como 'abandonadas'."

Howard disse: "Elas vão parar no mercado de sexo ou de adoção. Ou em fábricas clandestinas."

"A senhora Unger as ajuda. Uma das poucas pessoas que se importam. Essa é a história. É por isso que estou interessado."

Decidi não responder, mas ele pareceu notar até essa resistência.

"Queria conseguir achá-la", disse.

"Isso não deve ser difícil para você."

Ele sorriu. "Ou você."

"Mas você está interessado, e eu não."

"Pare de cutucar sua samosa, Howard!", ele disse.

Howard lambeu a massa de seus dedos e disse: "Cutucar?"

"Cutucar, cutucar!"

Theroux achou que fazia pouco de mim com essa súbita distração, mas eu sabia que a provocação a Howard era seu modo de me confundir, porque ficara constrangido ao perguntar seriamente sobre a sra. Unger. Sua provocação também mostrava como podia tomar liberdades com Howard, que obviamente era seu amigo, e era um modo de me excluir.

"Não está interessado em crianças desaparecidas?", perguntou ele.

"Não estou interessado na senhora Unger."

E, mais uma vez, desconversar sobre ela era revelar mais do que eu gostaria, e ele sabia disso. Estava com inveja do meu acesso a ela. Ele sabia de algo, e eu não estava cooperando. Comecei a mastigar uma samosa, perguntando-me se iria me perguntar mais alguma coisa sobre a sra. Unger. Mas ele apenas sorriu e mastigou alguns amendoins.

"Quanto tempo mais vai ficar em Calcutá?", perguntei.

"Não faço ideia", disse ele. Uma mentira deslavada. "E você?"

"Vai saber." Outra.

Éramos escritores mentindo um para o outro, como escritores fazem. Quanto melhor o escritor, maiores as mentiras. Por que eles são incapazes de dizer a verdade? Digo "eles" porque eu não alimentava ilusões. Reticentes, possessivos com suas ideias, vigiando de perto, tentando confundir você. ("Pare de cutucar!") E contudo, nesse momento, percebendo que eu estava mentindo, comecei a pensar que eu podia ter uma ideia de verdade. Que eu podia ser um escritor.

Um escritor de artigos de revista, de matérias jornalísticas, eu não tinha nenhuma pretensão de escrever livros. Theroux não queria que eu o conhecesse, não queria que ninguém o conhecesse, sendo esse o motivo por que não fazia outra coisa além de fingir escrever sobre si mesmo, sem nunca mostrar franqueza total, oferecendo todas aquelas versões de si mesmo até desaparecer num matagal de meias verdades que ele esperava que fosse arte.

Posteriormente, o que eu lembrei com mais clareza foram seus olhos, agudos, inquisitivos, perscrutadores, um pouco tristes e insatisfeitos, tentando ver sob a superfície e inevitavelmente falhos ou ineficazes em lembrar, porque não se pode saber tudo. Ele era como alguém tentando enxergar no escuro.

Fiquei convencido de que sabia que eu era próximo da sra. Unger e ele havia tentado de tudo para me fazer entregar isso. Queria saber o que eu sabia. Mas essa era minha matéria. Eu não lhe dera nada, e contudo ele me deixara intensamente desconfortável, e enquanto fiquei ali sentado sem dizer nada senti que tirava alguma coisa de mim. Eu era como um desses homens primitivos que acreditam que o fotógrafo vai roubar sua alma se tirar uma foto. Ele me dava essa sensação.

Mas pior que isso, eu me senti solapado. Disse: "Bom, agora preciso mesmo ir."

"Foi ótimo conhecer você, principalmente aqui", disse Theroux com um meneio teatral de mão no jardim do Fairlawn. Eu sabia que não era o que sentia, ou talvez houvesse mesmo adivinhado alguma coisa do que eu sabia a respeito da sra. Unger.

Howard disse: "Mantenha contato."

Eu estava exposto. Howard armara para mim. Agora ele conhecia outro lado meu, e Theroux, que antes não conhecia lado nenhum, me conhecia melhor do que eu queria que conhecesse. Eu não estava apenas desconfortável, estava diminuído, tornado menor por sua atenção. Ele se servira de uma fatia da minha alma.

Aquele sujeito sorridente, intrometido, mesquinho e insincero tirava conclusões a meu respeito, formando uma opinião e cometendo equívocos fatais por causa de sua impaciência e suas espertezas. Odiei aquela tentativa horrível de avaliação conforme ficava ali presunçosamente dissimulando sua simulação de surpresa. Era o tipo de pessoa incapaz de aceitar as coisas pelo que elas eram e ficar sossegado. Precisava atiçar, provocar, me fazer reagir, como se — por assim dizer — tivesse um martelo na mão e ficasse o tempo todo batendo em meu joelho, como um médico testando reflexo. Mas essa imagem é muito suave. Estava mais para alguém cutucando um animal cauteloso. Era não só cruel, como também o tormento evocava uma reação atípica e falsa. Que direito tinha ele, e o que queria saber a respeito da sra. Unger?

Esse tempo todo, penetrando no jardim vindo da rua, o paredão de som, constante em Calcutá — o trânsito e a gritaria, as campainhas das bicicletas, pessoas chamando umas às outras, cada palavra como uma admoestação na cidade que nunca silenciava. Independentemente de onde eu estivesse, o barulho da rua, o lembrete de que Calcutá era incansavelmente densa de gente, onde os fedores eram tão penetrantes que pareciam quase audíveis, os vapores de diesel dos táxis e ônibus, o cheiro do lixo, de merda, de poeira erguida, que era também como uma lamúria muito aguda, a vibração da imundície, o aroma adocicado da podridão, a presença da fumaça oleaginosa das lamparinas e velas de veneração. O único lugar verdadeiramente silencioso e fragrante era a cripta da sra. Unger.

Pouco antes de eu ir embora, Theroux havia me dito: "Mas se você chegar a conhecê-la, se ficar próximo dela de algum modo, vai ser um cara de sorte. Seria uma dádiva."

E lá fui eu me esgueirando entre as mesas.

A animação que sentiram quando fui embora não mascarou sua seriedade. E eu sabia que continuaram no jardim do Fairlawn para falar a meu respeito. Diziam: um zé-ninguém, um vira-casaca, um sabonete — o que ele está escondendo, por que continua aqui? Howard era humano, não um trocista, mas estava curioso e tinha o amor dos diplomatas por autópsias. Ele fazia o tira bom. Usara Theroux como instrumento invasivo para me desentocar.

Eu disse a mim mesmo que não dava a mínima para o que achavam. O que me incomodou foi que com suas perguntas, seus olhares de soslaio e suas posturas insinceras, sobretudo com seu fingimento de concordar comigo, Theroux havia segurado um espelho na minha frente. No fim, ele nada mais era que isso, um espelho, mostrando-me meu próprio rosto e meus sentimentos, deixando-me intensamente consciente de mim mesmo. Ele estava fazendo o que os escritores fazem, lembrando-me de quem eu era.

Ele construíra uma reputação para si tapeando as outras pessoas, mas a mim não tapeava. Ele me levou a confrontar a mim mesmo, a meu fracasso, conforme refletia de volta minha imagem no espelho do escritor que escondia atrás dele. Eu era como ele em alguns aspectos. Eu era o lado preguiçoso, ocioso, hedonista daquele homem. Ele fingia ser casual, mas era enérgico e nunca descansava, sempre sem se envolver. Eu era o procrastinador. Ele sabia que eu não era determinado e competitivo como ele, e eu sabia que me invejava por meu envolvimento com a sra. Unger. Eu também sabia que ele ia escrever sobre mim, sobre o encontro comigo, e que ia distorcer tudo completamente.

Já basta de Theroux e suas falsas intimidades. O que Howard não sabia sobre o espelho era que ele estava rachado. Era o defeito profundo no espelho de todos os escritores. Na maioria deles — no de Theroux com certeza — você enxerga os olhos selvagens do escritor, fitando agitados por entre a rachadura.

Conforme eu me perdia no meio dos veículos e das pessoas no Hogg Market, fiquei pensando: *Eu menti pra ele. Neguei tudo. Ele me obrigou a isso, e sabia que eu estava mentindo.* Mas não liguei. Eu tinha a sra. Unger à minha espera.

Alguns dias depois, Howard me telefonou e disse: “Ele foi embora.”

Eu sabia de quem ele estava falando e fiquei feliz por não ter de voltar a ver o sujeito que me mostrou quem eu realmente era.

10

Não sei por que — teria sido alguma coisa que comi no Fairlawn? — fiquei doente. Eu havia comido uma samosa, não muito, mas bastava uma mordiscada em algo estragado para pôr você a nocaute em Calcutá. "Dor de barriga" não chegava nem perto de descrever minhas atribulações. Eu tinha câimbras, dor de cabeça, dores musculares, uma sede implacável e uma diarreia que me convenceu de que eu padecia um passamento lento e borrifante, uma liquefação nas entranhas que iria me reduzir em pouco tempo a não mais que uma mancha nos lençóis. Tentei me reidratar com água salgada, mas os borrifos continuaram. E minhas dores eram tais, e eu estava tão enfraquecido, que mal podia falar. Três dias assim, e então fui capaz de ficar de pé sem sentir tontura, embora me sentisse um velho enrugado e artrítico.

"Acho que peguei disenteria amebiana", disse para Howard depois.

"Provavelmente foi só uma diarreia", disse ele.

"Como você sabe?"

"Só é amebiana quando você vê uma nota de cinquenta dólares no chão do quarto e não consegue pegar. A propósito, Parvati pediu pra você ligar."

Eu continuava esperando pela sra. Unger, pelo prazer de entrar em sua cripta. Nesse meio-tempo, em parte pelo flerte, em parte por cordialidade — assim parecia; o que sabia eu? —, Parvati mantinha-me atualizado sobre suas atividades. Eu precisava da distração, mas ficava desconfortável só de estar perto de Parvati nesses dias. Sentia uma obscura repulsa com a proximidade de alguém tão virginal, sua pálida fragrância de inocência, como o aroma de sabonete, alguém recém-saído do banho — e minha cabeça ainda girando com os amadurecidos odores de êxtase, quase vorazes, da sra. Unger. Depois da acachapante sensualidade daquela mulher, estar com Parvati era como estar com uma criança: nada a dizer, nenhuma linguagem em comum. Era como se eu estivesse transgredindo um antigo tabu.

Para mim, mulheres indianas solteiras pareciam colegiais, com seu bom humor e suas restrições. Havia uma linha nas amizades indianas que nunca era cruzada, pelo menos não com uma mulher indiana. Encontros casuais estavam fora de questão, nada físico era permitido, nenhum contato, nem mesmo mandar beijinhos ou tocar as bochechas com um beijo no ar. Qualquer conversa envolvendo questões físicas era proibida. Não era possível eu ficar a sós com uma mulher indiana, e um mero passeio casto e discreto no Maidan exigia supervisão. Eu nunca havia segurado a mão de Parvati. Ela executava as danças mais sensuais, seu corpo se contorcendo, os quadris de um lado para o outro, as mãos no ar, os olhos cintilando como de uma coquete; porém, fora da pista de dança, reafirmava seu caráter virginal e tornava-se intocável. E esse não era o pior tormento para mim.

"Quero aprender coisas sexy", disse-me um daqueles dias em que eu queria estar com a sra. Unger.

"Como o quê?"

"Assobiar. Através dos dentes, bem agudo. Como para chamar um táxi."

"Me ensina a quebrar o braço de uma pessoa usando *kalaripayatu*, e eu ensino você a assobiar."

Ela riu e fez um gesto de artes marciais, e, comigo aparando o golpe, disse: "Quero saber como beber uísque. Quero saber álgebra. Coisas sexy de homem."

Essa conversa frívola era permitida porque estávamos em uma varanda na cobertura do cônsul geral, o lugar cheio de gente. E longe dessa frivolidade, em algum lugar de Calcutá, a sra. Unger cuidava de suas crianças, maternal, salvando vidas. Era o oposto do mundo de morbidez da antessala da morte de Madre Teresa, enfiando gente velha na cama para o grande sono.

De modo que eu me sentia quase envergonhado de estar numa festa, mas Parvati era como uma irmã mais nova, como parecia ser a maioria das indianas desejáveis — inocentes, proibidas, mas sobrecarregadas de responsabilidades. Enquanto os homens indianos nunca deixavam de ser meninos, as indianas me pareciam criaturas sem adolescência, passando direto de garotinhas risonhas para matronas cacarejantes de meia-idade. Eu me sentia protetor e benevolente em relação a Parvati, mas nunca vi qualquer futuro para nós, nem mesmo como amigos. Seus pais encontrariam um bom partido de sua casta, e eu teria de respeitar o tabu indiano contra um homem ser amigo da esposa de alguém.

Mas com a filantropia e o empenho altruísta da sra. Unger em mente eu geralmente ficava balançado com a conversa sobre poesia e dança de Parvati. Sua obsessão por arte e música podia ser perturbadora. Ela me convidava para seus recitais de dança, pestanejava os cílios adoráveis e me falava de todos os lugares aonde desejava ir. Fazia ioga diariamente e se mostrava solidária com minha luta por escrever. Estava sempre trabalhando em algum poema, às vezes vários ao mesmo tempo, com uma desenvoltura que eu invejava. Escrevia poesia sensual. Passava os poemas para mim, dobrados, como dinheiro de dívida, sempre redigidos à mão em sua graciosa caligrafia.

Um deles, sobre se tornar uma dançarina, terminava com os versos

> Então, quando estou em casa, deitada em minha cama
> Vencida, em busca do que seja lento
> E solitário, desbasto meus joelhos separados, aponto
>   meus dedos.

Outro continha a imagem

> ... o ceceio mudo
> Da língua da manhã investe contra o céu.

"O que você achou?"

"O que eu achei? Cintilantes."

Ela riu. Disse que queria me emprestar um livro de um romancista bengali. "Aparece no meu apê. Você precisa ler Sarat Chandra Chatterji."

Embora Howard houvesse me dito que ela morava com os pais, presumi com isso que o apartamento fosse dela. Talvez fosse. Em uma rua lateral perto de uma mesquita em Shobhabazar, no norte de Calcutá, eram quatro lances de escada até um patamar dando de frente para os minaretes e um prédio com roupa no varal. A escada escura cheirava a desinfetante e comida cozinhando. Eu estava sem fôlego por causa da subida quando bati na porta. Uma mulher velha abriu, o rosto muito cansado esbaforido de calor, uma criada, a julgar pelo modo como estava vestida, embrulhada em um sari simples de algodão, e descalça.

"Só um minuto!", chamou Parvati de um cômodo adjacente que estava bloqueado por um biombo retrátil.

"*Chai? Pani?*", perguntou a velha, dando puxões em seu sari muito leve.

"Não quero nada, obrigado", eu disse, e enfatizei gesticulando com as mãos. Um oferecimento de água em Calcutá tinha sinistras implicações para mim. A mera palavra "água" era como veneno.

Uma porta interna abriu com um clique. Esperava Parvati, mas, pela reação da criada, encolhida, servil, presumi que a mulher se aproximando fosse sua mãe. Empertigou-se toda para me medir. Não era velha, mas não vi qualquer semelhança com Parvati. Era mais escura, robusta, os pés chatos nas sandálias douradas, usando anéis nos dedos dos pés, e ficou girando os braceletes no pulso conforme franzia o rosto para mim. Estava claramente decepcionada, como se eu quase não fosse humano, um animal peculiar, uma praga.

"Está sozinho?"

O que isso queria dizer? Continuei de pé. Disse: "Estou."

"Seu emprego é consulado americano?"

"Não exatamente." O que Parvati havia lhe dito e por que não estava aqui para me ajudar? "Eu escrevo um pouco. Andei fazendo umas conferências em vários lugares por Calcutá, patrocinado pelo consulado. Talvez seja isso o que a senhora tenha em mente."

Ela balançou a cabeça. "Por favor, sente. Não aceita chá?"

Desamparado, sem saber como lidar com o silêncio na sala ensombrecida, disse: "Obrigado. Acho que aceito."

"Ragini, *chai*", disse à criada, que esperava num canto, ainda toda servil. E sentando diante de mim, disse: "E como senhor conhece Parvati?"

"Por causa da poesia dela, é claro."

"Sei." Isso foi menos uma palavra do que um som de sucção nos dentes.

"E a dança clássica."

"Sei."

Atrás de mim, vi um lampejo em um espelho quando a porta da frente abriu — uma visão de roupas no varal e minaretes — e um homem entrou, obviamente recém-chegado do trabalho, acalorado; rugas de aborrecimento em seu rosto faziam com que parecesse um foragido. Relanceou em minha direção com indisfarçável alarme e desaprovação, como se tivesse se deparado com um intruso. Sua pasta de couro estava estufada e esfolada, e, embora fizesse muito calor, usava um paletó escuro de lã, camisa e gravata. Desabotoou o paletó, mas não tirou. Suas roupas pesadas pareciam uma armadura e lhe emprestavam um ar belicoso, como se estivesse trajado para um combate. Não tirar o casaco soou como um ato hostil.

A mulher falou com ele em bengali. Captei a palavra "Parvati" e imaginei o que poderia estar dizendo.

Esse homem (o pai, presumi) podia ter minha idade, embora, com seus modos austeros e carrancudos, sua fronte e seu nariz adunco fazendo-o parecer uma coruja, desse a impressão de ser bem mais velho — fora de forma, gorducho, mãos delicadas; corpulento, com ar de funcionário de repartição, em calças largas e sapatos de sola grossa. Pensei em como ao viajar, sobretudo na Índia, eu encontrava gente de um tempo passado, de outra era.

"O senhor é o sujeito do consulado?"

Sorri para sua esposa, esperando que o corrigisse. Mas ela ficou me encarando sem dizer nada.

"Não. Como eu expliquei", e sorri para a mulher outra vez, "só estou dando uma passada".

Eu queria dizer: *E não se preocupe, não quero me casar com sua filha.*

Sentamos, nós três, em três cadeiras, numa formalidade silenciosa e quente, conforme a voz cadenciada começava a soar no alto-falante crepitante, convocando os fiéis a orar.

O homem parecia alguém que não era amado, mas sempre fora obedecido. Alguns homens indianos me pareciam desse jeito. Por mais realizados e bem-sucedidos que fossem, continuavam sendo como garotos grandes e peludos, desagradáveis, dados a amuos, mimados.

A criada Ragini serviu as xícaras de chá em mesinhas enquanto o homem murmurava para ela. Ela se encolheu toda e transformou esse ato reflexo em uma mesura.

Era como se eu tivesse aparecido para uma entrevista e, antes de quaisquer perguntas serem feitas, houvesse sido descartado pelo entrevistador como inadequado. Eles me viam como um homem ruim; não apenas um ladrão, mas um ladrão de outro mundo. Eu viajara por toda parte, mas não conseguia me lembrar de em algum momento ter sido visto daquela forma, implausível e contaminado.

"Quente, hein?", eu disse. O homem desviou o olhar; a mulher balançou um pouco o corpo. O chamado à oração continuava a estalar. "A monção está chegando."

Eram como sentinelas. O silêncio deles me tornava estúpido. Pior do que aparecer lá para pedir um favor, ou para ver Parvati, eu estava lá para roubá-la deles, despojá-los da única coisa que tinha valor naquele lugar; não sua filha, mas a honra de sua filha — roubar sua virgindade e abandoná-la, sangrando.

"Perdoem-me a intrusão", eu disse.

Bebericaram seu chá, o que foi mais insultuoso para mim do que retrucar.

Eu era mesmo um intruso. Não tinha nada que estar ali. Fosse eu um bengali, um potencial pretendente, teriam se mostrado conversadores. Mas eu estava totalmente equivocado, era um estrangeiro.

"Que parte da América?", perguntou a mulher.

"Nova York."

"Crime", disse a mulher com satisfação, os brincos tremendo. "Muito sujo. Muito perigoso."

O homem balançou a cabeça concordando, sentado naquele calor, inalando os vapores do diesel e escutando o rugido vindo da rua e os lamentos vindos da mesquita.

Eu não pertencia aos espaços íntimos de Calcutá, apenas à enorme agitação pública da multidão que engolia tudo e todos. Ninguém pertencia a esse lugar. Como a sra. Unger conseguia? Mas ela tinha medo da multidão.

"Meu marido esteve na América. Punch?"

"Para uma conferência. Seminários."

O nome dele era Punch? Eu disse: "Parvati me contou que o senhor leciona na universidade."

"De fato", disse o homem, e só isso.

"O que o senhor leciona?"

"Faculdade de estudos ingleses."

"Meu tema favorito. Eu mesmo já lecionei por algum tempo. Que período?"

"Século dezessete. Poetas recusantes e reformistas. Thomas More a Ben Jonson."

"O senhor escreve também?"

"Para os jornais." *Jarnels.*

Eu não tinha nada a oferecer. Poetas recusantes? Eu era um bárbaro, ali para roubar sua filha. E agora, finalmente, ouvi a voz dela.

"Desculpe fazer você esperar", disse. "Vi que conheceu papai e mamãe. Estava tentando dar um jeito no computador que deu pau."

. "Eu já estava de saída", disse. "Se puder pegar o livro..."

"Ah, por favor, não vá. Tome mais um pouco de chá."

"Se ele tem negócios em outro lugar, deixe ele ir", disse seu pai.

E assim Parvati me passou o livro, e agradeci a todos e saí, descendo as escadas para me perder no anonimato de um estrangeiro nas ruas, lugar ao qual eu pertencia.

O efeito daquela breve passada na casa de Parvati — para jamais se repetir — foi o de que eu quis ir embora da Índia. Não havia nenhum problema em excursionar pelo país, mas a reação deles deixou claro para mim que eu não era bem-vindo. Eu sabia poder existir com outros escritores e turistas no mundo superficial de Calcutá, me debatendo na superfície com os outros trabalhadores temporários e sensacionalistas. Eu não conhecia a língua, como Howard conhecia, mas estava cego de paixão o suficiente para me entregar de corpo e alma à sra. Unger.

E estava com a mão morta. Era a única coisa que me mantinha ali. Ela representava a Índia mais recôndita, um patético troféu e a chave para um mistério que eu ainda não solucionara. Se eu pudesse levá-la comigo, teria ido. Mas eu tinha de permanecer ali e protegê-la, ligá-la ao seu dono, fosse quem fosse.

Os pais de Parvati não me aprovaram, como fariam com qualquer homem que lançasse sua sombra sobre ela e obscurecesse suas chances de um bom casamento. Eles sem dúvida teriam me odiado se soubessem como eu passava meus dias ansiando pela sra. Unger. Parvati teria ficado devastada também.

Eu teria lhes dito de bom grado: "Aquela mulher é a pessoa mais nobre que conheci na Índia — a perfeição em seus próprios termos! Não pede nada. Usa o próprio dinheiro e todo o seu tempo para melhorar a vida de crianças indianas."

O resto tinha de permanecer segredo meu. Simplesmente era impossível para qualquer um imaginar a fisicalidade de meu anseio, como eu estava comovido por ela e como desejava mais desse sentimento. Como eu ansiava por ficar a sós com ela. Como seria estar em seus braços, com seu hálito quente e misterioso em meu ouvido: *Quer que eu pare?*

Para Parvati, a despeito de seus poemas sensuais, minha ligação com a sra. Unger teria sido um crime.

Tudo isso era simultâneo, e eu não podia contar para Parvati sobre a sra. Unger, ou vice-versa. E a sra. Unger me tornava forte o bastante para ser capaz de aguentar a espera até que estivesse livre para me ver. Eu gostava de tê-la como meu segredo e sabia que era desejo, pois nada mais importava e tudo parecia possível. Parecia até mesmo lógico que eu ficasse em um hotel muito ordinário numa ruazinha afastada de Calcutá, à espera de ser chamado por uma mulher que eu conhecia havia três semanas, que se apresentara com uma carta provocativa à qual agora nunca aludia — e que talvez até esquecera.

Outra festa na casa do cônsul geral, para alguns acadêmicos em visita, Howard fazendo as apresentações, Parvati em um sari de seda verde orlado de ouro, outras vestidas da mesma forma, em seda, como se fosse uma plumagem extravagante. Eu me sentia desconfortável na presença de belas indianas que se trajavam como cortesãs, com joias no nariz e brincos pendendo das orelhas, estendendo seus braços esguios, os braceletes de ouro tilintando, e ofertando nada além de uma provocativa fragrância. Eu me ressentia das antigas regras de corte que moldavam suas vidas e as tornavam inacessíveis. Parvati era assim, um desafio, tão radiante quanto as outras, porém mais esperta. "Eles são brâmanes pukka", me contou, quando perguntei sobre seus pais.

Esse era um modo em código de sugerir que eu era impuro para eles. Ela confirmou que, embora o nome de seu pai fosse Surendranath, ele era conhecido como Punch. Então ela me mediu e disse: "Você não está aqui, como normalmente."

Estranho que, mesmo com seus modos distanciados — ela mal me conhecia —, pudesse ser tão perceptiva.

"Onde eu estou?"

"Está longe." Enfiou um poema dobrado em minha mão.

Abri e li os primeiros versos.

> Em você, um único país azul
> Desnudado de inconsistências.
> Um osso de verdade preso em uma jaula de fogo.

"Um poema de amor", eu disse. "Muito bom. É um sonho. Você é impressionante. É uma poeta brilhante. Pratica artes marciais. Faz danças sedutoras. E mora com seus pais. Como isso é possível?"

"É o jeito indiano de ser. Mesmo se eu casar, provavelmente vou morar com meus pais. Não tenho irmãos. Minha irmã continua estudando. Quem vai cuidar deles?"

"Como assim, 'se' você casar?"

"Tenho umas opiniões sobre o casamento", ela disse.

"Obrigado por esse poema. Quero ver todos os seus poemas."

Mas mesmo enquanto eu dizia isso já me sentia desleal com a sra. Unger. Eu não queria estar lá. Eu ficava mais incomodado com os bons poemas de Parvati do que com os ruins.

Mas era verdade, como ela havia dito, que eu estava longe. Uma mulher naquela posição de destaque, de certo modo elevada, era supersensível ao meu lapso de atenção, ainda mais por não haver relação física entre nós. Ela estava mais alerta aos gestos e tons, às palpitações do ar em torno de mim, do que uma mulher que abraçasse ou segurasse na mão estaria. Essa era a vantagem de um romance à indiana: sem sexo, fascinado em vigilância virginal, todos os outros instintos ficavam aguçados, quase ao ponto da histeria. Ela sabia por meu olhar, o modo como eu respirava, minha postura, a mínima inflexão, por meu cheiro, talvez, que meu coração estava em algum outro lugar. Em uma sociedade superformal onde a insinceridade era a norma, em que a maioria dos relacionamentos, incluindo o casamento, estava baseada em falsidades educadas ou hostis, Parvati era uma especialista em enxergar através de meus elogios e evasivas sem sentido.

Comparado a isso, estar nas mãos da sra. Unger enquanto eu me deitava nu sobre a mesa de madeira era o mundo real. Com ela, cada palavra importava, e estava livre de ambiguidade. Falávamos a mesma língua. Éramos livres. Ela era generosa e humana e a mestra do grande Lodge, abrigo das crianças maltratadas e sequestradas. Perto disso, poemas e danças eram bagatelas de exibicionismo, meras amenidades com o subtexto *Olhem para mim!*

E a sra. Unger tinha amor de sobra para mim. *Não, não quero que pare.* Esse era meu anseio, pródigo, franco, temerário, nu, físico, anti-indiano. *Não pare.*

Como eu esperava, a sra. Unger me requisitou cerca de uma semana após o longo dia no templo de Kali e no complexo em Shibpur, alguns dias após meu incômodo encontro com Theroux no Fairlawn. Balraj levou-me para o Lodge. Captei seu olhar no espelho retrovisor quando entramos na travessa de vilas.

"Alipore?"

"Alipore."

Ela foi ao meu encontro na porta, segurando uma garotinha pela mão.

"Reconhece ela?"

Não consegui me lembrar do nome indiano. Disse: "Alvorada."

"Usha. Aurora. Está vendo como ela está feliz?" Conduziu-me para o interior do Lodge. "As outras crianças estão aqui. Estão se adaptando muito bem. Já se sentem em casa."

Com isso, soltou a mão de Usha e pegou a minha, mas com uma preênsil insinuação em seu aperto. Fiquei com vontade de esfregar meu rosto em sua mão, do modo como um cachorro lambe os dedos de sua dona. O amor é um anseio de agarrar e segurar, de ser agarrado e segurado.

O Lodge estava cheio de vida: vozes de crianças ressoavam no ambiente, e no andar de cima o tamborilar de pés correndo, gritinhos alegres; os aromas de cozinha e flores; o som monótono de mantras, repetitivos e calmantes, uma espécie de gargarejo sagrado. Também fazia frio, e o muro muito alto em torno da propriedade abafava o som do trânsito. Esse era o outro mundo pelo qual eu ansiara e que eu encontrara, sem nada de exótico, não a Índia espalhafatosa e superformal, mas uma versão do lar — segura, protegida nos braços daquela mulher adorável.

Descemos a sua cripta sem falar. Tirei minhas roupas enquanto a sra. Unger acendia as velas e ajustava o volume dos cânticos indianos. Deitei de bruços sob o calor, e ela traçou os contornos de meu corpo com seus dedos por alguns minutos. Depois disso, começou a massagear meus ombros com os nós dos dedos, despejando óleo aquecido em minhas costas de vez em quando. Ela era capaz de penetrar profundamente em mim, atingindo a carne de meus músculos, sem pressa. Concentrou-se em minha cabeça, meu rosto e meu queixo, apertando o polegar nas declividades de meus ombros, e para mim parecia que seus dedos e mãos resolutos seguiam caminhos familiares ao longo do meu corpo, pois seu toque confiante me tranquilizava.

"Preciso que você vire."

Assim eu fiz, e ela pôs um pano úmido sobre meus olhos. Curvou-se sobre mim — senti o roçar fresco de seus cabelos demorando-se em minha pele. Em um refinamento que para mim era novidade, começou a mordiscar e lamber meus mamilos e a esfregar as aréolas com as pontas dos dedos.

"Quer que eu pare?"

Minha voz foi um grunhido de encorajamento conforme a lassitude de seu cabelo continuava a descer como um xale de seda sobre minha barriga. Suas mãos estavam em toda parte sobre mim, pareciam quatro mãos, ou mais do que quatro, e enquanto me tocavam tornavam-se sem peso, erguendo-me da mesa em um prolongado ritual de levitação. Ela descia e descia, suas mãos e lábios — bocas múltiplas — tomando posse de mim, sem me dar o que eu queria, mas oferecendo promessas urgentes. Ela antecipava o que eu queria, que era um prazer além do desejo, algo como um refinamento de glutonaria, sugando a vida de mim, tranquilizando-me ao mesmo tempo com um ronronar de satisfação vindo de sua garganta.

Eu estava encurralado na escuridão, e então acordei subitamente, como se estivesse em outra sala. Arranquei a toalha dos olhos.

"Eu dormi?"

"Um pouco."

"Desculpe."

"Adoro ver você dormir."

Meu corpo estava pesado. Eu continuava deitado, incapaz de me mexer, enquanto a sra. Unger acariciava minha cabeça, seu sari como um fiapo de fumaça contra minha pele.

"Você me faria um favor?"

"Claro. Qualquer coisa."

Ela riu. "Não sabe o que é."

"Qualquer coisa", eu disse.

"Quero ir para Assã. Vai comigo?"

"Claro. Quando quiser." Eu ia começar a entrar em detalhes, mas me detive, e ela captou o impedimento da autocensura em minha voz.

"Pode falar..."

"Charlie vai me odiar ainda mais."

"Ele odeia trens indianos." Me beliscou afetuosamente. "Do jeito que fala parece que você se importa, e eu sei que não. Mas por que deveria?"

Como não tinha certeza de quando voltaria a Calcutá, tomei um táxi no dia seguinte para a Dalhousie Square e andei até a central de polícia para me encontrar com o dr. Mooly Mukherjee. Deixei deliberadamente de levar Howard comigo. Eu queria receber confidencialmente o informe sobre a identidade da criança. No saguão, recebi um crachá e fui acompanhado até sua sala como antes por um *chowkidar*, andando todo pomposo e cerimonioso à minha frente.

"Entre, por favor", disse o dr. Mukherjee, cordial, convidando-me a sentar. Fechou a porta de seu escritório, esfregando os bigodes conforme o fazia.

Seus modos amigáveis deviam ser um indício de que o dr. Mukherjee tinha boas notícias, mas eu estava em Calcutá tempo o bastante para avaliar seu sorriso com um mau pressentimento. Sua cordialidade significava que não tinha notícia alguma, que não descobrira nada; estava prestes a me informar com toda a simpatia que a mão morta era um enigma.

Estava sorrindo quando disse: "Normalmente, pedaços do corpo podem fornecer montes de informação e dados úteis. Esse" — segurou a bolsa plástica entre o polegar e o indicador — "é um desses raros exemplos de quando podemos descobrir muito pouco. É um mistério".

"Idade? Sexo?"

"Certamente criança, menino. Talvez dez anos de idade. Pode ser pouco mais ou pouco menos."

"Existe algum jeito de o senhor verificar as digitais?"

Ele sorriu sob o bigode, erguendo-o com seu sorriso, porque a conversa era bem fora do normal.

"Não possível nesta conjuntura."

"Porque vocês não têm arquivos de digitais para comparar?"

"Porque" — e sorriu outra vez — "pedaço do corpo não está apresentando digitais".

"Não entendi."

"Pontas dos dedos perfeitamente lisas. Nenhuma espiral nem curva."

"Elas foram adulteradas!"

"De jeito nenhum, em minha opinião", disse ele. "Isso é motivo por que perguntei ocupação. Em umas profissões digitais são atritadas. Pedreiros. Trabalhadores que fazem imagens de lama e argila para o puja. Marcenaria. Azulejo. Ferragem. Calceteiros — sujeitos fazendo estradas."

"O que o senhor quer dizer?"

"Essas pessoas perdem as digitais por processo de abrasão. Em vez de impressão, fica liso, no lugar. Como disse previamente." Suspirou, parecendo irritado com minha perplexidade. "Essa pessoa talvez estava envolvida em uma dessas ocupações. Esses são dedos de um trabalhador manual, alguém usando seus dedos várias horas por dia. Alvenaria com tijolo. Quem vai saber?"

"Então o senhor não descobriu nada?"

"Senhor está completamente equivocado. O que não descobrimos é muito revelador. Esse pedaço do corpo é interessante pelo que não está aqui."

"O que eu faço?"

"Guarde em lugar seguro. É a peça de um quebra-cabeça maior. Precisa mais peças." Bateu com o dedo na mesa e balançou a cabeça de um modo determinado. "*Cholche cholbe*, dizemos em bengali. Não terminou — continua."

"O resto do corpo foi cremado, imagino."

"Possivelmente outras peças de quebra-cabeça vão ocorrer em outras formas."

Peguei o saco plástico de suas mãos; estivera gesticulando com aquilo. Por respeito, não quis enfiar em meu bolso. Parecia ofensivo até mesmo segurá-lo.

"Eu examino muitas evidências no curso de minhas investigações", disse o dr. Mooly Mukherjee. "Óculos podem parecer tristes — a gente imagina olhos da pessoa. Sapatos ou sandálias — o pé sempre deixa marca ou forma nítida. Já tive oportunidade de examinar orelhas humanas, o resultado de altercações violentas. Feridas de mordida — a dentição é aparente, uma lembrança da nossa natureza animal. Mas isso, senhor, essa pequena mão de menino cortada com indicação de força de trabalho manual, é coisa mais triste que já vi. Não diz nada e diz tudo. É como relíquia sagrada. Objeto dos mais melancólicos."

Falava fazendo pausas dramáticas, esfregando o bigode, discursando para a janela, uma espécie de oração, e quando terminou, caminhou até a porta e abriu.

"Esquerda no pilar. Fim do corredor para a escada. Por favor deixe crachá com recepcionista." Indicou com um gesto de mão para baixo que tinha mais uma coisa a dizer. "Por fim, eu devo ficar imensamente aliviado de saber que pedaço do corpo passou por cremação decente, com puja apropriado, em máximo de tempo."

Nenhuma digital na mão morta. Como se aquela pequena coisa descarnada e semimumificada já não fosse melancólica o bastante, a informação fazia com que parecesse ainda mais triste em seu anonimato, como um cadáver sem rosto.

* * *

"É o que eu costumava fazer", disse a sra. Unger dias depois, o sol da tarde aparecendo como faixas de pó brilhante através do grande teto aberto da estação Howrah. Balraj supervisionava um carregador que trazia a grande bagagem dela sobre a cabeça, a minha, menor, em sua mão direita e nossa cesta com garrafas de água mineral e marmitas na esquerda. As passagens estavam com ela; chegara até a alugar sacos de dormir para nós dois.

"Plataforma xeis", disse Balraj dando uma relanceada na área de embarque.

Ela disse: "Vamos antes que a multidão chegue." Agarrou minha mão, e senti sua ansiedade de estar em público, exposta à multidão. Embora seu aperto fosse quente e firme, as unhas afiadas, quando falou outra vez pareceu casual. "Gosto de chegar quinze minutos antes da partida. E não tem ninguém aqui para me revistar."

"Eu quero revistar você. Quero apalpá-la inteira."

Inclinando a cabeça de modo que Balraj não pudesse escutar, disse: "Isso talvez não baste."

Fiquei extasiado. Raramente conversávamos desse jeito — as insinuações brincalhonas e indulgentes que os namorados usam. Mas esse dia era especial. Era nossa primeira noite juntos e num trem expresso para Gauhati, em Assã.

"Por aqui, madame. Que vagão, madame?"

"O dez, parece", disse ela, erguendo seu bilhete para verificar.

Balraj passou essa informação ao carregador e ralhou com ele para que se apressasse. Parecia impaciente e agora eu via por quê. Estávamos sendo observados por uma mulher de rosto curtido em um sari imundo, o rosto lambuzado de maquiagem, os pés muito grandes em sandálias rotas. Seu cabelo estava embaraçado e grosso de sujeira. Choramingou um pouco e fez um sinal com a cabeça para chamar nossa atenção, parecendo querer dar bicadas em nós com seu nariz pontudo.

Mesmo depois da barreira na plataforma seis, a horrível mulher continuou atrás de nós, as pernas bem separadas, carregando uma bolsa no ombro. A sra. Unger a viu mas não disse nada, e quando a mulher tentou se aproximar, Balraj bloqueou o caminho.

Encontramos nosso carro-leito e nossa cabine de quatro beliches. Ela disse: "Não se preocupe, paguei pelos outros dois lugares, assim não seremos incomodados." Os beliches eram estreitos e pouco convidativos. Era difícil me imaginar deitado perto dela numa daquelas prateleiras mal acolchoadas.

Uma voz aflita e insistente no corredor junto à porta me levou a erguer o rosto. Era a mulher horrível — *bhikhiri*, disse Balraj, uma mendiga, e parou na frente dela, protegendo-nos, enquanto o carregador punha nossa bagagem nos beliches de cima.

"Lamento, madame", disse Balraj, desculpando-se pela mulher que não parava de falar.

"Dê a ela algumas rupias", disse a sra. Unger. E para a mulher: "*Dam koto?*"

"Ela querendo duzentas, madame."

A sra. Unger sorriu com a quantia. A mulher continuava tagarelando com sua voz alquebrada. Parecia fazer ameaças, e seus olhos injetados exibiam um ar hostil.

"Que língua é essa?"

"Assamese, madame. Ela querendo falar com senhora."

"Sobre o quê?"

"Ela diz que ela não normal, madame."

A sra. Unger reagiu com irritação, franziu o cenho, abanou a cabeça, depois disse: "Que infelicidade! Mas como pode ser de estar aqui na primeira classe? Acho que devíamos mandar chamar o condutor."

Balraj disse, de um modo respeitoso mas cauteloso: "Por favor escutar o que fala ela, madame."

Parecendo atônita com a audácia de Balraj, a sra. Unger suavizou. "*Namashkar. Apni keman achen?*"

"Ela não bem", disse Balraj.

A mulher torcia seu sari esfarrapado com mãos calejadas e queimadas de sol e virou o rosto adunco para a sra. Unger. Ela começou a gritar, exibindo dentes vermelhos e gengivas escuras.

"Ela diz ela querendo dinheiro. Senhora tem dinheiro."

"É verdade. Continue."

"Ela não tendo nenhum dinheiro. Diz: 'Eu não normal.' Diz: 'Deus me fez diferente, não como senhora. Pessoas me tratando em um jeito ruim porque eu não sou normal.'"

A mendiga de aspecto rude ia se exaltando à medida que falava. Eu já vira inúmeros pedintes. Eles repetiam as mesmas frases, implorando por comida e "Sem mãe, sem pai!". Mas aquela ali fazia um discurso, denunciando indianos, proclamando sua anormalidade, e tudo isso parecia assustador, sua voz ainda áspera de ameaça.

Como eu não entendia uma palavra do que dizia, olhei com mais atenção, examinando-a de perto, e vi que não era uma mulher. Era um homem, de meia-idade, enrugado e informe, desajeitado em um sari rasgado, com pés enormes e imundos e mãos inchadas, um pente de madeira enterrado no cabelo emaranhado, e ainda pedindo dinheiro, começando a guinchar, mostrando a língua esverdeada, pastosa.

"Se senhora não dá, madame, ela vai abrir sari e fazer transtorno e vergonha." Balraj, em seu pânico, levava a mão ao próprio bolso para procurar rupias. "Ela vai mostrar partes pudendas."

Mas a sra. Unger o interrompera e pusera-se a contar notas de cem rupias. Ao ver isso, o homem — eu não conseguia mais ver uma mulher naquele sari — se acalmou, lambeu a saliva de seus lábios e estendeu a mão grande e hostil como se fosse uma arma.

"Aqui tem mais do que me pediu. *Onek dhonnobad*", disse a sra. Unger.

Depois que a estranha criatura choramingou sua humilde gratidão — "*Dhonnobad. Thik acchi*" — e tocou a testa com o dinheiro; depois que Balraj saiu e nos saudou da plataforma; depois que o apito soprou e o trem partiu no sol de fim de tarde, a sra. Unger fechou a porta da cabine, sentou de frente para mim e falou em uma voz derrotada.

"Fico feliz que isso tenha acontecido. Foi extraordinário." Ficou em silêncio por algum tempo, respirando suavemente. "Eu precisava disso."

Comecei a dizer qualquer coisa sobre o conceito hindu de *maya*, ilusão; sobre a palavra jainista *anekantvad*, "a lateralidade múltipla da realidade". Na fervilhante e prática Índia, onde todo mundo ocupava um estreito encaixe na sociedade, essa obliquidade, vagueza e evasão, observação desinformada, filosofia arcana reduzida ao tipo de papo furado que estrangeiros como eu fazem na Índia, geralmente em terceira mão: "Alguém estava me contando..." Mas não completei o pensamento.

Ela havia começado a sorrir, mas o sorriso arrefeceu, e seus olhos brilharam e ficaram desfocados. Muito lentamente seu sorriso se desmanchou, seu rosto se suavizou como se um pensamento rastejasse sob a pele lassa de suas feições. Era o tipo de expressão que se vê pouco antes de um grito, de um rosto prestes a explodir numa gargalhada. Inúmeras atitudes brotaram e murcharam até que não mais reconheci seu desamparo. O rosto de alguém que você nunca viu chorando antes é chocante porque parece outro rosto inteiramente, e você não consegue imaginar por que ele está tão desfigurado, disforme e frágil.

A sra. Unger enfiou o rosto nas mãos e começou a soluçar. Fiz menção de sentar ao seu lado para consolá-la, mas ela deve ter me visto por entre os dedos e fez um gesto para que eu recuasse.

Parecia arrancar grandes suspiros angustiados do fundo de seu ser, que afligiam seu corpo todo. Fiquei quieto. Observei-a chorar, na esperança de que compreendesse que minha atenção detida representava a empatia que eu sentia. Mas era mais do que empatia. Era medo, também, vendo aquela mulher forte reduzida a lágrimas irrefreáveis — e por quê?

O trem chacoalhava sobre trilhos frouxos em passagens de nível que são muito frequentes nos limites das grandes cidades indianas. A sra. Unger continuava sentada diante de mim, ereta, os joelhos colados, as mãos adoráveis pousadas sobre eles, encarando-me sem me ver, os olhos amplos e tão desfocados que irradiavam luz, lágrimas correndo por suas faces. Então pegou a bolsa e, usando o espelho, enxugou o rosto e arrumou o cabelo úmido.

"Isso foi perfeito. Eu estava imaginando como começar. Mas esse foi o começo certo."

"Um travesti imundo pedindo esmola."

Seus olhos vermelhos pararam em mim. "Uma pessoa vivendo duas vidas."

Disse isso suavemente, corrigindo-me, não de um modo melodramático, mas com uma intensidade que capturou minha atenção.

"Você tem uma coisa que quer me contar. Algo sério."

"Não quero, de verdade. É melhor quando os segredos permanecem guardados."

"Então não me conte."

"Sinto que devo. Você já sabe demais."

"Sei?" Eu julgava saber muito pouco sobre ela, mas achava que não tinha o direito de pedir mais.

"Você sabe como eu sou no escuro — com você, a sós."

"Em sua cripta."

"A escuridão revela quem realmente somos."

"Assim espero."

"Mas agora você sabe que tenho um segredo."

"A única parte que me incomoda é que isso está de certo modo relacionado àquela pessoa estranha, o homem com roupas de mulher. Então o que está me dizendo?"

Era mais que incômodo; eu estava profundamente alarmado. Eu nunca tinha visto a sra. Unger nua, e até onde eu sabia — e eu me sentia totalmente ignorante e crédulo — a sra. Unger podia ser o sr. Unger.

Ela não piscava. Olhava fixamente para mim, como que dizendo: *Desafio você a ver o que há de estranho a meu respeito. Está bem na sua frente.* Não era zombaria, embora houvesse um sorriso implícito, como um pontinho de luz em seus olhos, um brilho desse mesmo desafio.

Isso tudo era um pouco burlesco demais para mim. Qualquer um pode encarar você e dizer *Não sou o que parece, adivinhe meu segredo*, atormentá-lo forçando-o a adivinhar. Era um modo cruel de fazer pouco da pessoa, arrancando uma admissão — mas do quê?

"Acho que seria bom se não tivéssemos nenhum segredo", eu disse.

"Bom nada. Meus segredos são o que me sustentam", ela disse.

Eu disse: "Nunca conheci ninguém que falasse com tanta franqueza."

"Estou falando de um segredo em particular", disse ela. "Fico me perguntando como vai receber."

"Nada poderia mudar meus sentimentos por você."

"Talvez ache chocante."

"Quero ser chocado", eu disse, desafiando a mim mesmo. "Quero partilhar de seu segredo chocante."

Isso ser muito estranho para senhor. Não deve gritar, dissera Mina Jagtap, passando-me a mão morta.

A sra. Unger sorria para mim do modo como uma pessoa mais velha sorri para alguém bem mais jovem, aquele sorrisinho de superioridade *Espere só pra ver como é.* Fiquei muito nervoso e pensei: *Será que vai me contar que é um homem?*

Em minha ansiedade, olhei através da janela em busca de alívio e vi que o sol estava no nível das palmeiras, a meia distância. Meia hora longe de Calcutá e chegáramos ao campo, uma paisagem enfadonha de árvores com folhagens desfiadas e pequenas cabanas de bambu com telhado de palha e a usual cena bíblica de mulheres em mantos carregando jarros d'água, meninos pastoreando cabras, homens de turbante curvando-se sobre firmes arados de madeira sendo puxados por búfalos negros lustrosos. A luz do dia diminuía conforme observávamos, os lampiões do trem ainda sem acender, e com o lusco-fusco se avolumando a sra. Unger foi ficando mais calma e segura.

"Sou negra", disse, simplesmente.

"Não é."

"Sou negra", ela insistiu. Em voz baixa acrescentou, quase em contrição: "Odeio confissões. São tão teatrais..."

Eu me recostei bem para trás contra o estofamento do meu assento, para não parecer que a encarava.

"Sei que não parece, mas sou. Se você fosse negro, saberia na mesma hora. Posso passar por branca quando estou entre brancos, mas não posso passar por branca entre negros. A gente tem como saber."

A pergunta óbvia estava estampada em meu rosto.

"Nós, os negros."

Ela havia ficado muito séria e um pouco irritada, como que perdendo a paciência por ter de explicar uma coisa tão complicada para alguém tão simples. Sem dúvida ganhara minha atenção e, como eu não sabia o que dizer ou para onde olhar, apenas tartamudeava.

"Seria bem mais fácil se você não falasse nada." Balançava para a frente com o balanço do vagão, o trem passando junto a um amplo rio. E então seu rosto estremeceu quando entramos ruidosamente numa ponte de ferro. "Não é uma longa história."

"Você não precisa me contar."

"Apenas escute", disse nos firmes tons de uma mãe. "Eu nasci na Georgia. Não vou dizer onde; você nunca ouviu falar.

Era uma de sete crianças. Quem dera você pudesse nos ter visto juntos... Não havia dois de nós que fossem parecidos. Eu era a segunda mais velha. O mais velho, meu irmão Ike, era bem escuro e tinha traços negros. E depois vinha eu. A terceira criança tinha o cabelo bem crespo e avermelhado. A quarta era bem branca, com cabelo escuro. E assim por diante.

"Minha avó era negra, minha mãe — a filha dela — era negra. Meu pai era branco. Mas essas distinções não faziam a menor diferença. A gente era uma família de negros em uma comunidade negra e todas nós, crianças, íamos a uma escola para negros. Todo mundo sabia nossa origem — é assim na zona rural. Georgia ainda tinha segregação nessa época, e eu odiava isso. Vou poupá-lo dos detalhes.

"Eu queria entrar para uma faculdade no norte, fugir daquilo tudo. Então depois do colegial me matriculei numa faculdade de Boston. Minha igreja local providenciou uma família para eu ficar, perto de Roxbury. Eles tinham uma espécie de pensão. Alguns dias depois que eu cheguei, a mulher da casa disse para mim: 'Você se acha melhor do que é, parecendo branca e com esse ar superior, mas é só uma pretinha, igual a todo mundo aqui. Igual a todo mundo aqui — não se esqueça disso.'

"Pensei comigo mesma: será que eu saí lá da Georgia para terminar numa região segregada de Boston, no mesmo tipo de lugar que acabei de largar? Fiquei um semestre e depois fui para Nova York. Não foi fácil, mas é uma cidade grande, e eu simplesmente desapareci ali, como as pessoas fazem. E as barreiras não eram tão rígidas.

"Eu não queria viver entre gente negra, que parecia ter raiva de mim. Eu queria passar por branca. Não queria minha herança negra e não queria que minha família me arrastasse para o fundo. Morei sozinha. Tirei meu diploma e nesse meio-tempo conheci um homem incrível e me casei com ele. Ele já tinha sido casado antes — era viúvo — e tinha um filho pequeno. Por mim tudo bem, porque eu sabia que nunca ia querer ter filhos.

"Harold morreu. O menino, Chalmers, virou mais meu companheiro que meu filho. Então eu me casei com Ralph Unger, o anglo-americano — o falecido Ralph, que não deixou saudades. Ele não gostava do Charlie. Você percebe como Charlie é querido para mim. Acho que fiz um bom trabalho. Herdei um bom dinheiro e percebi a tremenda sorte que tivera. Resolvi nunca mais me casar e usar a fortuna da melhor forma possível. Bom, você viu o que tenho feito no Lodge."

Enquanto falava ela havia desviado o rosto na direção da janela, onde a noite caíra e apenas pontinhos de luz cintilavam, lanternas nas cabanas de bambu ou chamas bruxuleantes de fogueiras para cozinhar. Seu relato fora destituído de ênfase, quase sem emoção, mais um depoimento que uma confissão.

"Então agora você sabe meu segredo."

Eu me achava além do choque e, contudo, quando ela terminou seu relato, fiquei sem fala. Como que em choque de verdade, não tinha perguntas, nem tampouco respostas, estava apenas em um estado de pânico, emudecido e boquiaberto, à meia-luz da cabine de trem, escutando minha autorrecriminação silenciosa: *Pensei que já tivesse visto de tudo, e agora essa.* Eu não duvidava dela, duvidava de mim mesmo.

E também (o que era pior), essa dúvida concomitante em que, com a revelação esmagadora, todo o mundo lógico e óbvio se torna ilusório — de repente, nada era o que parecia. Um monte de gente daria seu aval a esse lugar-comum. Eu certamente dava, apenas acreditando em parte. Mas, diante da evidência, só podia suspirar. Me senti como um tolo, como se diante de três copinhos virados para baixo ela tivesse me mostrado a pérola sob um deles e o movido junto com os outros dois diante de meus olhos, para depois erguer e me mostrar que a pérola sumira — e ao erguer outro copinho lá estava a pérola, mas uma outra, negra e mais bela. E eu sem entender nada.

"Sei que você não mentiria para mim", eu disse. "Mas não é isso o que eu enxergo."

"Se pelo menos você pudesse ver minha mãe ou meus irmãos...", ela disse, quase saudosa.

"Só enxergo você."

"Eu sou como eles."

Eu não conseguia imaginá-la de nenhum outro jeito. Era incapaz de remodelá-la como negra ou encontrar alguma característica que fosse diferente das minhas.

"Seja como for, agora sabe por que fiquei tão comovida com aquela mulher na estação Howrah. O homem de sari.

É assim que me sinto na maior parte do tempo. Como uma impostora."

"Fico feliz que tenha me contado."

"Dá para perceber que ficou chocado."

"Não", eu disse, pensando em até que ponto conseguia soar convincente. "Estou feliz. Você me confiou a verdade. Quero mostrar que sou digno dessa confiança."

Uma batida na porta — o condutor, para perfurar nossos bilhetes, o vendedor de refeições atrás dele com embalagens de comida. A sra. Unger os atendeu, falando bengali. Depois que foram embora, ela pegou a própria comida que trouxera, uma torre cilíndrica de marmitas empilhadas, contendo arroz, dhal, legumes e iogurte. Comer com os recipientes de metal em nosso colo era o ritual mundano de que eu precisava para me trazer de volta à realidade, embora o fizéssemos praticamente em silêncio.

"Estou feliz por estar aqui", eu disse, depois.

"Ótimo. Tem um monte de coisas que eu gostaria que fizesse. Inúmeros modos de ajudar. Agora é hora de dormir, mas só tem espaço para uma pessoa nesses beliches. Vamos deitar. Estaremos em Gauhati às sete. Lá conversamos."

Ela chamou o atendente do vagão-leito — descalço, o cabelo desgrenhado, olhos saltados, ávido por *baksheesh* —, e ele desenrolou os sacos de dormir e preparou nossa cama. Recebeu sua gorjeta, e, depois que se foi, eu a beijei levemente na bochecha. Pensei que agonizaria a noite toda. Mas embalado pelo trem peguei no sono e sonhei com ela.

11

"Bodoland", disse ela, erguendo o rosto quando o trem, fazendo *rap-rap-rap*, passou velozmente por um aterro de palmeiras, bananais, mais cabanas de bambu e mulheres lavando roupas em um regato, quatro delas lado a lado.

Lembrei-me do que ela me dissera e me senti um pouco como um conspirador. Por causa disso nunca me sentira mais próximo dela. Acolhendo-me em sua confiança, ela me fizera sentir que eu importava. Em nenhum momento usou a palavra "amor", mas não senti outra coisa que não amor por ela. Era sempre *bhoga* para ela, o intenso prazer sexual da massagem tântrica.

Eu disse: "Eu faria qualquer coisa por você."

Ela manteve o olhar na janela. "Bodoland parece tão pacífica... Olhe só para todos esses tanques de lírios e as crianças brincando. Você nunca ia saber que Bodos tem uma frente de libertação. Que essas pessoas sorridentes cometem assassinatos, explodem bombas. Que são os verdadeiros bem-nascidos — são aristocratas. Que estão com raiva."

"Eu não sabia. E como ia saber? Eles parecem contentes."

"As pessoas escrevem sobre paisagens assim e como estão muito longe de casa sentem que devem deixá-la bonita. Olhe só, não tem nada de bonito. Não é feio. É um grande vazio descaracterizado, uma enormidade de gente aprisionada e sofrimento camponês. Você observa perplexo. Ele devolve o olhar perplexo para você."

Ela bebia uma xícara de chá, sorrindo pelas janelas enquanto eu permanecia deitado em meu beliche.

"Quem ia querer possuir ou explodir uma coisa dessas? Quem poderia se importar a esse ponto? E no entanto se importam, multidões." Continuava sorrindo. "Não é a esquisitice da humanidade. É a esquisitice da personalidade indiana. E o modo como as pessoas escrevem sobre essa gente. Os livros de viagem! Os romances!"

Ouvindo isso, fui transportado para o jardim do Fairlawn e estremeci ao lembrar como fora submetido ao escrutínio daquele homem cruel, de olhar irrequieto.

"Não existe um único livro verdadeiro sobre a Índia. Existem romances familiares enfadonhos. E histórias extravagantes. E o lixo experimental. A Índia se revela, mas ninguém olha de perto. É uma cultura das evasões. Esse país é imundo. É impossível dizer a verdade por aqui. A verdade é proibida, principalmente na palavra escrita. De qualquer modo, um livro verdadeiro sobre a Índia seria insuportável — sobre desprezo, malevolência, crueldade, repressão sexual, incesto e crimes sem sentido."

Isso também me fez lembrar do Fairlawn, dos recortes de jornal sobre infanticídio, criados assassinando seus patrões, o Homem Macaco. Mencionei isso para a sra. Unger.

"Isso não é nada", disse ela. "Há monstros e aberrações por toda a Índia. Monstros de verdade, aberrações grotescas. Ninguém escreve sobre isso. Ninguém os vê. Escrevem sobre a bufonaria — o Homem Macaco! Eles elogiam as centrais de atendimento telefônico e as usinas siderúrgicas. 'A gente tem computadores!' Escrevem sobre famílias felizes, não sobre crianças estranguladas, as multidões, o suicídio rural, as bombas em trens e nos mercados, onde as pessoas explodem em pedacinhos. 'Que bazar colorido!' Nada sobre as turbas selvagens e as bombas. Nada sobre as doenças." Sorriu seu sorriso amargo. "Estão contentes. E também estão furiosos." Inclinou a cabeça. "Está vendo aquelas colinas arroxeadas?"

"Estou."

"Butão", disse. "Logo chegaremos a Gauhati. Aquele é o rio Brahmaputra, mas só dá para ver o aterro. Temos um hotel em Gauhati." Ela desviou o rosto da janela e sorriu para mim sobre a xícara de chá. "Lá você pode fazer uma coisa por mim."

Em uma longa curva, a cabine se inundou com uma luz que esquentou o ar viciado, e a sra. Unger acendeu um incenso para suavizar o ambiente. Precisei usar o banheiro asqueroso e quando saía, passando pela porta, mantida aberta com um peso, surpreendi-me com a brisa fresca que entrava no corredor e a visão de trechos de bruma na paisagem, como grandes tufos de lã acinzentada, esfiapando de forma fantasmagórica pelos campos recém-arados. O rio — na maior parte bancos de areia, por ali — era visível através dos bambuzais espessos e muito amplos. Era possível divisar as mulheres sobre as dunas suaves, além dos barcos na areia e dos cascos escuros, com bacias de roupas na cabeça, dirigindo-se ao curso d'água que estava oculto da visão nessa estação seca. Depois as plantações de chá, depois as colinas baixas.

Eu esperava após todo esse tempo por algo substancial. Não era uma bela paisagem. Era uma coisa aborrecida e arruinada, uma área de inundações numa época de seca, antecedendo a monção. Gauhati avançava velozmente em nossa direção, uma sucessão de choupanas bem construídas, progredindo para oficinas modestas e precários prédios de três andares. Eu estava de volta à cabine, dando puxões na bagagem socada no beliche de cima. A sra. Unger permanecia calmamente sentada. Ela tocou meu ombro para que eu parasse.

"Vem gente ao nosso encontro. Os carregadores cuidam disso."

E, enquanto falava, um homem com chapéu de lã e uma placa escrita UNGER apareceu na janela de nosso vagão à medida que entrávamos na estação de Gauhati.

"Esse homenzinho gozado é o nosso."

Ela o cumprimentou em bengali, com *Namashkar* e o usual como-vai que eu estava começando a aprender, *Apni keman achen?* E devia ter perguntado seu nome, porque ele respondeu: "Ravi Baruha, madame, falando inglês."

"Nossa bagagem está lá dentro, cabine número dez."

Ravi Baruha gesticulou com a cabeça para seu próprio lacaio, que entrou apressado para buscar as malas e logo apareceu equilibrando uma na cabeça e mais uma em cada mão, com Baruha mostrando o caminho.

"Queremos visitar o templo Kamakhya mais tarde nessa manhã e amanhã vamos tomar o trem para Silchar."

Isso era novidade para mim — não só o templo, mas Silchar. Foi um lembrete de que eu estava em suas mãos.

"Trem parte oito manhã para Lumding", disse Baruha. "Baldeação para Silchar."

"Tenho as passagens."

"Longa jornada, madame."

"Estamos em uma missão." Ela fez um sinal com a cabeça para mim.

Fora da estação, subimos em um furgão. Sentei ao lado do motorista, e o carregador se agachou no espaço estreito do fundo, apertando-se com a bagagem. Baruha disse: "Novo hotel. Acaba abrir. Muitos confortos."

Mas escutei-o sem interesse, pois todo esse tempo, desde o início da manhã, desde Bodoland, eu estava perdido em pensamentos, relanceando a sra. Unger e, quando ela não estava olhando, examinando o formato de sua nuca, a textura de seus cabelos, o brilho de sua pele, suas mãos esguias, seus pés nas sandálias, seu perfil, sua linda boca, lembrando o que me dissera. *Sou negra* era um mistério para mim.

Estava acostumado a ficar olhando fixamente para ela, mas isso era adoração. Eu me perdia num novo tipo de escrutínio, mas tudo o que eu via era o que já tinha visto antes: o rosto, o corpo da mulher que eu amava, se possível ainda mais pálido e belo do que nunca, um encanto e uma pureza que eu queria segurar, porque ao segurá-la eu segurava todas suas boas ações. Ansiava por pousar minha boca sobre ela — um desejo não tão estranho. Era a fome elementar que sentem todos os enamorados, algo quase canibalesco, a intensidade do *bhoga* tântrico.

"Os indianos têm um talento especial para fazer uma coisa nova parecer que tem cinquenta anos de idade", ela sussurrou para mim quando entramos no hotel. "Nunca terminam completamente e nunca é completamente bem-feito. Tudo na Índia é um *work in progress*. Eu falei progresso? Esquece."

No balcão da recepção, o atendente disse: "Estávamos à espera. Vamos instalá-los em nossa Palace Suite. Boa viagem?"

"Excelente. Obrigado por perguntar."

Depois da papelada, do carregador, do elevador barulhento com portas de trama metálica, fomos conduzidos à suíte com vista para um campo esportivo — meninos jogando críquete, o estalo do bastão, gritos esparsos. A sra. Unger puxou as cortinas.

Ficamos enfim sozinhos na penumbra. Tive a sensação nesse novo cenário de que éramos estranhos. Mergulhei em um silêncio constrangido. Não sabia o que dizer. Eu a desejava, mas por onde começar? Ficar deitado diante dela no beliche oposto do trem balançando a noite toda só servira para me confundir. Eu estava sem palavras e pouco à vontade, para não dizer agoniado.

Mas ela sabia disso. Ela sempre era capaz de avaliar uma situação e nunca ficava sem saber o que dizer.

"Primeiro um banho", falou. "E depois o templo. Depois, você pode fazer uma massagem em mim. Você sabe como. Foi assim que aprendi, recebendo uma de uma *dakini*. Sente-se pronto para isso?"

"*Dakini?*" Onde eu escutara a palavra?

"Sacerdotisa, curandeira", disse ela. "Esqueça as palavras. O tantra é cheio delas. Mas são as ações que importam."

Sacerdotisa era uma palavra apropriada para ela. Fora desse modo que eu a vira em Kalighat, em um arrebatamento após o sacrifício do cabrito. Eu a abracei. Em vez de beijá-la, pressionei minha cabeça contra a dela e senti o sangue palpitando em meu crânio.

Tomamos duchas separadamente e em seguida descemos ao saguão do hotel. O motorista Ravi Baruha sinalizou para nós com uma balançada de cabeça que estava nos aguardando.

Eu imaginara Gauhati como uma pequena vila ribeirinha, mas era um espraiamento urbano em péssimas condições, com bazares abarrotados e trânsito lento, ciclorriquixás e ônibus velhos envoltos na fumaça do diesel. O rio amplo estava tão exíguo nesses meses precedentes à monção que mais parecia um lago raso pontilhado por pequenas ilhas de areia. As ruas cheiravam a terra e óleo, e eu sentia também um aroma penetrante que me lembrava matéria vegetal em decomposição.

"Bazar luxo", disse Ravi Barusha ao modo bengali, *bajjar*. "Grande e famoso. Pan bazar. Muitos atendentes."

O templo ficava no topo de uma colina rochosa pouco além da parte agitada da cidade. A área era um dos marcos de Gauhati — cênica no sentido indiano, significando que era um ímã para as multidões e o vandalismo. "Cênico" na Índia implicava sempre coisas arruinadas.

Isso me parecia uma observação que a sra. Unger teria feito, mas quando fiz o comentário ela me lançou um de seus sorrisos eu-não-poderia-concordar-menos.

"Você está olhando para as superfícies", disse. "Sempre um equívoco na Índia. Está distraindo sua mente com todas as coisas erradas. Você poderia chamar essa estrada de uma porcaria" — nosso carro começara a subir a íngreme estrada de matacões soltos, entulho e árvores amarelas e murchas; *era* uma porcaria —, "mas esse é o caminho para o templo sagrado, uma estrada sagrada. Temos muita sorte. Adoro essas bandeirolas de oração esfarrapadas e as flâmulas desbotadas".

"Eu queria ter esse dom para ver dentro das coisas."

"Feche os olhos, talvez. Você vai enxergar mais."

Mas não fiz isso, porque as curvas fechadas e o aclive acentuado estavam me deixando enjoado.

"Chegue o mais perto que puder", disse ela, conforme Baruha abria caminho entre a multidão acionando a buzina.

Ele nos deixou em um bloqueio perto do topo da colina. Mais além e acima, passando as barracas de comida, os vendedores de relíquias, os sorveteiros, os camelôs de pôsteres, bandeirolas tremulantes, cravos e colares de contas plásticas, tudo muito kitsch, havia uma fortaleza de pedra e um portão, a entrada do enorme complexo do templo.

O modo como a sra. Unger enrijecia o corpo por sua aversão às multidões era tão extremo que beirava o horror. Aquilo me levava a imaginar por que havia ido para a Índia, onde todas as ruas são apinhadas; a Índia toda era uma turbamulta. E quando murmurava sobre seu repúdio aos indianos em uma massa, assomando em sua direção, ela parecia se tornar pequena e frágil, encolher visivelmente; e ela queria que eu me importasse. Contudo, eu não conseguia deixar de pensar que era como um turista no Alasca se queixando do frio.

A multidão indiana para ela era uma criatura das trevas. Mais do que uma maré traiçoeira de homens dentuços, parecia representar uma inteligência ameaçadora, um monstro à solta na rua, todos os seus inúmeros braços e pernas agitando-se em sua direção. Ela era a vítima desse predador que ondulava no trânsito, os carros parados, tentando alcançá-la com suas mãos ávidas. *Sempre acho que querem me devorar.*

Até mesmo o burburinho que chegava até nós a três ruas de distância, uma síncope distinta de gritos, risadas inflamadas e cantoria estridente — talvez fosse uma festa de casamento —, essa comoção era uma multidão para ela. E o clamor de vozes e o som de pés descalços silenciavam-na e a faziam recuar. Ela sempre pegava minha mão em seus dedos úmidos e quentes e ficava segurando.

"Nunca tive a menor ideia do que estão dizendo. *Zindabad*, certo, 'vida longa', mas vida longa o quê? Sempre me parecem uns vândalos."

Concordei, e contudo ela parecia vicejar na Índia, e eu me perguntava o que seria que ela enxergava e eu não.

"Templo Kamakhya", disse a sra. Unger, ainda agarrada a minha mão. "O pesaroso Senhor Shiva carregava o corpo de sua adorada Kali em seus ombros enquanto dançava através da terra. Os deuses ficaram horrorizados. Vishnu interveio e retalhou o cadáver de Kali em cinquenta e um fragmentos. Onde quer que um pedaço caísse, um templo era erguido. Um de seus dedos menores dos pés veio parar na terra como Kalighat. Estou querendo saber se você consegue adivinhar que parte do corpo aterrissou aqui."

Estávamos passando pela entrada, por casamatas e pequenas torres de pedra lambuzadas de vermelho. Homens santos, de aspecto imponente, embora despojados e deserdados, sentavam eretos diante de tigelas de latão, com os peregrinos avançando apressados e ansiosos. O templo tinha a aparência de um bastião, as ruínas de um: uma muralha circundante e parapeitos, a alvenaria como ameias em seu perímetro. Era bem protegido, seus santuários como guaritas de sentinelas, com imagens esculpidas em baixo-relevo nos blocos escuros e, como forma de veneração, esfregados com massa, que havia endurecido sob o calor.

"Isso é uma dica", disse a sra. Unger.

A deusa estava esculpida na lateral de um santuário como o retrato de uma mulher agachada com as pernas abertas, os lábios grossos dos genitais inchados expostos, escancarados. Em toda a nossa volta, devotos — sobretudo mulheres — cantavam e rezavam.

Eu disse, baixinho: "Foi a vulva de Kali que caiu aqui?"

"Isso, sua *yoni*", respondeu a sra. Unger. Parou diante da ousada escultura, das pernas muito abertas. "Não é maravilhoso? Um templo inteiro dedicado a isso. É por esse motivo que aqui é o sítio de peregrinação mais sagrado de todos."

"O que está acontecendo aqui?"

"A deusa está mostrando sua *yoni*, convidando a um puja."

"Que tipo de oração seria?"

"Uma boca em adoração", disse, e franziu os lábios num beijo. "Dedos de adoração no ponto sagrado."

Além desse santuário de pedra havia um pavilhão, as laterais abertas, a cobertura de telhas. Homens e mulheres se acotovelavam ali dentro como que à espera de um espetáculo mambembe. Juntamo-nos a eles e uma exclamação de júbilo emergiu quando um sacerdote de peito nu desceu sua ferramenta contra a cabeça de um bode negro, exatamente como eu vira em Kalighat. A cabeça rolou no chão ensanguentado — uma poça de sangue de dois metros de largura, os devotos agradecidos em torno, seus pés lambuzados de sangue, regozijando-se na visão do animal decapitado.

"Faz ideia da sorte que temos de estar aqui?", disse a sra. Unger.

Eu a segui dentro de um templo fumarento e abafado, e ela se agachou e pôs dinheiro em um cesto. Sacerdotes sentados com as pernas cruzadas abençoaram-na quando acendeu alguns incensos. Seu ar era de determinação, ajoelhada, concentrada em uma imagem coberta por um pano, nas sombras, murmurando orações.

Eu não tinha ideia do que fazer. Isso estava distante de tudo o que eu sabia sobre a Índia. Nesse lugar remoto, no meio da manhã, no calor de mais um templo de Kali, eu era como uma criança sendo levada a um sítio de peregrinação por sua mãe. Eu teria saído do templo, mas não ousava perder a sra. Unger de vista, não queria me extraviar. Eu ficava agarrado a ela, me sentindo desamparado e um pouco confuso com as nuvens de incenso, com a passividade de uma criança ansiosa.

Eu havia levado um susto com seu arrebatamento em Kalighat; fiquei igualmente impressionado com a intensidade de sua devoção aqui, porque estava acostumado a vê-la no comando. E ela se mostrava muito piedosa, curvando-se, oferecendo sua devoção numa postura inesperada, compacta, submetendo-se a qualquer imagem que houvesse ali, coberta por um pano.

Era estranho e enigmático. Deuses e deusas indianos podem parecer ferozes, mas nada que eu vira era comparável com o encanto raivoso que emanava daquela estatueta de trinta centímetros, um volume pensativo embrulhado como uma múmia. As meras pregas do tecido branco me deixaram extenuado de medo. Não dava para imaginar o que se ocultava sob a aterrorizante mortalha.

A veneração pareceu revigorá-la. Embora houvéssemos regressado ao hotel em silêncio, ela estava excitada, expectante, ansiosa por se ver a sós comigo. Eu sabia disso sem que me dissesse uma palavra. Era meio-dia, e contudo nossa suíte estava tão escura que me atrapalhei com a fechadura quando fui trancar a porta, e ao me virar eu a vi deitada de bruços na cama.

Com seu toque, em uma cripta igualmente escura, ela me ensinara o jeito de prosseguir. E assim comecei. Ao tocá-la, percebi que estava nua, não usando seu sari branco, como parecia: aquilo era sua carne cálida, seu odor característico, não um perfume floral, mas algo mais pesado e mais animal. Ela cheirava a vinhas, a frutos maduros recém-cortados, a uma viscosidade cujo gosto eu podia sentir.

Hesitante, no início, e depois com mais convicção, movi meus dedos de zona em zona, os sete chacras: o domo de sua cabeça, sua fronte, suas orelhas, sua garganta, seu coração, seu ventre, a base de sua espinha. A ideia era trabalhar vagarosamente, fazendo insinuações com meus dedos, encontrar os órgãos e massageá-los; alcançar a carne interna do músculo, onde viviam os nervos; aplicar suave pressão para agitar o sangue. Massageei seu corpo como ela massageara o meu. Quando meus olhos se acostumaram à escuridão, vi a garrafa de óleo aquecido sobre o criado-mudo e usei-a sobre ela.

Ela continuava de bruços. Eu encontrara seu coração, sua garganta, seu ventre, enfiando a mão sob seu corpo, acariciando e empurrando por baixo ao mesmo tempo em que empurrava por cima com a outra, encerrando-a entre minhas palmas.

"Isso", ela disse várias vezes, e era mais um grunhido de satisfação do que uma palavra completa; mas, mesmo assim, ela não falou mais que isso.

Eu sabia o que estava fazendo pelo modo como ela suspirava, gemendo ligeiramente para me encorajar. Foi nesse momento que subi em suas costas — como ela fizera comigo — e massageei sua coluna vertebral, descendo até as nádegas, acariciando-as, dando palmadas. Fiquei surpreso com as ondulações de seus rijos músculos glúteos, o modo como ela conseguia contraí-los e soltá-los.

Tudo isso levou mais de uma hora e pode ter chegado perto de duas. Eu estava empolgado, tão longe de Calcutá, nessa cidade semiarruinada que se esparramava pelas margens de dunas baixas do rio, nesse hotel quase vazio. Emocionado, sentado sobre seu corpo longo e esguio, tão pálido quanto aquelas dunas, seu ser entre meus joelhos, os nós de meus dedos contra suas nádegas. Tentei me lembrar de tudo o que fizera comigo, repetindo os movimentos nela. Um recipiente agradecido de sua atenção adorável, eu me tornara um massagista metódico e escrupuloso — ela me mostrara como.

"Uma ou duas horas não são suficientes", dissera-me ela uma vez. Levou uma hora só para o aquecimento e duas horas pelo menos para atingir a *bhoga* — o deleite. E assim continuei montado nela, alisando-a, aplicando óleo, empurrando-a com as palmas das mãos, manipulando seus chacras com a ponta dos dedos — a primeira vez que eu a tocava desse modo. Adorei seus suspiros de aceitação e o modo como ficou sonolenta, todo o seu corpo, como um grande réptil oleoso que eu cavalgasse, cravando meus cotovelos em seus glúteos e (outra de suas técnicas) usando meu queixo e minha boca na base de sua espinha, sentindo o calor se irradiar por todo o seu corpo.

Mesmo na meia-luz do quarto de hotel, todas as venezianas fechadas, ela brilhava. Eu me lembrava de como dissera no trem: *Eu sou negra*. Compartilhar desse segredo era minha glória. Eu era um macaco agarrado a uma deusa, desesperado por agradá-la.

"Agora", ela disse, após um longo tempo de minhas carícias, e eu desmontei, agachando a seu lado, enquanto ela se ajeitava e rolava de costas, nua, os braços junto ao corpo, as pernas separadas.

Ela usou as duas mãos, os dedos agarrando, para abrir seu sexo como uma flor. Ou assim me pareceu enquanto eu observava, como um lótus se abrindo com pétalas vermelhas e grossas.

"Encontre o ponto sagrado", disse, num sussurro. "Procure lentamente."

Obedecendo-lhe, esfreguei sua linda flor muito delicadamente até abri-la mais ainda e até meus dedos ficarem pegajosos. E soube quando o encontrei, porque eu já a vira antes presa do êxtase.

"Puja *yoni*."

Devo ter hesitado — ela sabia que eu estava atônito.

"Ore com sua boca", disse ela, suavemente.

E lá fiquei eu, por um tempo infinito, como um inseto em acasalamento, até que finalmente, arrebatada e se contorcendo na cama, ela suspirou. Deixou escapar um gemido tão dramático quanto um estertor de morte, quase tão profundo quanto de pesar, e ao mesmo tempo travou as coxas contra minhas orelhas.

Dormimos, e, quando acordei, não sabia onde estava. Comecei a exclamar admirado que continuássemos na Índia, na distante Gauhati, mas ela me silenciou e fez com que me virasse. Massageou-me do mesmo modo que eu fizera com ela, devotando duas ou mais horas tântricas ao meu prazer. Era uma grande novidade e um alívio estar a sós com ela, sem interrupções, nesse lugar remoto: nada de carros, motoristas, da espera de ser chamado ou mandado de volta.

No meio da massagem, ela aplicou uma delicada pressão e me segurou, como que suspenso em um alongado fio de tensão sexual — uma pulsação de energia, uma ondulação de saúde sexual, não um orgasmo, mas algo próximo de deslizar levemente, sentindo um intenso prazer, um intumescimento no limiar da explosão. Nesse ponto, com minha temperatura nas alturas, ela esfregou a base de minha espinha, como fizera antes, como eu fizera com ela. Mas dessa vez eu senti a liberação de uma projeção expansiva de calor a partir da região lombar se propagando por meu corpo, como se estivesse despejando óleo quente sobre mim. Vendo como eu parecia flutuar, ela sussurrou: "*Kundalini*."

Quando terminou, a noite caíra, e permanecemos deitados, enroscados, exaustos, a luz dos carros que passavam ocasionalmente rastelando as paredes do quarto.

Na escuridão de antes do amanhecer, acordamos, tomamos banho e fizemos as malas. A essa hora, algumas pessoas já limpavam o piso com seus esfregões e tiravam o pó das paredes com espanadores de cabo longo.

"Temos um trem cedo", ela disse. "É um dia inteiro até Lumding e depois a noite toda até Silchar."

"Não teria sido mais rápido de carro?"

"Nunca chegaríamos até Silchar. Teríamos sido detidos em um bloqueio na estrada e assaltados, ou mortos." Ela sorria. "Estamos fora do mapa, aqui. Essa é a terra dos rebeldes, dos *goondas*, dos tribais. Um lugar perigoso, fatal, até. Por isso é tão cheio de vida." Antes que eu pudesse dizer qualquer coisa, acrescentou: "Você tem o dom. Você tem as mãos."

"Você me deu o dom."

"Você soube como recebê-lo."

Ela tinha o toque de uma mãe. E não era de admirar que fosse capaz de cuidar de todas aquelas crianças, pensava eu — devolvê-las à vida e lhes dar esperança e propósito.

Partimos de Gauhati às oito, no trem diurno para Lumding, os vagões quase vazios. Cochilamos durante o dia em nossa cabine. Lumding, apenas um entroncamento nas colinas verdes esfoladas, surgiu no início da noite. Estávamos atrasados. Não havia tempo a perder na plataforma; o expresso noturno para Silchar aguardava na estação. O condutor, feliz em nos ver, com uma piscadela pelo *baksheesh*, nos mostrou nossa cabine. Era um velho carro-leito e, embora eu não visse nenhuma comida ou gente, cheirava a alimento amanhecido e corpos humanos. Mas nossas camas estavam arrumadas, e a fechadura da porta funcionava.

O trem labutou a noite toda, apitando através das colinas do sul de Assã. Não dava para enxergar muita coisa do lado de fora, mas eu podia perceber a paisagem de árvores e riachos. O ar penetrando por nossa janela aberta era brumoso nos vales profundos, mais frio nas encostas, espesso com uma frondosidade passadiça de selva rançosa. A maioria dos passageiros estava nos vagões dianteiros, os bancos duros, o chão coberto de cascas de amendoim e de frutas, rostos parecendo presos em armadilhas atrás das janelas com barras, assameses em xales, povos tribais em vestes bordadas, usando colares de contas vermelhas.

Nas trevas da noite, escutando o trem ressoar como uma bigorna sobre os trilhos, senti que ela estava acordada.

"Nunca conheci ninguém como você", eu disse.

"Vou tomar isso como um cumprimento."

"Quando a vi pela primeira vez, pensei: está aí uma mulher que nunca teve de lutar. Mas você não fez outra coisa além de lutar."

"Não termina nunca."

O clangor do trem martelou essa frase em minha cabeça. Após algum tempo, eu disse: "Quero ajudá-la."

"Não faz ideia do que isso significa para mim."

"Você tem minha devoção", eu disse, aliviado por ser capaz de dizê-lo.

Não era amor. O poder e a incerteza que eu associava ao amor não existiam em relação à sra. Unger. Eu não queria nada em troca: queria servi-la, precisava que aceitasse minha atenção. Estava agradecido por fazer qualquer sugestão para mim, grato por seu pedido — o sentimento que eu associava ao de um filho por sua mãe. Sentimentos que eu nunca sentira por minha própria mãe, por ela eu sentia. Eu queria obedecer-lhe.

"Faço qualquer coisa", eu disse.

"A hora vai chegar", disse ela. Então sua respiração se tornou regular, enquanto eu escutava; e eu também adormeci.

Ao amanhecer estávamos entre colinas baixas, na maior parte carecas, o velho trem avançando pelos arrabaldes revolvidos e achatados de Silchar. Vales pouco profundos e fazendas de chá, todas elas com aclives cobertos de arbustos verde-esmeralda, cultivados tão ordenadamente quanto um jardim botânico, as moitas aparadas como numa topiaria. Onde o terreno era plano havia corrugações de campos recém-arados. Dava para ver apanhadores de chá em algumas encostas, parecendo ajeitar os arbustos.

Vazios e verdes, os vales se escancaravam sob o arrastar do trem, e a cena toda exibia uma grandiosidade solar até que, a intervalos crescentes, avistei as choupanas dos agricultores, as crianças esqueléticas, as mulheres sofridas lavando os potes do desjejum em um regato lamacento.

A sra. Unger também observava, mas, ao contrário de mim, não estava julgando ou tentando chegar a uma conclusão sobre o lugar. Eu rascunhava anotações para meu diário, ao passo que sua atenção era um testemunho, uma concentração intensificada pela memória — nada novo para ela senão o choque (assim me parecia) de ver algo familiar. Era a expressão que eu vira em seu rosto quando a conhecera, como me sentira a meu próprio respeito quando pensara *inescrupulosamente mundano*. Mas eu havia me equivocado. O seu era o rosto da compaixão e da compreensão na presença do sofrimento.

"Mas é lindo também", eu disse, do modo como às vezes pensava em voz alta, o fragmento de uma reflexão.

Ela sabia o que eu queria dizer. "É, mas melhor apreciar enquanto dura. Silchar é outra história."

A estação de Silchar às dez da manhã era o usual deus nos acuda, os passageiros aliviados por se verem livres dos vagões de terceira classe onde haviam passado a noite toda entre cascas de amendoim e de banana. Andavam apressados pela linha do trem, seguidos por carregadores, homens oferecendo riquixás, ambulantes com baldes de biscoitos. Uns ratos azafamados, gorduchos e arrogantes, na maioria, seguindo seus narizes por entre o lixo sobre os trilhos, agitando pedaços de papel e sacos plásticos conforme fervilhavam.

Como em Gauhati, alguém veio ao nosso encontro, dessa vez um jovem tímido num paletó de tweed. Ele saiu do meio da multidão e se apresentou, parecendo uma pessoa prestes a tentar vender alguma coisa.

"Senhora Unger, sou Sudeep. Serei seu guia. Podemos apanhar bagagem?"

Com um rosnado, chamou um carregador, dirigindo-se rispidamente ao subalterno, depois sorriu para nós e foi na frente pela plataforma ao deixarmos a estação, onde um carro nos esperava.

"Recebeu minha mensagem?", a sra. Unger perguntou no carro.

"De fato, madame. Tudo em prontidão."

Fiquei olhando para eles, esperando uma explicação, mas continuaram a conversar veladamente.

"E a situação não mudou?"

"Situação, madame. Ainda deveras mesma situação."

Perdi o interesse na conversa vaga quando o velho carro em que estávamos começou a sacolejar — e a sacolejar minha cabeça junto. O carro inclinava e socava na estrada sofrível, buracos com mais de um metro de largura e alguns fundos o bastante para engolir um pneu até a metade.

"Isso é uma rua secundária?"

"Principal avenida, senhor. Mahatma Gandhi Road."

Era uma desgraça. Sacudíamos entre lambretas, carros de boi e ciclo-riquixás, suas campainhas tilintando. As lojas ao longo dessa estrada principal eram de um andar, a tinta descascando, as placas desbotadas, não muitos lojistas. Eu achara Gauhati um pulo no passado, mas Silchar era um mergulho no passado distante.

"Estamos em atalho", ia dizendo Sudeep, respondendo a alguma coisa dita pela sra. Unger, e também atendendo a uma pergunta não enunciada por mim. "Mas ar é fresco. Clima frio. Muito saudável."

No ar empoeirado, as construções das lojas pendiam de lado na rua principal inclinada, que era pior do que algo não pavimentado. Ela fora pavimentada e depois arruinada, buracos por toda parte, e os únicos trechos lisos eram os de terra batida. Os ciclo-riquixás perdiam o equilíbrio, seus condutores esqueléticos ficando em pé nos pedais. O lugar era tão pobre que não havia mendigos óbvios — não havia com quem mendigar, mas muita gente parou e ficou nos encarando ao ver a sra. Unger e eu descermos do carro.

"Então está tudo arranjado para hoje à noite?", ela perguntou a Sudeep.

"Tudo arranjado. Madame me encontrará lá."

Uma mulher tirava o pó do saguão desguarnecido do hotel, com suas plantas de plástico. A sra. Unger lidou com as formalidades do registro, e mais uma vez senti como se estivesse sendo adotado, pastoreado, pago. Subimos, tomamos uma ducha, depois fizemos uma refeição na sala de jantar do hotel — os únicos clientes, talvez os únicos hóspedes no lugar. Depois disso, a sra. Unger disse que queria tirar um cochilo.

Deitamos juntos na cama. A fadiga acumulada da viagem para Lumding e o trem noturno para Silchar haviam me derrubado e derrubado a ela também, mas pouco antes de pegar no sono ela murmurara "Querido", e tocando meu rosto, "Querido".

Quando acordamos, a noite caía, o escuro nas janelas, e escutei campainhas de bicicleta, corvos crocitando, ambulantes apregoando.

"Vá se encontrar com Sudeep lá embaixo", ela disse. "Desço daqui a pouco."

Sudeep, é claro, estava no saguão, na postura de uma sentinela, aguardando suas ordens.

"O senhor vindo de onde?"

"Calcutá. Já esteve lá?"

"Eu nunca ter estado em continente de jeito nenhum", ele disse.

"Continente?"

"De fato, nunca. Apenas em Shillong e Gauhati."

Isso era novidade para mim, mas como estávamos tão a leste, como se fosse uma ilha cercada por Bangladesh e Burma, parecia apropriado se referir à Índia mais ampla como continente.

"Tudo está em prontidão", ele disse para a sra. Unger quando ela desceu.

No carro, tentei contar os dias desde que deixara Calcutá, mas as noites no trem e os dias de massagem e sono levaram a melhor sobre mim. Talvez quatro dias — ou seriam cinco? Esse tempo todo havíamos penetrado mais profundamente em Assã, a paisagem cada vez mais estranha, maiores frondes nos vales, onde os arbustos de chá produziam uma espécie de continuidade. Mas a regularidade das propriedades de chá era enganosa. As aldeias haviam ficado mais pobres e menores, e Silchar, como um beco sem saída, ficava onerada e atrasada por essa decadência.

Mas Sudeep era um sujeitinho para cima. "São encruzilhadas", ele ia dizendo. "Então muitas caminhonetes passando aqui e acolá. Nós somos vibrantes. Mas tem *dacoits* na estrada para Imphal. *Goondas* também. Shillong também traiçoeira. Extremistas estão lá."

"Aonde estamos indo agora?"

A sra. Unger nada dizia. Sudeep explicou: "Como requisitado, Nagapatti."

Senti como se isso fosse uma espécie de teste de lealdade, mas eu teria concordado em ir a qualquer lugar com ela. Aprofundando-nos cada vez mais em Assã, havíamos atingido um novo estágio em nosso relacionamento. Ela deve ter percebido que eu era devotado, além de completamente leal e dependente, também.

A sra. Unger me fazia um grande favor. Ela me trazia para seu mundo. Eu via isso como uma iniciação, na qual eu tinha de permanecer apropriadamente passivo. Ela me levara pela mão e me conduzira gradualmente a essa vila remota, que refletia uma intimidade mais profunda entre nós. No hotel em Gauhati havia me encorajado a acariciá-la enquanto se deitava de pernas abertas como a imagem de Kali que eu vira no templo. Mal dissera uma palavra, e contudo sua postura era uma expressão física de confiança. Ela se entregara indolente a minhas carícias, mas eu era o acólito e ela a sacerdotisa que me libertara, mostrando o caminho.

Agora sacudíamos pelas ruelas de Silchar, os buracos mais fundos e irregulares na escuridão. Lampiões a óleo pendiam dos barracos mas não iluminavam nada além deles mesmos. A estrada adiante era um negrume. Seguimos por cerca de um quilômetro, não muito longe, embora fôssemos vagarosamente, quase à velocidade de uma caminhada, e quando chegamos a um cruzamento na rua, Sudeep ordenou ao motorista que parasse.

"Vamos continuar a pé."

A rua fedia a lama, estrume de vaca e óleo de motor, e a luz era tão pobre que era difícil ver onde pisar. Mais uma vez me admirei da coragem da sra. Unger. Permanecia imperturbável — o sari branco, o xale branco, sandálias —, parecendo pairar ao longo da ruela.

"Sei onde estamos. Nagapatti é naquela travessa."

Ela seguia em frente, confiante, seguida de perto por Sudeep, e eu no fim. À medida que meus olhos se acostumavam com a escuridão, eu conseguia divisar os contornos da travessa, os meninos espreitando, vira-latas; alguns homens agachados diante de um braseiro com carvões incandescentes, bebendo chá, ergueram o rosto, murmurando quando passamos.

Luminosa em seu sari, a sra. Unger brilhava como um anjo, o xale sobre a cabeça, movendo-se rapidamente, seus pés mal parecendo tocar o chão. E mesmo assim, quando viu mais gente na rua, refletindo a luz das fogueiras, ela segurou minha mão.

"Madame", disse Sudeep, erguendo a voz em um tom de advertência.

Mas estávamos dez passos à frente dele. Ela parou, virou à direita e entrou por outra travessa, onde uma barreira de bambu da altura da cabeça fora erigida. O negócio era precário, mas eficaz. Bloqueava a entrada de uma ruazinha estreita: não dava para ter ideia do que havia atrás da barreira. Ao ultrapassá-la, ela soltou minha mão. Eu a segui. Então ela parou e ficou olhando para o fim da travessa, sem dizer nada, mas serenamente triunfante.

A travessa era bem iluminada — mais do que bem iluminada: estava muito acesa por luzes brilhantes e fogueiras. O agitado quadro era uma espécie de mercado cheio de pessoas de pé e agachadas. Olhando detidamente, percebi que todas elas eram mulheres — não mulheres, mas jovens e crianças, agrupadas em torno das fogueiras que ardiam de ambos os lados da rua, diante das lojas e casas, até onde eu podia perceber. As garotas e até as crianças mais velhas, centenas delas, estavam espalhafatosamente pintadas com batom vermelho e kohl azul nos olhos, vestindo blusas finas no ar gelado, aquecendo-se junto ao fogo.

Fumaça, chamas, os bangalôs e cabanas colados uns nos outros; garotas em torno das fogueiras, garotas nas varandas, garotas curvadas nas balaustradas e acocoradas nos degraus. Algumas com rostos depravados, mas a maioria de olhar patético, perdido. Algumas dentre as garotas mais jovens seguravam bebês e outras garotas pequenas, dificilmente com mais de doze ou treze, ajoelhadas perto dos lampiões, franzindo os lábios para mim e sorrindo viciosamente.

No ar enfumaçado, toda uma longa rua de prostitutas e travestis mirins. Uma bruaca velha e gorda sentava-se junto de uma porta aberta, do lado de dentro, assistida por um séquito de pequenas prostitutas que pintavam suas unhas dos pés e os massageavam.

"Nunca vi nada parecido", disse eu, fracamente. "É como a visão do inferno."

"Está chocado outra vez", disse a sra. Unger. Parecia inabalável; quase em júbilo. "Não é o inferno. O inferno — se você acredita nisso — é para sempre. Mas essas meninas podem ser resgatadas. Por isso estou aqui. Acha que estou fazendo turismo de favela? Alguns anos atrás eu vim aqui. Voltei muitas vezes. Está vendo aquelas velhas me encarando? Elas sabem que vim estragar seu negócio. Mas pretendo barganhar com elas."

Fiquei emocionado ao pensar que a sra. Unger estava ali para ajudar aquelas garotas — mais almas perdidas. Conforme considerava isso, algo agarrou meu cotovelo — um forte aperto; não consegui me soltar. Baixei o rosto para os minúsculos olhos suplicantes e desesperados de uma garota com não mais de quinze anos. Ela me puxava e lambia os lábios com uma pequena língua pontuda.

A sra. Unger havia se virado. Disse: "Não vejo nenhum cliente."

Sudeep me ajudou a tirar a mão da garota do meu cotovelo, mas ela continuou tentando me agarrar.

"É o infortúnio delas, senhor."

"Quem são?"

"Tribais, senhor. Das montanhas, senhor. Nagaland. Algumas são mizos e sei-lá-o-quê. Estão aguardando os motoristas de caminhonete. Mas sua amiga — madame — vai ajudar elas a encontrar liberdade."

Algumas gesticulavam para mim, chamando, acenando, ensaiando poses coquetes.

"A gente volta amanhã para negociar", disse a sra. Unger. Parecia revitalizada, os olhos cintilando com as chamas. "Mas quero que veja isso desse jeito — à noite, com as fogueiras. Precisa admitir que o lugar é cheio de energia."

Nossa chegada as silenciara e as deixara em estado de atenção. Quem poderia ser aquela mulher de aspecto estrangeiro em seu sari branco? E quanto àquele estrangeiro perplexo, que ficava encarando? Após algum tempo a cantoria recomeçou, talvez conjecturando quem éramos. Andamos pela rua, garotas de ambos os lados, inúmeras, todas maquiadas — rostos empoados, bochechas vermelhas de ruge, bocas borradas, sombras azuis e verdes nos olhos, os cabelos presos com pentes; mas, mesmo assim, pareciam colegiais arrumadas para um *pageant* ou uma peça escolar prestes a ter início. A maioria estava descalça, mas algumas equilibravam-se em um salto alto que ainda não dominavam. Chamavam, agarravam meu braço e beliscavam minha mão, e algumas pediam dinheiro para a sra. Unger, que caminhava lentamente entre elas — alta, em seu sari elegante, inteiramente calma, oferecendo palavras de conforto. Mais do que nunca parecendo uma sacerdotisa.

Sudeep nos alcançou no fim da rua. Disse: "Tive conversa com algumas mulheres. Estão favoráveis a negociações."

Mas a sra. Unger olhava para mim. "Viu?", disse. "É possível trazer alguma esperança. Mesmo aqui."

No dia seguinte acompanhei-a a Nagapatti outra vez. Mesmo à luz do dia o lugar parecia maligno, as meninas mais exauridas, as fogueiras mais fumacentas. A luz do fogo no dia anterior emprestara à cena uma atmosfera de glamour libidinoso. Mas nesse dia o céu estava encoberto e úmido, e a rua recendia a fumaça de madeira. O incenso espicaçava meu nariz. Eu podia ver as pernas magrelas e os pés sujos das garotas, e algumas das crianças pequenas choravam miseravelmente.

Minha função era ficar do lado de fora e afastar possíveis clientes, enquanto a sra. Unger e Sudeep negociavam para obter a liberação de determinadas garotas. Só um homem se aproximou, a barba por fazer, imundo, um motorista de caminhão, provavelmente.

"Volte mais tarde", eu disse, e ele ficou tão surpreso que encolheu os ombros e obedeceu.

Encarei uma garota desconcertada, que me encarou de volta. Não sabia o que dizer. Ela continuou me encarando e então fez um som de beijo para mim. Segurou um seio com a mão e se tocou com a outra.

De nervosismo, eu disse: "Está vendo aquela mulher bondosa?"

A garota se agarrou a minha perna. Suas unhas eram roídas e pintadas de rosa.

"Aquela mulher bondosa vai ajudar vocês."

Ela continuou agarrada a minha perna, insinuando-se com o olhar.

Nessa noite tomamos um avião de volta para Calcutá. Eu não me dera conta de que era possível ir tão longe.

12

E então, finalmente, comecei a escrever. Fiquei surpreso com a facilidade disso. Eu pensara que meu fim havia chegado, que a palavra escrita se fora para mim. Mas, não, eu punha mãos à obra outra vez. Tinha algo sobre o qual escrever e a energia para fazê-lo.

A maior parte das pessoas pensava em mim — provavelmente ainda pensa — como um viajante aventureiro, que acolhe de braços abertos as provações, propenso a assumir riscos, indo a extremos para encontrar o assunto de um artigo de revista. A vida dura e solitária de um andarilho. "Suas histórias maravilhosas." Eu era, para a maioria de meus leitores — para muitas pessoas que me conheciam —, invisível. Minha carreira havia sido construída sobre uma série de desaparecimentos calculados, inspirando as pessoas a imaginar qual seria meu próximo passo. Fique por perto tempo demais, mostre-se amigável e bom de papo, e as pessoas vão perceber que você é humano.

Se for bem longe, se ficar longe por tempo suficiente, as pessoas imaginam o pior e começam a sofrer a provação em seu nome, considerando-o — certamente me consideravam — perseverante e engenhoso. Assim o viajante distante adquire uma espécie de poder — e, mais do que poder, virtude — pelo mero fato de estar longe, vagando a esmo em terras pouco hospitaleiras. Calor, poeira, pântanos, estradas ruins, multidões, crianças esqueléticas, homens hostis, garotos perversos, comidas pastosas, ratos, baratas. Eu não fazia nada para afastar a ideia. Tornei-me o ausente conspícuo. O fato era que geralmente me hospedava em bons hotéis e às vezes em ótimos hotéis, o tipo de luxo que só pode existir em países onde as pessoas são servis e mal pagas.

Subtraia a sra. Unger e seus dedos mágicos da viagem a Assã; subtraia os hotéis felizes e os criados prestativos — os guias, os *dhobis* com um saco contendo minha roupa suja, o sr.

Baruha sentado ao lado do motorista, Sudeep aguardando ordens; subtraia o conforto, não mencione os prazeres, e o que resta é o trem nojento, as cabanas de bambu, "Bodoland", os pivetes favelados e as prostitutas mirins de Nagapatti — os horrores de viajar sem as compensações.

Mas minha vida de viajante tinha tudo a ver com as compensações. Eu nunca teria vivido desse jeito errante se os prazeres não houvessem superado as dificuldades — digo, superado de longe. Eu não escolhera minha vida por um desejo de confrontar o perigo, mas antes por ser preguiçoso e evasivo, esquivando-me ou me deslocando para onde bem desejasse sempre que alguma coisa era esperada de mim, quando quer que tivesse de ser um adulto com quem se pudesse contar.

Eu vivia como um príncipe, o que significa dizer sem responsabilidades, e ao mesmo tempo era (enquanto viajante) considerado um herói. Mencionei no começo dessa história como eu conseguira viver minha vida desse jeito, fingindo ser importante e ocupado — "Tenho que estar em Bancoc na segunda" —, quando na verdade eu meramente procurava válvulas de escape para minha busca por prazer.

Eu fora para Calcutá por pura ociosidade, não para escrever, mas para dar palestras. Howard me convidara; o cônsul geral americano era meu patrocinador. Os bengalis eram altamente letrados e a maioria dos que conheci falava inglês muito bem — tão bem que não paravam de falar. Minhas palestras eram simples. Os indianos na plateia sentavam aguardando que eu chegasse ao final (às vezes interrompendo-me impulsivamente) e então se revezavam ao falar, não fazendo perguntas, mas pronunciamentos longos e enfadonhos sobre arte e vida. Em suas pretensões vãs e mundanas (inofensivas, na verdade; eu as achava adoráveis), queriam ser vistos como pensadores, desafiando qualquer coisa que eu dissesse, essa verborrágica exibição de sabedoria como a corporificação do ideal indiano, o filósofo, o sábio. Seu apreço pelo debate era cômico, sobretudo em Calcutá, que caía aos pedaços enquanto os bengalis seguiam tagarelando, tagarelando, tagarelando.

Eu não era diferente. Era um escapista e uma fraude em quase nada diferente disso e quase pelos mesmos motivos. Por que tomar decisões difíceis e assumir responsabilidades se você pode protelar as coisas tagarelando? Conversar era a resposta e no meu caso isso substituíra a escrita. Escrever era difícil. Falar sobre escrever era uma forma de discurso baixa e estéril, e provavelmente a mais preguiçosa que havia.

Eu viajava porque estava ocioso, eu falava porque não tinha nada sobre o que escrever, eu seguia adiante ou me esquivava quando alguém me fazia uma pergunta perspicaz. E era avesso a estar próximo de qualquer um que fosse criativo. Parvati, por exemplo. Ela era cheia de energia, escrevia poemas, dançava, praticava artes marciais, era adorável e solteira: ela me exauria. Eu era invejoso e desanimado quando estava em sua companhia. Talvez eu visse algo do meu eu mais jovem ali e sentisse vergonha de constatar que não era mais uma pessoa criativa.

É muito duro para um escritor velho, cansado e sem ideias estar na presença de um escritor jovem, sobremaneira talentoso, cheio de esperança. Elogiei a imagem de Parvati sobre o ceceio mudo da língua da manhã investindo contra o céu, mas na verdade eu a odiei por seu brilhantismo. Quanto melhores os poemas de Parvati, quanto mais graciosa sua dança, mais triste eu ficava — triste por mim mesmo, do modo egoísta de alguém que suspeita de que sua vida criativa está no fim. Era injusto de minha parte comportar-me desse modo em relação a Parvati. Eu me consolava protegendo-a, guardando meus sentimentos para mim mesmo.

Ela não tinha como saber que eu a evitava por inveja e repúdio próprio. Continuava a me procurar, a me convidar (com uma acompanhante) para tomar chá e a me mandar seus novos poemas por e-mail. Insistiu comigo que comparecesse a uma apresentação de dança. Fui porque o teatro era muito perto de meu hotel, mas a beleza provocante de sua arte — a adorável virgem acariciando o ar com dedos sensuais — me deixou a tal ponto melancólico que tive de ir embora.

No dia seguinte ela quis saber por que eu saíra de fininho do auditório, antes do fim. Viera ao Hastings com duas amigas que montavam guarda no saguão enquanto sussurrávamos em meu canto da varanda, no andar de cima.

"Não percebeu que eu estava dançando para você?"

Sentindo o peso da obrigação, eu disse: "Mas não tenho nada para dar a você."

"Só quero sua amizade", ela disse. "Só isso. Consegue imaginar como é a vida para alguém como eu na Índia?"

"Você é uma beldade, você é talentosa. Você tem tudo."

"Sou uma mulher solteira de trinta e dois anos de idade — isso é prestes a ser uma mocreia velha. Você ri!" — quem não riria? — "Eu já falei pra você que tinha minhas opiniões sobre o casamento. Quer saber a respeito?"

"Claro" — embora não quisesse.

"Ótimo, porque nenhum homem indiano vai querer saber delas. Meus pais não querem saber delas. A Índia não quer saber delas."

"Me conta."

"Este é o país menos romântico do mundo", ela disse. "Esqueça o sexo fora do casamento — não tem nenhum romantismo também. Nada de pegar na mão, nada de beijos. Como eu adoraria beijar alguém que eu amasse. Mas não posso. Somos um povo preso e frustrado."

"Entendo isso, mas talvez seja o que torna seus poemas tão voluptuosos. Sua dança também."

"Talvez, porque estou morrendo em privação, mas não vale a pena. Quero viver, e quando conheço alguém como você, acho que a vida real está em algum outro lugar."

"Mas você é uma escritora maravilhosa."

"Preferia viver mais e escrever menos."

Enquanto falava, sua beleza se dissolvia. Eu não mais a enxergava como uma criatura adorável. Ela se tornou uma voz, uma voz apaixonada e triste, e agora era real para mim.

Eu disse: "Mas o que tudo isso tem a ver com o casamento?"

"A Índia é uma economia de mercado", ela disse. "Não existem pretendentes por aqui, só clientes. O sujeitinho que aparece lá em casa com seus pais como um possível marido é um cliente. Os pais dele saíram para comprar uma noiva. Eu sou a mercadoria — uma mercadoria com defeito. Eles pedem para ver meus dentes, querem ler meu horóscopo. Pode ser que decidam entrar num acordo. Dinheiro está envolvido — muito dinheiro, às vezes. Você viu os anúncios."

"Classificados matrimoniais. Adoro ler."

"Eu odeio. Odeio o sistema. São como versões em código dos anúncios pessoais que a gente vê nos jornais americanos.

'Homem afetuoso gostaria de conhecer mulher jovem e bonita' — tirando que na Índia é por tempo indefinido. E o que meu anúncio diria?"

"Fico imaginando."

"Mulher bengali que já passou do ponto não procura ninguém."

"Você escreve poesia. Você dança. E as suas artes marciais?"

"Isso não é vantagem numa cultura que procura alguém que saiba cozinhar e cuidar de filhos. Minha sogra queimaria meus poemas. Eu não ia poder dançar — mulheres casadas não fazem essas coisas. E talento em artes marciais não é muito indicado para uma futura esposa."

"Então o que você quer?"

"Dançar para você."

"Eu gosto disso."

"E conhecer um homem com sua própria vida. Que não seja possessivo. Um parceiro. Gay, talvez."

Nesse dia ela me deixou um poema sobre ter oito anos de idade, correndo à beira do mar, com os versos

> O mar me agarra pelos tornozelos,
> Puxa a areia sob meus pés, me apresenta
> Um vislumbre de minha vida, de como será, um dia.

O que estou tentando descrever aqui é a situação em que me encontrava antes de conhecer a sra. Unger e nos primeiros dias de meu convívio com ela. Não posso dizer "amizade" ou "namoro", porque ela assomava tão imensa perante mim, e eu me sentia inferior a ela em todos os sentidos, como viajante, como indófilo — e intelectual e moralmente, acima de tudo.

Comecei a mudar, a ver a mim mesmo e ao mundo de um jeito diferente por conhecer a sra. Unger, por conhecer sua obra. A viagem a Assã foi a jornada determinante. Eu, que encarava o ato de viajar como uma fuga, descobrira que a viagem, do modo como a sra. Unger a fazia, tinha um propósito. Porém mais do que isso, no curso da jornada passara a conhecê-la e me tornara dependente em tal medida que perdi o egoísmo que me impedia de ver o mundo com clareza. Ela me libertara e a pessoa que era parecia tão incomum que eu sabia ter alguém sobre quem escrever, alguém de verdade.

Calcutá fora uma imagem borrada. Ela me ajudara a enxergar e compreender o verdadeiro rosto da cidade. Sua casa em Alipore era cheia de vida — a vida de crianças recebendo instrução, alimento, proteção. Eu era como uma dessas crianças: ela me resgatara de um jeito muito parecido. Eu compreendia sua alegria e seu alívio; as crianças estavam a salvo, felizes, tinham algo pelo qual viver.

Assã fora uma revelação. A viagem de trem constituíra uma libertação. Eu ficava repassando sua história sobre ser negra e como me contara isso depois de termos sido abordados pelo feroz homem fêmeo. Gauhati, o rio Brahmaputra, o templo de Kali, a jornada para Silchar passando por Lumdig, as fazendas de chá e os cortiços e no fim, como uma visão do inferno, as prostitutas mirins de Nagapatti — tudo isso era novidade para mim, a hiper-realidade da Índia que eu nunca imaginara antes. Mas escrever sobre isso teria sido impossível sem a presença firme e inspiradora da sra. Unger, que me ajudava a extrair um sentido disso tudo. Ela me pusera diante dessas cenas; ela me apresentara aquele espetáculo; ela penetrara nesse mundo e ao fazer uso disso me ensinara a usá-lo. Uma experiência importante dessa viagem fora sua massagem tântrica, suas mãos curativas sobre mim, a localização de minha energia criativa, a liberação de minha *kundalini*.

Isso teria me feito rir, antes. "Ela me ajudou a encontrar minha *kundalini*" — o americano inquisitivo, em geral uma mulher, que, enxergando na Índia uma oportunidade para não tirar os olhos do próprio umbigo, torna-se um intrometido licenciado. Injunções como "Longe da mente e dentro do coração". Mas eu não estava mais rindo.

Ela era uma mulher de ação. Sei que a retratei até o momento como uma mulher mais para destituída de humor e apaixonada, uma humanitária ingênua e compulsiva, me subjugando com sua personalidade. Mas eu era uma parte pequena e periférica de sua vida — vi exatamente quão pequena naquela viagem. A revelação serviu de estímulo para mim. Eu chegara ao fim de minha vida de escritor, assim parecia, porque meu único tema era eu mesmo. O equívoco que minha condição de escritor provocou foi falsificar minhas viagens, fazendo-me passar por um aventureiro, quando eu meramente me abandonava ao papel de turista. Minha imaginação encolhera e minha escrita secara, e quando eventualmente eu fazia um esforço para escrever qualquer coisa, tinha consciência de que me repetia. Não admira que invejasse Parvati, cuja escrita era tão vibrante. Eu tinha a mão morta.

Mas eu agora dispunha de um tema, alguém que eu teria achado impossível inventar, e ninguém a conhecia como eu. Ela tinha poucas vulnerabilidades, mas profundas. Era humana e suas fraquezas ajudavam-me a conhecê-la melhor. Seu segredo mais íntimo era seu medo da multidão, sua ansiedade sempre que via grande número de pessoas, a turba compacta que para ela era como uma criatura com múltiplas cabeças. Seu medo era tão fundamental que era como um medo da Índia, e uma forma de culpa, como a de um fugitivo vendo uma multidão furiosa e esperando que caia sobre ele. *Sempre acho que querem me devorar.* Ela reagia às multidões, parecendo lutar, e depois se mostrava enfraquecida como se a simples visão de tanta gente fosse um esforço extenuante.

Ela lidava com esse medo de um jeito que eu vira muitos estrangeiros fazerem. Escolhera sua própria Índia. Inventara uma Índia que se adequava a ela e, quando a aglomeração era mais do que podia suportar, fugia para sua cripta mais simples, espiritual. Ela confinava seus movimentos a lugares específicos; procurava por cantos seguros; evitava os bazares, mercados, multidões.

Quanto aos alimentos, era exigente a ponto de às vezes chegar a se recusar a comer; em vez de comer qualquer coisa duvidosa, preferia não comer nada. Esse ponto em que uma pessoa religiosa se torna rigidamente observante, em que a piedade se torna obstinação e até paranoia. "Leve esse prato asqueroso daqui", podia dizer para o garçom. Soava imperiosa e segura de si, mas eu não me deixava levar: estava com medo e quando sentia medo escorregava para sua inglesidade. *That foul dish*, esse prato asqueroso.

Acho que devia imaginar que eu enxergava sob suas certezas, que eu compreendia seus medos; e isso fazia com que se prendesse a mim. Eu a vira chorar. Com qualquer outra pessoa, chorar era uma extensão do riso. Com a sra. Unger, o choro era uma forma de colapso. Eu presenciara isso apenas uma vez, mas foi tão angustiado e conclusivo que senti que nunca iria se recuperar, nunca voltaria daquele estado, nunca seria a mesma outra vez. Talvez necessitasse de mim também.

A sra. Unger era uma personagem em todos os sentidos da palavra, multidimensional, alguém que eu admirava por sua capacidade de criar. Dos *bustees* de Calcutá e dos *chawls* de Assã às garotas exploradas da rua e às crianças perdidas nas favelas, a todos ela propiciava vida. Era uma espécie de resgate, um ato de volição. Ela era a pessoa que um escritor anseia encontrar, porque era alguém quase inimaginável — uma pessoa boa, não uma santa, mas uma mulher de ação e visão, e, para mim (eu não tinha certeza absoluta sobre como descrever essa parte), um objeto de desejo, alguém adorável. Ela me dera esperança.

Os sacrifícios animais que havia feito em Kalighat e encorajado em Gauhati não eram aberrações. Eram dádivas de vida — eis o que é um sacrifício, uma profunda oferenda, uma intensificação. Eu vi a lâmina cintilante, ouvi o batimento cardíaco pulsando no tambor, vi o cabrito quente e negro preso entre os dois pilares e, num lampejo, sua cabeça arrancada do corpo, o sangue vertendo sobre as flores e a sujeira no piso do matadouro. Esse sangue me libertou. A visão disso permaneceu comigo. Vida surgindo do sangue; a vida seguia em frente.

E me lembrei de como o sari branco da sra. Unger nunca estava sem alguma levíssima mancha de sangue, um fio escuro na barra ou um respingado de sangue na parte de baixo de sua veste que parecia um monte de sardas, o mesmo tamanho e cor amarronzada, uma espécie de terra ferrosa. Era visível apenas de perto, mas eu sabia que era sangue — sangue que deixava seu sari branco ainda mais branco, mais puro.

Sentei na varanda superior do Hastings e escrevi o início do que imaginei pudesse ser uma ficção, algo que eu chamaria de "A mão morta". Eu precisava romancear, me dar espaço criativo para inventar. O título era um que parecia feito sob medida para mim, porque, incapaz de escrever, eu sentia ter uma mão morta. E no momento em que uma mão morta de verdade entrou em minha posse, resgatei minha capacidade de escrever. Eu estava desperto, agora, nas mãos vivas da sra. Unger. Mantive seu nome para minha personagem principal porque não pretendia tomar qualquer liberdade com ela.

Nas primeiras páginas escrevi sobre o recebimento da carta à moda antiga, sobre meu encontro com a sra. Unger no Oberoi Grand, o convite para o Lodge em Alipore e a experiência em sua cripta, suas mãos curativas. A mera palavra "cripta" era evocativa para mim e representava a paixão e o sigilo de nossos encontros. Ela me admitira em sua cripta, em todos os sentidos.

Eu era um privilegiado por poder escrever sobre essa que era a mais rara das criaturas, uma pessoa inteiramente boa que encontrara um modo de usar sua fortuna para melhorar a vida das pessoas. Ela não fazia sermões, não fundara uma ordem de freiras, não era uma celebridade — evitava toda publicidade. Era praticamente anônima. Eu me rendia de livre e espontânea vontade a ela; queria pertencer a ela. Como resultado, tinha uma personagem; tinha até uma narrativa. Ela havia me curado, também. A visão das meninas prostitutas, dos tribais na ruela de Nagapatti, era uma coisa que eu jamais esqueceria. Analisando meus sentimentos, comecei a ver que, embora estivesse horrorizado com as pequenas garotas vendendo seus corpos, também estava fascinado e excitado em pensar que, por uma bagatela, podia ter possuído qualquer uma delas. E esse sentimento vil ajudou-me a distinguir entre a manifestação de uma concupiscência mecânica e o desejo elevado que agora conhecia. Eu não teria experimentado nada disso não fosse a intervenção da sra. Unger.

Quase tão gratificante quanto suas boas obras era sua beleza. No início, eu a enxergara como mais para severa, quase desagradável, com seu cortejo de súditos, um pouco majestosa demais com Charlie e Rajat a tiracolo, cada um de um lado. Mas o tempo suavizou essa imagem e aprofundou minha compreensão. Sua pele era clara e corada por um matiz rosado, e seu cabelo, puxado para trás ao estilo indiano, dava-lhe uma fronte magnificente acima dos olhos penetrantes. O calor de Calcutá mantinha a umidade reluzente de seu rosto, e o sol tropical enfatizava os planos e ângulos esculpidos de seu crânio. Seu nariz era afiado, como um instrumento de inquirição; seus lábios eram grossos e macios. Tinha os dentes da frente ligeiramente salientes e os laterais eram proeminentes, de modo que seus lábios ficavam geralmente abertos, tornando sua expressão mais sexualizada, de algum modo mais faminta. Seus peitos eram erguidos atrás do xale avolumado e do sari folgado, seus mamilos como pinos sutis contra a seda. Eu adorava seus pés esguios, com um padrão floral pontilhado que podia ser pintado ou tatuado.

Mesmo usando sandálias era quase tão alta quanto eu. Caminhava com determinação e mesmo assim ereta, com graça, parecendo uma dançarina, mas alta, excepcional, forte. Parvati teria parecido uma colegial ao seu lado. A sra. Unger tinha o costume de segurar o pulso esquerdo com a mão direita, girando as pulseiras e o largo bracelete de ouro com os dedos conforme falava, como se as joias fossem um símbolo exterior de seu poder ou um emblema de sua autoridade. Usava um adorno no tornozelo, uma corrente de ouro; tinha anéis de ouro em alguns dedos e uma joia no nariz, um anel com um diamante do tamanho de uma ervilha na narina esquerda. Porém essas joias eram quentes, o ouro como carne.

Seu perfume deixava um rastro tão atraente que eu queria prová-la, lamber seus ombros, sentir seu sabor — e ela devia saber disso, porque permitira que eu o fizesse, me impelira a ir mais fundo, a penetrá-la não com meu bastão de luz (expressão sua), e sim insinuando-me dentro dela. Mas pensar que essa mulher era tão adorável por dentro, tinha um coração tão bom, uma grande alma — essa era toda a inspiração de que eu necessitava para escrever. Nos dias após nosso regresso de Assã, no calor ainda mais sufocante pré-monção, eu renasci como escritor.

Nesse lugar improvável para um renascimento, a sombreada varanda superior do hotel Hastings, acima da espessa poeira dessa travessa da Sudder Street, ganhei vida nova. Estava feliz. Agradecido, também. Eu pensara que minha vida criativa chegara ao fim; tinha vergonha de fingir que era um escritor. Esse pensamento devia ser o que me impelia a continuar viajando: eu não queria ficar em lugar algum tempo bastante para que vissem como eu escrevia pouco, como me sentia fútil. "Tenho que estar em Bancoc" ou "Parto para o Vietnã daqui a alguns dias" ou "Tenho um compromisso" — o movimento incessante, uma simulação de estar ocupado, impedia todo mundo de ver que eu não tinha nada a escrever, que a viagem era meu hábito de evasiva e, como todo hábito, uma monótona repetição, um dobrar e redobrar de sentimento, uma diminuição. Todo hábito tem um toque de tristeza, por ser hábito.

Tudo mudara. Eu adorava escrever sobre a sra. Unger. Gostava de recapturar o prazer de estar com ela. Eu descrevia seus lábios, o cabelo desarrumado em sua nuca que era sempre igual, impenteável, os dedos que haviam tocado em mim, os ângulos ósseos de seu queixo e o brilho em torno de seus olhos. Recriando-a, eu me excitava, e minha excitação assumia a forma de uma felicidade visceral.

Como estrangeiro, o escritor em viagem enxerga apenas superfícies. Minha função era recomendar hotéis, experimentar comidas, testar confortos. Eu descrevera tumultos antes, a loucura do mundo, a aparência de lugares em que estivera sem tocá-los de fato. Mas nunca conhecera alguém digno de nota; sempre duvidei de que uma pessoa assim existisse. Todo mundo que eu conhecia estava apenas de passagem. Eram como eu, debilmente ligados a sociedades caóticas, mas éramos parasitas, vivendo a vida do lado de fora, em bares, saguões de hotéis, escondendo-nos em grandes cidades ou na periferia de aldeias, na praia, na varanda com os pés para cima, pedindo outra bebida, mais amendoins. Vidas sem nenhum outro propósito além de sobrevivência e sexo. Então esse era meu tema. Eu não fazia ideia de aonde estava indo, tampouco meus amigos. Escrever sobre essas pessoas vagas era um modo de escrever sobre mim mesmo.

Agora eu tinha a sra. Unger — sua energia, sua segurança e sensualidade, seu senso de direção, sua autoestima. Ao contrário de outros americanos que eu conhecia, ela nunca dramatizava o fato de estar na Índia. Eu nunca conhecera alguém com tamanha dose de comedimento. Ela não se gabava de suas obras de caridade; era generosa sem se fazer notar. Era disposta. Escrever sobre ela exaltava meu espírito. Eu voltara ao mundo. Tinha um motivo maravilhoso para estar em Calcutá — nenhuma necessidade de fugir. Finalmente sentia orgulho do que fazia, escrevendo um relato genuíno de uma meditação sobre a virtude.

Por intermédio da mão morta, como se aquela coisinha amarelada e murcha houvesse apontado o caminho, eu descobrira algo novo e inesperado. Escrevi cinquenta ou sessenta páginas. Ninguém jamais escrevera sobre uma pessoa como ela. Não era uma humanitária ingênua e sentimental impingindo a si própria sobre os pobres ou ajudando gente velha a morrer, louvando o sofrimento e a pobreza deles, mas antes uma mulher glamourosa silenciosamente melhorando a vida de crianças perdidas.

Howard ligou: "Continua por aqui?" Parvati ligou: "O que você anda aprontando?" Eu não disse. "A mão morta" era meu segredo. E tinha muito mais sobre o que escrever — eu não escrevera sobre a intrusão de Theroux, a viagem de trem, "Sou negra", Assã, Nagapatti. Tudo isso jazia adiante, experiência demais para absorver. Eu estava mergulhado nessa longa história e via que, embora a felicidade fosse o mais raro dos temas, a felicidade havia me libertado. Não pensava em nada além de fazer plena justiça à sra. Unger e em minha sorte de ter aberto a porta errada e a encontrado lá.

Estava tão concentrado no que escrevia que esqueci tudo mais. Não fazia planos. Encontrava com a sra. Unger de vez em quando, sempre discretamente, sempre na cripta cheia de incenso do Lodge. Ela me massageava com a pressão tântrica de toques prolongados e inesperados, pontas dos dedos em adoração — e todos esses dias eram mais uma lição sobre como tocá-la. O melhor do tantra, revezando.

E, após essas carícias, eu sempre voltava a escrever me sentindo renovado.

Isso significou cerca de duas semanas de criatividade contínua, o período mais feliz de toda a minha vida como escritor. E terminou tão subitamente quanto começara.

"Pacote para senhor", Ramesh Datta, o funcionário da recepção, disse certo dia quando eu descia para almoçar após escrever durante a manhã, apenas algumas semanas depois que ele dissera: "Carta para senhor."

Ele falara de um modo casual e por esse motivo não encarei o assunto com seriedade. Alguma coisa de Parvati, foi o que pensei, sentindo uma espécie de irritação — algum poema muito bom. Eu seria obrigado a ler e responder.

Mas não era nada disso. Era uma coisa completamente diferente e que me lembrou de tudo o que eu havia esquecido.

Parte três

13

Não havia meu nome em parte alguma do pequeno pacote, que era quadrado, grande demais para caber em meu bolso e grosso, embora leve, com fita adesiva em dois lados. Era mais ou menos do tamanho de um sanduíche e quase tão macio quanto. Papel indiano é muito frágil — o embrulho já apresentava pequenos rasgos em um canto. Nenhum carimbo, apenas HOTEL HASTINGS em esferográfica azul e letra de forma, e levemente grudento, como se alguém o houvesse carregado na mão. Imaginei um menino segurando aquilo com seus dedinhos suados. *Diga a eles que é para o ferringhi.*

Aquilo me lembrou a carta da sra. Unger, o envelope gordo que me enveredara por essa estrada. Não fosse por aquela carta, eu estaria bem longe de Calcutá a essa altura. Uma carta sem carimbo me parecia algo ominoso. Eu não podia imaginar o que havia naquele pacote, mas sabia que era importante.

"Quem trouxe isso?"

"Mensageiro, senhor. Pequeno menino."

Eu não queria parecer curioso demais. Suspeitei de que fosse algo sobre o qual devia guardar segredo. Não queria que ninguém ficasse sabendo de minha vida particular, minha ligação apaixonada com a sra. Unger, minha retomada da escrita. Nesse ponto, com o pacote por abrir na mesa de almoço ao lado do meu prato, eu ainda acreditava que minha vida de escritor havia renascido, que a sra. Unger era uma deusa que restaurara minha vitalidade criativa.

Embora estivesse muito ansioso para abrir a coisa, resisti, temendo testemunhas. E se fossem más notícias? O tamanho e o formato incomuns de certo modo me alarmavam. Estava com medo de que pudesse conter outro melancólico pedaço de corpo, algo pequeno e murcho. Terminei meu almoço, afetando um ar casual, então empurrei a cadeira para trás, saí até a varanda e, relanceando por cima do ombro, abri o pacote.

Quando o frágil papel rasgou em minha mão, fiquei segurando seu conteúdo, um retalho de tapete. Era como uma amostra de vendedor, mas cortada grosseiramente, um tecido aveludado com um padrão floral e parte da borda em um dos lados, com uma trama compacta e o lado de baixo empoeirado. Nenhuma outra característica óbvia, embora o padrão no lado de cima fosse distinto: faixas verdes, pétalas amarelas, em um fundo vermelho-escuro. Alguém cortara aquilo de qualquer jeito, como se o tapete tivesse levado uma mordida.

Nenhuma mensagem. Eu olhava fixamente para aquilo. Meu primeiro pensamento foi procurar manchas de sangue e alguma marca de identificação. Não encontrei nada; nem mesmo o padrão revelava alguma coisa, para não dizer que era banal. Mas por ser o pedaço de material inesperado que era, sua estranheza parecia deter algum significado — quer dizer, um enigma deliberado. Inicialmente, fui incapaz de imaginar quem o mandara, mas relacionei com o que Mina me contara no cemitério: *Tapete embrulhado. Corpo dentro.*

Recostei na cadeira e suspirei. Isso era um verdadeiro trauma sem corte, uma colossal interrupção de meu trabalho. O que eu escrevi estava sobre a mesa. Eu sabia que não podia voltar a ele enquanto não solucionasse o problema.

Essa foi a coisa mais estranha de todas. Durante a viagem para Assã e escrevendo sobre a sra. Unger, eu não pensara em Rajat nem no hotel, na descoberta do corpo, na fuga do rapaz e em como, desde o início, a sra. Unger me pedira para resolver o mistério e defender Rajat. Eu ficara tão subjugado por ela que negligenciara meu dever de prosseguir com a investigação a partir do que já obtivera: a estupidez do gerente do Ananda, os detalhes que Mina Jagtap me fornecera.

Como esse pacote chegou até mim? O pensamento me veio à cabeça. Mas era ingenuidade de minha parte perguntar uma coisa dessas. Calcutá era uma cidade quase sem turistas. Eu permanecia ali havia mais de dois meses, passeando pelas ruas e fazendo perguntas abertamente. Embora devesse haver inúmeros estrangeiros na cidade, às vezes parecia que eu era um dos cerca de uma dúzia de *ferringhis* residentes do lugar. Eu era fácil de avistar. Isso explicava como o pacote me encontrara, mas não por quê.

Suspeitei imediatamente de Mina. Quem mais? Ela sabia de minhas sondagens, fora mandada embora do Ananda, então tinha um bom motivo para me ajudar. Nenhum bilhete: a amostra se explicava por si mesma — pedaço de tapete, provavelmente o que embrulhara o menino.

Querendo agradar a sra. Unger, lembrá-la de que eu continuava a correr atrás do problema que havia me apresentado, liguei em seu celular, um número de emergência que ela havia me fornecido. "Com ênfase em 'emergência'." Ouvi uma dessas mensagens: *O número discado encontra-se desligado ou fora da área de cobertura.*

Queria mostrar a ela que eu estava no rastro. Tomei um táxi, com o quadrado de tapete em minha maleta, e fui para o Lodge em Alipore. Eu nunca ousara aparecer sem ser convidado antes, mas nesse dia tinha uma desculpa — a ambígua pista. Eu podia provar que estava ocupado por causa dela e mostrar minha gratidão.

Escritores falam consigo mesmos e escritores viajantes falam consigo mesmos o tempo todo. As pessoas a caminho de um encontro preparam suas falas. Comecei a ensaiar um pequeno discurso na cabeça.

"Está vendo o que eu fiz?", diria. "Você me pediu para investigar o evento bizarro no Ananda e eu obedeci. Tenho alguns indícios. O menino morto foi levado para o hotel enrolado em um tapete e estou com um pedaço do tapete, que enviaram anonimamente para meu hotel, provavelmente alguém querendo que eu saiba a verdade. Acho que pode ser um antigo empregado. Estou com ele bem aqui."

O portão da propriedade estava fechado com cadeado, e o pátio, vazio. Chamei o *chowkidar*, que estava na sombra segurando seu emblema de autoridade, um porrete grosso e comprido.

"*Namashkar*."

Ele fingiu não escutar, mas continuei chamando e constrangendo-o a se aproximar.

"Por favor, me deixe entrar."

"Não pode." Seu aspecto era sério e obstinado, mas confiante, feliz por não ser de nenhuma ajuda.

"Preciso falar com Ma." Todos a conheciam por seu nome.

"Não disponível." Bateu o porrete na palma da mão, como que me lembrando de quem estava no comando. O porrete estava escuro devido ao manuseio.

Achei embaraçoso ficar falando com ele através das barras de ferro do portão, principalmente ali, onde sempre fora bem-vindo. Dava para escutar as crianças gritando lá dentro, algumas cantando.

"Vou escrever um bilhete para Ma. Pode entregar o bilhete para ela."

Pensei em escrever *Preciso ver você agora mesmo.* Ela ia perdoar minha intrusão. Eu estava progredindo na solução do mistério. Eu tinha a mão morta, tinha um pedaço de tapete, tinha uma testemunha.

Quando comecei a rabiscar meu pedido em uma folha da minha caderneta de bolso, o *chowkidar* disse: "Não aqui."

"Não está no Lodge?"

"Não em Calcutá."

"Onde ela está?"

Ele fez um gesto com seu grande porrete. "Foi para U.P."

Iuu-bii foi o que ele disse. Eu sabia que se referia a Uttar Pradesh.

"Em que lugar de U.P.?"

"*Pactory. Meerjapur.*"

"Fora da cidade", "em uma viagem de compras", "longe por um algum tempo", "apanhando algumas crianças" era o que ela sempre dissera para explicar suas ausências. Ela nunca me dizia onde. Isso era mais específico, uma fábrica em Mirzapur. Eu não tinha certeza de onde ficava Mirzapur, mas sabia que não era perto de Calcutá.

No táxi de volta para o Hastings, perguntei ao motorista onde era.

"Lado de Varanasi", disse ele.

"É longe?"

"Quinhentos e vinte quilômetros."

"Quanto tempo de carro?

"Carro não. Trem melhor. Catorze horas."

Considerei a ideia de ir até lá e dizer: "Olhe só o que consegui!" Mas pensei melhor. Seria ridículo e prematuro aparecer com a mão morta e um pedaço de tapete. Eu precisava de mais evidências. Queria deixá-la admirada, mostrar o quanto me importava. Eu esperava que ficasse contente, que me recompensasse. Ansiava por vê-la sorrindo para mim, me tocando com sua bênção secreta.

Em alguma hora amarela da noite de Calcutá, insone sob a poluição luminosa vinda das ruas, a sós com o problema, pensei: *Deve ter sido Mina quem mandou.* Mas ela teria obtido aquele pedaço de tapete do próprio hotel? Ela queria ajudar sem se ver diretamente envolvida. Eu precisava passar uma noite no Ananda.

Odiei a visão do hotel. Eu o associava à morte e à falsidade. Detestei o gerente, Biswas, por sua grosseria, por ser tão pouco prestativo. E ele maltratara Mina. Ele a mandara embora por me mostrar o livro de registros. E naquele clima quente não havia lugar mais desconfortável em Calcutá que o superlotado Mercado Novo — as multidões agitadas, o fedor e o ruído do tráfego, o lixo nas ruas. Ali estavam os hotéis mais baratos, com nomes pomposos: o Savoy, o Ritz, o Astoria, New India, Delight, Krishna Chambers e, entre eles, o Ananda.

Vendo-me aproximar com uma pequena bolsa de roupas, a garota sentada junto à porta ergueu a cabeça e chamou alguém.

O sr. Biswas surgiu atrás dela, materializando-se das sombras quentes, embrulhado na gaze enfunada de seu dhoti, trajando um khadi. Eu me esquecera de como suas orelhas eram cabeludas, suas unhas eram amareladas, seus dentes eram vermelhos, sua expressão era amarga.

Ele devia ter advertido a garota para ficar de olho em mim. Não tinha importância. Tudo o que sabia a meu respeito era que eu fora um incômodo. Não se sentia seriamente ameaçado; estava irritado porque eu não alugara um quarto.

"Lembra-se de mim?"

"Como poderia esquecer, senhor?", disse, inchando um pouco de beligerância.

"Preciso de um quarto."

"Como quiser." Disse algo em bengali para a garota e, ao ouvi-lo, ela fez menção de pegar minha bolsa.

Agarrei a bolsa. Estava ridiculamente leve — suspeitamente leve. "Não se preocupe."

"Estamos aqui para servi-lo", disse o sr. Biswas. Cada palavra que dizia soava sarcástica ou insincera.

"Quarto de solteiro. Quais são as tarifas?"

"Padrão é quatrocentos. Frente para rua. Deluxe é mais. Taxa extra para vista de jardim. Complemento usado para suíte."

Mina me dissera que Rajat ficara no número quinze. Pedi esse quarto.

"Vista de jardim. Seiscentas rupias. Pagamento adiantado."

Isso dava cerca de dezesseis dólares. Estendi as notas de rupias. O sr. Biswas lambeu o polegar e as contou, depois deu-as à garota. Ele me observava de soslaio, mascando um pedaço de noz de bétele. Cuspiu uma bola de saliva avermelhada do lado da porta, uma faixa fresca entre outras cusparadas secas.

"Passaporte", disse, fazendo um sinal com os dedos magrelos.

Continuávamos no degrau superior do Ananda. Tirei o passaporte do bolso, segurei-o a uma certa distância dele e disse: "Quero de volta."

"Depois de cópia de dados, nome completo e número de visto."

Só então ele admitiu minha entrada no hotel. Assumiu seu posto atrás do guichê da recepção e abriu meu passaporte. Pressionou-o contra o tampo com a almofada da munheca, depois cuspiu num balde, lambeu o escorrido de bétele vermelho dos lábios com uma língua ainda mais vermelha, então virou as páginas lentamente.

"Eu mando para quarto."

"Prefiro esperar."

Encolheu os ombros e continuou virando as páginas, e quando chegou à página com meu visto, usou uma chave numa pulseira para destrancar uma gaveta sob o balcão. Tirou um grande volume encadernado que reconheci ser o livro de registros e vagarosamente copiou meu nome, minha data de nascimento, meu número de visto e o local onde foi emitido. Depois colocou o livro de volta no lugar e tornou a trancar a gaveta.

"Seu documento." Estendeu-me o passaporte.

Tive esperança de conseguir dar uma olhada outra vez no livro de registros, ver os dados de Rajat. Sem sorte.

"Por aqui, senhor", disse a jovem.

Eu a segui pela escada, apreciando o modo como seu sari se ajustava como uma tipoia em torno de seu traseiro, balançando conforme subia. Ela levava uma toalha cinza fina, um pequeno retângulo de sabonete embrulhado em papel encerado e em um dedo, pendurada, a chave, que ficava presa com um arame a uma placa de madeira pintada com o número quinze.

"Como você se chama?"

"Chitra, senhor."

"O que aconteceu com Mina?"

"Foi, senhor. Despedida, senhor. Sou substituta de Mina."

"Por que Mina foi mandada embora?"

"Ela dar raivação em gerente."

"O que aconteceu?"

"Ele bater nela, senhor."

"Por que ele bateu nela?"

"Eu sem saber."

"Onde é sua casa?"

"Lado de Assã, senhor."

"Estive em Assã faz pouco tempo."

"Está apreciando, senhor?"

"Muito."

"Obrigado, senhor. Jardins de chá lindos. Também árvores. Também rio Brahmaputra."

Lembrei a sra. Unger dizendo: *Os verdadeiros aristocratas da Índia são os povos nativos, os assim chamados tribais na Índia, os mizos, os nagas em Assã*. Mas tudo o que eu podia lembrar de Assã era o templo Kamakhya, seu piso encharcado de sangue; as prostitutas mirins de Nagapatti; e o quarto de hotel, a sra. Unger deitada sob minhas mãos trêmulas. *Mostre-me o que aprendeu comigo.*

Havíamos chegado ao segundo andar. Chitra me conduziu ao longo do corredor, longe da brilhante janela frontal e do rugido do trânsito — campainhas, buzinas, gritos humanos, uma densidade de ruído. Ela abriu a porta do número quinze e parou no limiar para permitir minha passagem.

"Botão de interruptor para ventilador aqui", disse, acionando-o, e o circulador de ar no teto grunhiu e começou a girar como um pássaro pesado tentando alçar voo, gemendo com as asas estendidas.

Ela colocou a toalha e o sabonete na cama e ficou parada diante de mim pouco à vontade, curvando-se ligeiramente. Tinha um rosto triste e sua tentativa de sorrir a tornava ainda mais triste: ombros estreitos, um corpo magro e sem seios, mãos ossudas, pés esqueléticos.

Estendi-lhe algum dinheiro, duzentas rupias que eu contara enquanto subia as escadas.

"Obrigada, senhor." E na mesma hora as notas desapareceram em seu sari, ocultadas sem um relance.

"Chitra, preciso que me ajude numa coisa."

Ela me encarou, assustada, os olhos arregalados, pressionando os lábios.

"Quero dar uma olhada em alguns dos outros quartos."

Separou os lábios. "Tudo trancado, senhor."

"Mas você pode destrancar."

"Eu não poder, senhor."

Parecia aflita e sem dizer mais uma palavra recuou e fechou a porta.

Deitei na cama com os ouvidos muito atentos — será que Chitra contaria para o gerente o que eu havia dito? Isso me deixou tão preocupado que fiquei com o corpo rígido, com medo de me mexer e deixar de escutar qualquer coisa; e nesse estado de nervos me bateu a exaustão. Peguei no sono de repente, sem sonhos, e então acordei ofegante no escuro, sobressaltado com uma porta batendo. Ainda de roupa, de início fiquei sem fazer ideia de onde estava. A cama cheirava mal; o pó em minhas narinas me deixou alarmado. Veio-me à mente a ideia de que alguém pretendia me matar. Foi nesse momento que abri o celular e iluminei o quarto.

Sem acender o abajur no criado-mudo, usando apenas a luz do celular, me levantei e fiquei à escuta junto à porta. Vi que ainda não eram nove horas — eu dormira por cerca de duas horas. Abri a porta com cuidado e vi o corredor envolto em sombras, a única luz sendo o clarão refletido vindo da janela que dava para os fundos. Andei furtivamente de porta em porta, observando os números, esperando encontrar alguma delas entreaberta. Tudo trancado e em silêncio. Aquele não era um hotel movimentado.

A escada também estava nas sombras. Espiando lá embaixo, dava para ver que o pequeno saguão lançava um pouco de luz no patamar inferior, mas o andar de cima estava um breu. Subi pela escada às escuras, empunhando o celular, com cuidado para não deixar ranger nenhum degrau.

Só dava para divisar três portas numeradas, uma delas parcialmente aberta. Ficando imóvel, escutando atentamente, tentei determinar se havia alguém dentro. Nenhuma voz, nenhum ronco. Pondo um pé lentamente na frente do outro, tocando na porta com os nós dos dedos, fiz com que abrisse mais um pouco.

Quando erguia o celular, o aparelho pareceu explodir em minha mão, com estridência — uma ligação. Em pânico, apertei violentamente o botão de atender, para silenciá-lo.

Um grito vindo do quarto e o estrépito de uma cama com armação de ferro: um homem se levantara no interior escuro, brilhando em seu pijama, avançando desajeitado, e começou a imprecar em bengali.

"Está escutando?", veio a voz do telefone, voz de mulher.

"Desculpe", disse eu para o homem que vinha em minha direção, e, no telefone: "Estou, estou."

Era a sra. Unger. Encaminhei-me depressa para a escada (o indiano no quarto ainda vituperando contra mim) e pus a mão em concha sobre o celular. "Tenho novidades para contar."

"O que foi? Onde você está?"

"No hotel." Eu estava sussurrando, descendo a escada, depois em meu próprio andar, indo rápido para meu quarto.

"Não estou escutando."

"Descobri umas coisas. Tenho uma pista muito boa. Não dá pra falar agora."

"Você está bem?"

"Ótimo. Preciso ver você."

"Vai ser maravilhoso saber o que descobriu. É muito importante inocentar Rajat. Tenho certeza de que ele estava tão transtornado que imaginou isso."

"Mas não é só esse motivo. Quero estar com você. Estou sentindo sua falta. Mas estou tendo um tempo bem proveitoso — escrevendo. Preciso agradecer a você por isso."

"Quero transmitir energia a você."

"Você já fez isso."

"Será que pode fazer o favor!" Um grito vindo de trás de uma porta, uma voz de mulher, furiosa.

Eu estava no corredor diante do meu quarto, mas ao me exaltar, escutando a sra. Unger, começara a erguer a voz.

Entrei depressa em meu quarto, dizendo: "Estão ouvindo minha voz. Eu ligo depois."

"Não precisa. Concentre-se no que está fazendo. Dá para perceber que está preocupado."

A ligação da sra. Unger não podia ter vindo em hora pior, perturbando o homem de pijama cuja porta estava entreaberta, a mulher gritando no quarto diante do meu, do outro lado do corredor. Mas também fiquei contente secretamente: a sra. Unger pôde ver que eu estava agindo em seu favor, correndo atrás dos problemas por ela. Ela me interrompera no ato de fazê-lo. Fiquei feliz, provando que queria ajudá-la. Eu sabia que ela estava em algum lugar praticando suas virtudes — ajudando uma criança, curando alguém miserável ou enfermo, fazendo um sacrifício. Era importante que eu mostrasse que estava do seu lado. Nessa noite, sonhei com ela, mas foi um sonho horrível, da sra. Unger transformada em um demônio, e acordei envergonhado e febril.

14

Os pobres na Índia acordam cedo. Ao amanhecer, todo mundo parece desamparado. Às vezes tem-se a impressão de que nunca dormem. Escutei um ruído nos corredores do Ananda. Sob a luz poeirenta olhei do lado de fora e vi Chitra com um balde. Pareceu-me algo incongruente ver uma jovem em um sari leve e colorido, com ornatos amarelos, carregando um esfregão e um balde de limpeza. Lembrei-me das mulheres com seus saris multicoloridos no canteiro de obras, despejando cascalho em cestos. Chitra tinha um aspecto gracioso e fora de contexto. Parecia amaldiçoada, como se um feitiço houvesse sido lançado sobre ela e de repente se visse com os utensílios de faxina.

"Bom dia, senhor."

"*Namashkar*, Chitra." Pareceu feliz por eu lembrar seu nome. Fiquei observando-a se dirigir ao fim do corredor, bater em uma porta, segurar um molho de chaves preso na cintura e enfiar uma chave na fechadura.

Movendo-me rapidamente, cheguei à porta antes que ela a fechasse. Começou a objetar, mas levei um dedo aos lábios, silenciando-a. Isso a fez sorrir. Então lhe estendi duzentas rupias. Ela sorriu outra vez e enfiou o dinheiro dobrado em seu corpete.

"Estou procurando uma coisa", eu disse em voz baixa.

O que eu estava procurando? Eu mal sabia. Uma pista, uma ligação, um tapete florido, algo que relacionasse a criança morta ao hotel. Na minha cabeça, o mais provável era que fosse encontrar essa coisa desconhecida em um dos quartos vazios.

Observei Chitra esfregar o assoalho de tábuas e os azulejos do banheiro, o esfregão imundo no chão sujo, empurrando o resultado espumoso de um lado para outro. Ela então usou uma vassourinha de mão com cerdas de palha para espanar o tapete sujo. Aquilo era um gestual de limpeza, a execução dos movimentos; o tapete era industrial, cinza, não feito por um tecelão, nada especial.

O que tomei por uma mancha no quarto seguinte que ela limpou era um camundongo morto, esmagado, uma coisa morta e seca. Chitra o pegou pela cauda e enfiou em um saco plástico. No terceiro quarto não havia roupa de cama cobrindo o colchão desbotado e cheio de calombos. Chitra não parecia notar coisa alguma, apenas seguia com seu trabalho, lambuzando o piso de madeira pintada com seu esfregão imundo, varrendo o tapete com sua vassourinha antiquada.

O que eu estava procurando? A resposta era: qualquer coisa. Eu suava de agitação, porque tudo era uma pista e nada se encaixava.

"O que senhor está fazendo?" O grito atrás de mim foi como uma pancada em minha cabeça. Virei e vi os olhos furiosos do gerente, seus dentes avermelhados, o sr. Biswas num paroxismo de cólera. Ele mudou um grumo de masca cheia de saliva de uma bochecha para a outra, depois abanou os punhos ossudos e começou a ralhar novamente. "Senhor não tem assunto nenhum em quartos privados!"

"Eu perdi um negócio."

"Eu tendo reclamações diversas sobre senhor — trazendo aborrecimento na noite. Senhor fazendo dores de cabeça em mim. Eu posso dar parte em polícia do senhor!"

"Eu estava procurando um negócio."

Todo esse tempo fui recuando do sr. Biswas, em parte apreciando sua fúria, em parte temendo-a. Eu queria acertá-lo.

"Procure em outro lugar. Aqui não procura. Senhor criando intrusão."

"Certo", eu disse, e dei um passo de lado na direção do meu quarto.

"Senhor deve ir", ele disse. Estava esganiçado e exaltado em seu dhoti folgado, o cabelo despenteado. Imaginei que acabara de acordar.

"Não posso sair."

"Imediatamente. Pegue coisas e vá. Agora mesmo."

Mas eu estava em minha porta agora. Ele me deixara assustado no começo, mas agora fui capaz de me tranquilizar um pouco.

"Eu devo expulsar senhor."

"São só seis e meia."

"Deve ir agora, senhor", disse ele, cerrando firmemente a boca, embora houvesse uma espuma de cuspe avermelhado em seus lábios.

"Eu paguei o café da manhã. Só saio depois do café."

"Eu reembolsar vinte rupias do senhor. Senhor toma café em outro lugar."

"Vou tomar café aqui."

"Então toma café agora, sem mais delonga."

Aquele homem bufando e vituperando, com seus dentes encavalados, em seu saiote enfunado, me alarmou, mas também me fez pensar que eu estava no rastro do mistério. Era bem o típico sádico capaz de ajudar num assassinato ou desaparecimento — o rosto amargo, os modos cruéis e insensíveis. Havia maltratado Mina. Ele estalou seus dedos para Chitra e murmurou qualquer coisa em bengali.

"Senhor vai receber alguma coisa para comer. Depois desocupa quarto."

Ele virou e, arrepanhando seu dhoti, um punhado do diáfano tecido na mão, uma tia esquelética num furor, ele desceu a escada, as sandálias estalando.

"Devo trazer chá, senhor?", disse Chitra.

"Boa ideia. E um roti."

Deitei em minha cama amarrotada, o coração martelando. Todo aquele alvoroço com o gerente me deixara agitado, porque tudo fora muito súbito e porque ele parecia totalmente bruto. Fiquei sem fôlego, grudando com o calor, tentando imaginar Rajat ali — o menino morto no chão, o tapete desenrolado. Me senti ridicularizado pelo meu desamparo, envergonhado de ter aparecido ali na suposição absurda de que pudesse ser capaz de desvendar o mistério. Eu não descobrira coisa alguma.

Mas por que continuar por lá? Estava com calor e exausto devido à confrontação no início da manhã. Tomei uma breve ducha — um mijo gelado de um cano enferrujado —, me sequei com a pequena toalha fina como um pano de prato, vesti calças limpas e uma camisa nova, dobrei a parte de baixo de meu pijama e guardei em minha bolsa. Juntando minhas outras calças tipo exército, senti um volume. Então esvaziei dos bolsos as rupias amarrotadas, as moedas insignificantes, o recibo que o gerente me dera na noite anterior, minha carteira, meu passaporte, o esfiapado pedaço de tapete.

Ao meu modo amadorístico, de literalmente procurar, eu havia pensado que poderia ver um tapete no Ananda com um pedaço faltando — e esse pedaço ser uma peça do quebra-cabeça. Mas o tapete naquele quarto, como o tapete em todos os demais quartos que eu vira no hotel, era cinza e sujo. Eu era um tolo fingindo ser um detetive.

Uma batida —"Chá, senhor" —, e Chitra entrou carregando uma bandeja, um bule de chá, uma xícara, um pratinho de açúcar, uma jarra de leite, uma colher e um prato de biscoitos.

"O que é isso?"

"Milk Bikki, senhor. Biscoito seco." Ela ergueu e balançou o prato de biscoitos. "Nenhum roti disponível."

Empurrei o pedaço de tapete para o canto quando ela se abaixou para pousar a bandeja na mesinha. Ela hesitou, entortando sua carga, a xícara e os objetos de chá escorregando para a beira da bandeja e quase caindo. Ela notara o quadrado de tapete e soltara um pequeno grito de medo e reconhecimento.

"Sabe o que é isso?"

"Mina, senhor." Estava sussurrando, apanhando uma colher caída no chão.

"Onde ela conseguiu?"

"Eu cortei para Mina."

"Onde você cortou isso? Em que lugar encontrou?"

Ela respirou fundo. Arregalou os olhos. Disse: "Eu encontro em todo lugar."

Sorri com sua resposta. "Me mostre."

Ela foi até a porta, que havia deixado aberta, e relanceou o corredor. Não vendo ninguém, dirigiu-se a um dos quartos que eu a vira limpar e abriu o closet. E ali, no chão do guarda-roupa, cortado para se encaixar no espaço, estava um tapete vermelho, de cor idêntica ao quadrado em minha posse, com o desenho de um laço amarelo do motivo florido.

Parei e olhei para ele, mas ela remava o ar com as mãos, gesticulando para me mostrar outro quarto. Esse também tinha um tapete no guarda-roupa, um grande retângulo, obviamente parte do mesmo grande tapete.

"Todo armário, senhor."

Dois outros quartos tinham pedaços similares de tapete no chão do closet. Examinei todos em silêncio e rapidamente, percebendo que havia descoberto algo. Um dos pedaços estava seriamente manchado, amarronzado; alguma coisa se infiltrara na trama do tecido. Tirei o retalho, enrolei e enfiei em minha bolsa.

"Vou agradecer por não voltar", disse o sr. Biswas para mim no saguão, fitando-me fixamente, suas orelhas cabeludas estremecendo.

Mas eu sorri. Estava feliz. Conseguira o que queria e nem me dera conta de que era o que eu estivera procurando.

"Senhor não bem-vindo em nossas dependências."

Aguardei em uma cafeteria perto do Hogg Market até as nove, então liguei para Howard no consulado e pedi que se encontrasse comigo para o almoço. "Ainda por aqui!", ele disse. "Pensei que estivesse livre de você."

Diante de pratos de macarrão e rolinhos primavera no New Cathay, em Chowringhee, disse a ele que estava gostando cada vez mais de Calcutá.

"Fico feliz. A um primeiro olhar, o lugar é um horror, mas depois pega na pessoa. Mas é um pouco restritivo para um cara solteiro. Não consigo um encontro sem acompanhante. Convidei minha ex-esposa, só para ter companhia para ir ao cinema. Como você está se virando?"

"Estou fazendo um favor para alguém, é só amizade."

Ele parou de comer e disse: "Na Índia, 'amizade' sempre significa mulher."

"Não é Parvati."

"Que pena. Ela sempre pergunta por você."

"Ela é boa demais para mim."

Howard disse: "Você só me liga quando precisa de alguma coisa. O que é dessa vez?"

"Desculpe."

"Só estou brincando."

"Mas preciso mesmo de um favor."

"Estou aqui para ajudar. Com você, sempre acho que vou acabar virando parte de uma história. Eu gosto. Vai me dar credibilidade."

"Lembra aquele sujeito na central de polícia, o doutor Mukherjee? O legista. Quero me encontrar com ele outra vez, mas preciso que você diga a ele que sou honesto. Ele já ficou desconfiado de mim por uma evidência que mostrei."

"Vou dar minha garantia. Encontro ele sempre. Americanos morrem o tempo todo na Índia, geralmente velhos, do coração. Mas às vezes é algum jovem em circunstâncias suspeitas. Sempre pedimos ao doutor Mukherjee para examinar os corpos e assinar os atestados de óbito."

"Vai dar sua garantia de que eu sou confiável?"

"Vou lembrá-lo de que você é um de nós."

"Isso é realmente gentil de sua parte."

"Você é americano. Está com um problema. Sou um funcionário do consulado. É meu trabalho. Além do mais, está muito quente para voltar ao escritório."

No táxi, Howard disse casualmente: "Isso tem alguma coisa a ver com a senhora Unger?"

"Por que pergunta?"

"Você mencionou o nome dela uma vez, faz um tempo", disse. Como não abri a boca, ele prosseguiu. "O que é estranho. Quer dizer, a única outra pessoa que perguntou sobre ela foi Paul Theroux. Mas quando a gente se encontrou no Fairlawn você disse que não a conhecia."

"Você acreditou em mim?"

"Eu, sim, mas Paul, não."

"Aquele tipo foi mesmo embora? Não confio nele."

"Ele disse que queria andar no trem de Battambang a Phnom Penh."

"Já vai tarde. De ônibus é até mais rápido!"

Talvez tentando me acalmar, Howard disse: "A senhora Unger é praticamente uma desconhecida em Calcutá. Nunca aparece no jornal. E mesmo assim ela vive aqui."

"Ela não gosta de publicidade."

"Como você sabe?"

Ele era bem esperto, mas afinal morava em Calcutá havia três anos. Do jeito mais delicado possível, ele me pegara. Eu disse: "Ela me contou."

Ele balançou a cabeça e, embora sua expressão permanecesse serena, dava para ver seus olhos fazendo um cálculo rápido.

"Ela é uma mulher incrível, uma filantropa maravilhosa", eu disse, mas me senti impotente dizendo isso. Não havia como descrever adequadamente o que a sra. Unger significava para mim, e parecia uma deslealdade só mencionar seu nome desse jeito. "Eu respeito a privacidade dela. Theroux só queria usá-la."

A recepcionista na central de polícia reconheceu nós dois, mas foi mais calorosa com Howard. Ele era cordial e fácil de lembrar, e falou com ela primeiro em um bengali muito educado.

"Doutor Mooly Mukherjee. Assuntos consulares." Estendeu seu cartão de diplomata, com o emblema da águia americana em dourado.

Enquanto ligava para nos anunciar, a recepcionista nos deu dois crachás de segurança. Depois acenou para que um *chowkidar* nos acompanhasse ao subir.

Comecei a lamentar minha dependência de Howard, porque ele não estava envolvido em minha investigação. Sua presença me constrangia, e eu negara que conhecia a mulher. Mas se um crime fora cometido, por que esconder? Eu provavelmente precisaria dele.

O *chowkidar* bateu na porta da sala e, escutando um grunhido, indicou que entrássemos.

"Doutor Mukherjee. *Namashkar*", disse Howard. "*Apni keman achen?*"

"Supimpa, obrigado, senhor Howard."

Conversaram algum tempo sobre um caso recente, um americano que havia morrido em Darjeeling. "Problema cardíaco", disse o dr. Mukherjee. "Altitude foi fator. Deixou dívidas imensas. Descobriu-se que era um canalha e um charlatão."

Então Howard disse: "E acho que já conhece meu amigo..."

"Ah, sim", disse, com menos entusiasmo, e percebi o que estava pensando: ele me associava à mão morta, à triste coisinha sem digitais.

"Gostaria que examinasse isso." Abri o saco plástico e lhe mostrei o retalho de tapete manchado que encontrara no closet do Hotel Ananda.

"Examinar procurando o quê? Fibras? DNA?" Esfregou seu bigode, falando devagar. "Indícios de drogas? Fluidos corporais? Pólvora? Produtos químicos? Partículas de comida? Fios de cabelo?"

Howard começara a rir baixinho com a litania de perguntas.

"Estamos abarrotados!", disse o dr. Mukherjee, ainda torcendo a ponta do bigode.

"Por favor, examine-o procurando tudo. Tem uma mancha suspeita nele. Talvez seja sangue."

"Eu decido isso", disse o dr. Mukherjee, apanhando uma prancheta com um formulário impresso. "Permite perguntar origem de amostra de tapete?"

Fiquei um pouco agoniado, depois disse: "Veio parar nas minhas mãos."

"Senhor tornou-se repositório de inúmeros itens", disse. "Só posso imaginar se estão relacionados. Digamos... 'Origem desconhecida'."

"Assim está bom. Quanto tempo vai demorar para fazer os testes?"

"Para testes simples, alguns dias. Pode ser que precise mandar para laboratório. Aqui tem meu cartão. Vou escrever número de celular." Escreveu no verso do cartão. "Ligue-me quinta à tarde. Podemos ter alguns resultados."

"Ele é um bom homem", disse Howard quando saímos do prédio. Estava curioso, dava para perceber, resistindo à pergunta óbvia, sendo visivelmente discreto. E ele não se referira à minha pergunta anterior, quando eu tolamente revelara estar em posse de uma mão morta que queria ver identificada.

No silêncio, eu disse: "Não posso contar para você por que preciso descobrir isso."

"É muito melhor que eu não saiba", disse Howard. "Não quero ter de escrever um relatório. Saber das coisas é um tremendo fardo nos assuntos consulares. Mesmo sendo dos assuntos públicos, isso constitui uma obrigação para mim. Fico feliz em ajudar. E gostei da evidência."

"Não é uma evidência. Só estou ajudando uma pessoa."

Mas ficou óbvio que eu estava na defensiva. "O pedaço de tapete", disse. "É puro Henry James. A grande pista escondida em algum lugar na trama do tecido. Desvende isso e você tem a resposta. Conhece o conto? 'O desenho no tapete'."

"É, conheço."

"Uma das coisas que adoro em Calcutá é sua textura vitoriana. Não estou falando só da arquitetura pomposa, mas das pessoas também. As mulheres precisam de acompanhantes. Não se casam por amor. O doutor Mukherjee é uma figura vitoriana. O bigode dele é datado. Até as palavras que ele usa. *Repository. Blighter. Mountebank.*"

Conversar dessa forma dava um significado maior à nossa visita à central de polícia e ligá-la à literatura emprestava-lhe dignidade. Ele tinha razão sobre "O desenho no tapete". E embora eu estivesse esperando manchas de sangue, ou qualquer coisa criminosa, fomos capazes de conversar a respeito por meio de eufemismos, o que nos ajudou a ser um pouco mais dignos também.

E isso me acalmou. Concordamos em voltar a nos encontrar em breve. Eu não podia contar a ele o que estava fazendo. Só havia uma pessoa a quem eu poderia contar.

15

Eu sentira falta da sra. Unger. Criara a dependência de vê-la uma ou duas vezes por semana para sessões de massagem tântrica e ficara com saudade dela quando estivera longe — sua semana em Mirzapur. Eu era como uma mulher das antigas esperando que o homem ligasse, passiva, dependente, desamparada. Ela dizia que o tantra era uma sabedoria antiga abrangente que incluía o sexo, assim como todos os demais aspectos da vida. Contudo, para mim a massagem não era um ato sexual, mas um modo de prolongar o desejo: quando realizado com perfeição não tinha fim, pelo menos não uma finalidade explosiva, mas antes um brilho gradativamente estreitado de intenso bem-estar.

"Melhor que sexo", eu disse a ela.

Ela gostava de me ouvir dizer isso, mas mesmo assim eu continuava possuído.

Minha semana em Calcutá sem ela me permitira planejar a estada no Ananda que resultou na obtenção do retalho de tapete manchado no closet. Imaginei que o tapete inteiro havia sido cortado e dividido pelo hotel. E agora eu tinha a polícia trabalhando na identificação do que quer que fosse aquela mancha. Eu examinara a cena do crime. Usara bem o meu tempo, pensei. Eu tinha novidades para a sra. Unger. E agora poderia vê-la outra vez.

Saber que iria encontrá-la mais tarde enchia-me de prazer. A antecipação do desejo, a certeza do encontro, algo que todo enamorado conhece, é um poder revitalizador, uma fonte de felicidade e otimismo. Ela tinha esse efeito em mim. Tinha esse efeito em todo mundo que conhecia, inspirando um anseio, um desejo de fazer um sacrifício.

Eu ansiava por agradá-la. A maior dádiva do amor era — sem pensar — perder o próprio ego em uma paixão por outra pessoa, tornar-se altruísta, desejando servir e satisfazer a outra pessoa, querendo vê-la sorrir.

Isso era fácil de fazer pela sra. Unger porque ela dava muito de si para os outros. Sua bondade, o bom coração que fazia os outros vicejarem, me motivava a querer agradá-la do mesmo modo; ela se sacrificava tanto que realizar um sacrifício por ela era um prazer. Quanto mais incomodado eu ficasse servindo-a, mais feliz me tornava, porque ela merecia isso.

Descobri o que muitos enamorados descobrem, que é difícil dar alguma coisa para alguém verdadeiramente generoso. Sua força, e talvez a chave da personalidade da sra. Unger, era que não queria nada de mim, nem de ninguém. Sua crítica contra Madre Teresa era a de que necessitava gozar da fama, encontrar celebridades, angariar dinheiro, ser reconhecida. A sra. Unger desprezava tudo isso. Parecia existir numa atmosfera de pura bondade e serenidade, ofertando bênçãos. O que eu poderia lhe dar? Uma pista sobre o corpo no quarto seria bem-vinda, mas não havia muito mais. Mesmo isso nada tinha de egoísmo de sua parte, pois só o que a preocupava era limpar o nome de Rajat. "Não quero que se magoe", ela disse. "É uma alma adorável. Tem uma energia delicada."

Dava para ver como as crianças prosperavam no Lodge. Era como eu me sentia em meu hotel, escrevendo aquelas páginas sobre ela, após recapturar a capacidade de escrever que eu acreditara — temera — ter me desertado. Ela era tanto a inspiração dessas páginas como seu tema. Conhecendo-a, sendo revitalizado por ela, tocado por ela, eu voltava a ser um escritor e, encontrando essa criatividade, encontrara um eu que julgara extinto. Mas não, eu o havia redescoberto, e, ao fazê-lo, redescobrira um eu mais jovem. Ela me rejuvenescera. Tudo o que precisou dizer foi "*Kundalini.*"

Eu não queria esperar a hora de ser chamado. Queria pegar um táxi perto do Hastings e ir para Alipore, cheio de expectativa, sem ser solicitado, para mostrar minha lealdade e amor. Mas resisti, porque a última vez que o fizera, ela estava fora em Mirzapur, onde quer que isso ficasse.

A noite no Ananda interrompera meu trabalho, mas pude voltar a escrever as páginas de "A mão morta", avançando em minha descrição da sra. Unger e dos relatos de sua filantropia.

Ela poderia facilmente ter permanecido em Nova York ou Palm Beach — tinha o dinheiro para isso. Poderia ter gastado todo o seu tempo na pura ociosidade, entre gente rica, comparecendo a eventos de caridade, bancando a glamourosa. Poderia ter feito o que Madre Teresa fizera — passando tempo com as estrelas, fingindo ser uma santa, obtendo jantares às custas de suas histórias de horror. Mas em vez disso a sra. Unger, avessa a publicidade, permanecia anonimamente em Calcutá, suportando o calor e o barulho, a multidão sem fim, as calçadas abarrotadas, o trânsito, a sordidez. Ela optou por devotar toda a sua energia a crianças negligenciadas.

Esse era meu tema. Enquanto continuava a me debater com o pensamento de uma visita surpresa, eu seguia escrevendo "A mão morta".

"Cavalheiro para ver senhor." Ergui o rosto e vi Ramesh Datta, aguardando instruções.

Eu não queria que ninguém me visse escrevendo. Considerava aquilo meu segredo e minha força, sobretudo essas páginas.

"Já desço."

Presumi que fosse Howard com notícias do relatório forense do dr. Mukherjee. Mas era Rajat. Aguardava sentado em uma cadeira de vime. A cadeira guinchou quando ele ficou de pé num salto, como um aluno quando o professor entra na classe.

"Aconteceu de eu estar passando. Pensava em dizer oi."

Isso não podia ser verdade. Ele nunca aparecera para me cumprimentar antes. O que teria em mente?

"Bom ver você. Gostaria de beber alguma coisa?"

"Só uma xícara de chá."

Ramesh Datta permanecera por perto, escutando. Sinalizou para Ramachandra, que se adiantou rapidamente.

"Dois chás, senhor?"

Eu disse para Rajat: "Aceita uma samosa?"

"Eu não aceitando."

"Bolo teacake?"

"Eu não aceitando."

"Biscuit?" Eu estava perguntando só para atormentá-lo, dizer palavras estranhas e ouvir sua recusa. "Milk Bikki? Fancy biscuits? Gulabjam? Sweetmeats?"

"Eu vou aceitar castanhas sem sal."

"Água mineral para mim." Sentei e Rajat voltou para sua poltrona de vime, sentando na beirada da almofada, os cotovelos nos joelhos.

"Como senhor se virando aqui?", perguntou. "Parece achar cidade apropriada."

"Gosto da companhia da senhora Unger. Acho que você pode compreender isso."

"Uma mulher graciosa e distintamente formidável", ele disse.

Vitorianos, dissera Howard dos bengalis. Eu agora conseguia lidar facilmente com seus fraseados floreados e ligeiramente pretensiosos.

"Ah, sim", eu disse. Mas pensando: *Ela é muito mais do que isso.*

"Sei que encarregou senhor de me inocentar", ele disse. "Fez algum progresso?"

Parecia terrivelmente nervoso, tão nervoso que não conseguia ser sutil; não usava artifício algum. Fora direto ao ponto.

"Não vejo meu papel como o de inocentar você."

"Então o quê?"

"Acho que é algo como uma busca pela verdade."

Eu sabia que isso soava pomposo, mas a pomposidade era um modo natural de discurso em Calcutá. *Não seja insolente*, dizia-me às vezes Parvati. Rajat começou a falar, mas, ao ver Ramachandra se aproximar com a bandeja de chá, parou, sorriu para o garçom e não voltou a falar enquanto não ficamos outra vez a sós.

"Foi a pior experiência de minha vida. Consegue imaginar acordar em um quarto de hotel estranho com um cadáver humano?"

Em vez de responder, eu disse: "Fico imaginando se você tomou a decisão correta ao fugir."

"A alternativa era bem pior — ser implicado em um assassinato."

"Por que diz assassinato?"

"É assim que teria sido visto pela lei aqui." Seus joelhos estavam pressionados um contra o outro. Segurava a asa da xícara com dedos precisamente equilibrados. "E receio detração. Pessoas iriam espalhar histórias maldosas e calúnias sobre mim."

"Por que não mencionou o tapete para a sra. Unger? Ou para mim?"

"Tinha um tapete? Eu não dei olhada apropriada. Disse para senhor que estava usando meu celular como lanterna."

"Mas o tapete estava bem ali no chão do seu quarto."

Ele pousou a xícara. Disse: "Quando você vê pessoa morta, não vê mais coisa nenhuma. Eu fiquei hipnotizado."

Isso ao menos fazia sentido.

"Tinha algum sangue?"

"Caso houvesse visto sangue, o fato teria obtido uma acomodação em minha memória", disse. Quando estava nervoso falava desse jeito. "Mas eu não toquei no corpo. Simplesmente fugi."

"Seu grande erro. Faz com que pareça responsável pela morte."

"O que senhor teria feito?" Pegou sua xícara, embora parecesse meramente usá-la como elemento dramático; não estava bebendo.

Pensei bem antes de responder porque eu estivera no Ananda e agora sabia que tipo de lugar apavorante era — os quartos quentes e abafados, os corredores ameaçadores, o colérico sr. Biswas com sua cara de corvo.

"Não sei. Mas eu teria depositado minha confiança na senhora Unger para apurar o caso."

"Foi isso que fiz", ele disse, com voz triste. "Acho que ela não acreditou em mim, ou então por que motivo encarregou senhor de investigar o caso?"

Ele não havia contado com o fato de que a sra. Unger entraria em contato comigo. E ainda que eu houvesse esperado por um golpe de sorte, não contara com o fato de que Mina Jagtap me daria uma ajuda tão oportuna — a mão morta, o pedaço de tapete —, não contara com o fato de que Chitra reconheceria o tapete. Tudo isso devido à minha visita anterior, ao sr. Biswas ter batido no rosto de Mina, e tê-la mandado embora.

"Tenho certeza de que tudo ficará bem", eu disse. Somente quando falei notei a dúvida em minha voz. Eu não acreditava nem um pouco nisso.

"Preciso ir. Devo encontrar Charlie no Lodge. Obrigado pelo chá."

Ele havia adicionado açúcar no chá que o garçom servira. Havia mexido o chá. Chegara até a levar a xícara aos lábios. Mas não tomara um gole sequer. Não tocara na tigela de castanhas de caju. As duas coisas me incomodaram e me deixaram desconfiado. Fico apreensivo em refeições em que a pessoa mal toca a comida ou não come nada. Penso: *Por que está aqui?*

Rajat não dera uma passada simplesmente; havia planejado esse encontro. Estava tentando descobrir o que eu sabia.

"Por que não vem junto?" Seus olhos cintilaram conforme sua expressão adquiriu um ar suplicante.

Ele era miúdo, tímido, com uma espécie de brandura; fraco e submisso, quase feminino, com grandes olhos escuros — brandos e medrosos, encovados, com cílios de menina. Contudo era teimoso como uma garota, também, arredio. De vez em quando eu lhe fazia uma pergunta e ele não respondia, apenas ficava me olhando, e eu me lembrava de antigas namoradas. Tinha mãos esguias e pulsos minúsculos, finos. Em sua fragilidade me lembrava as crianças perdidas da sra. Unger, o menino Jyoti de orelhas de abano, que se mostrara tão animado e por quem eu perguntara em minha última visita ao Lodge. "Ele não está mais aqui", dissera a sra. Unger. "Temos muito orgulho dele."

"A senhora Unger vai estar lá?"

"Ah, sim. Ela ia adorar ver senhor. Eu tentei celular, mas bateria acabou."

"Ma não gosta de surpresas", eu disse.

"Essa é uma surpresa agradável." Levou a mão ao bracelete em seu pulso e olhou o relógio. "Precisamos ir já."

Só o pensamento dela em sua cripta já mexia comigo, me deixava trêmulo. E o calor de Calcutá também ajudava. O dia estava parado, a umidade era como um manto, mas o modo como isso me tornava vagaroso e sem fôlego era como uma antecipação do desejo, a mesma indolência pesada, a mesma palpitação sanguínea em minha cabeça, um apreciável acesso de impaciência — como no instante de dar um grande salto —, e minha pele e meus olhos ficando constantemente molhados.

Enquanto Rajat falava, com mais urgência do que eu o vira mostrar anteriormente, caminhamos até a rua, onde acenei para um táxi. Quando um carro encostou, entramos e Rajat deu instruções. Depois disso ficamos em silêncio. Ele começou a morder um dedo em agonia, o nó sob o nariz.

"Ela não vai achar isso ruim? Nós chegando juntos?"

Seus olhos muito próximos davam-lhe a aparência de um roedor contemplando o queijo numa bandeja — ávidos porém hiperalertas, as mesmas narinas mordiscando, estremecendo. Mas seu sorriso rígido o tornava a inquieta encarnação da contradição.

"De jeito nenhum. Ela sem dúvida aprecia senhor imensamente."

"E gosta de você também, Rajat."

"Receio que me acha demasiado loquaz", disse. "Mesmo se chegarmos juntos ela não vai desconfiar de estarmos tramando."

Essa observação inesperada me surpreendeu, porque parecia exatamente o que ela poderia pensar: eu nunca fora ao Lodge com ele antes. Mas isso ocupava a periferia de minha mente. Eu estava concentrado em uma única coisa, a cripta da sra. Unger: os perfumes, as lamparinas, suas mãos, seu corpo deslizando sob a seda de seu sari.

Rajat falou asperamente com o motorista de táxi.

O homem levou as mãos ao ar. "Trânsito. Muito trânsito."

"Está dizendo a ele para ir mais rápido?", perguntei.

"Não quer ver Ma?", ele disse.

Não respondi porque não queria que ele repetisse mais tarde o que eu havia dito; ele parecia me provocar. Parecia mais estranho, mais implicante no táxi do que parecera no Hastings, deixando seu chá de lado.

"Ah." Ele suspirou de alívio quando o trânsito começou a fluir. Eu conhecia a sensação. Também senti alívio quando o táxi andou por Alipore. Vi o muro, o portão, a fonte. A sra. Unger, na porta da frente, virou-se abruptamente com o som do táxi no cascalho da entrada.

"Meu querido rapaz", disse para Rajat, e para mim: "Eu estava pensando em ligar. Você leu minha mente, com certeza."

Ela o abraçou e inicialmente ele se enrijeceu com o contato físico. Depois ela o afagou e esfregou seus braços, e fazendo isso ele relaxou, suspirou e se entregou.

"O que vocês meninos têm feito?", perguntou, e quando Rajat não respondeu, ela disse, provocando-o: "Madame ficando toda silenciosa."

Rajat parecia inquieto mas alerta, como no táxi, relanceando em torno, sorrindo apreensivamente. Estávamos no alto da escada externa, no alpendre entalhado, com sua balaustrada roliça, a entrada rachada e ornamentada, pedaços do acabamento faltando nos degraus, revelando o antigo tijolo vermelho debaixo, como um profundo talho, o mesmo vermelho vivo, o branco cercando-o como carne, o Lodge como um nobre corpo ferido.

"Não havia percebido que você tinha hóspedes." Isso foi dito por uma mulher saindo do Lodge, que me pegou de surpresa. Ela veio pela entrada, num passo cuidadoso que fazia com que parecesse velha, o *chowkidar* segurando a porta aberta, Balraj saudando-a. Então se aproximou da sra. Unger.

"Esses são meus amigos", disse a sra. Unger. "São minha família."

A mulher — magra, de meia-idade, ar de solteirona — era obviamente americana. Parecia um inseto grande, olhos de mosca nos enormes óculos escuros, usando um vestido de verão caro e sob medida. Franzia o rosto com o calor, sob um chapéu de palha de aba larga, enxugando o rosto com um lenço. Carregava no ombro uma elegante bolsa de tecido, não indiana, mas de marca. Seus braços eram finos, brancos, ossudos, e exibia modos vivos, precipitados, contrastando com as crianças de ombros caídos a seu lado.

Segurava pela mão uma garota de expressão atônita, em um vestidinho engomado, meias soquetes brancas e sapatos pretos — uma versão mais clássica do uniforme escolar infantil no Lodge. Sorri para ela e, olhando mais detidamente, pensei reconhecê-la. Mas todas as crianças da sra. Unger pareciam memoráveis. Eram muito diferentes das crianças indianas com seus pais; eram menores de rua em um abrigo, sempre de aspecto mais ou menos contido, como que aprisionadas e um pouco descuidadas, com olhos irrequietos, arrumadas em uniformes simples.

Eu tinha quase certeza de que aquela criança era a garotinha que voltara conosco no carro naquele dia em que visitáramos o templo de Kali, e parte do que Rajat chamara de "a quantidade mensal".

"Eu sei o seu nome", disse para a garotinha. "Só que não consigo lembrar agora."

A mulher disse rispidamente: "Não temos o dia todo para que tente se lembrar."

Sorri diante de sua grosseria, então me virei. "Como você se chama, benzinho?", perguntei para a menina. Mas ela se moveu de lado, como se eu a estivesse ameaçando.

"Mais alguma pergunta?", disse a mulher, seu sarcasmo sem graça soando como um rosnado pelo modo como falou. Ela mantinha a boca aberta, mostrando os dentes.

Perplexo, fiquei encarando-a, imaginando se deveria ou não retrucar com a mesma estupidez.

A tarde estava quente. A mulher parecia irritável e apressada. Havia um ar de confusão e angústia que visitantes efêmeros e estrangeiros exibiam em Calcutá: uma postura, uma carranca de desconforto, de sofrimento genuíno. Ela exibia essa expressão. Eu não disse nada porque a sra. Unger estava lá, sempre uma presença tranquilizadora.

Mas a cena era esquisita: Rajat com os olhos brilhando e de certo modo triunfantes, a sra. Unger em seu sari belíssimo, o alpendre rachado, a americana tensa e sem cerimônias de óculos escuros gigantes e o detestável "Mais alguma pergunta?" nos lábios, a criança de olhar atônito que eu quase reconhecera e o eco frágil do "Madame ficando toda silenciosa" dirigido a Rajat. E eu ali parado de pé sem ter sido apresentado. Todos nós nos degraus arruinados do magnífico Lodge, e o ruído do trânsito do lado de lá do portão, as crianças gritando dentro da casa, a enorme e estrangulante figueira banyan, com raízes por toda parte, em alguns pontos parecendo rachar o prédio em dois e em outros agarrando-se aos tijolos e prendendo-os com seus dedos e garras de raízes enroscadas.

"Eu entro em contato", disse a mulher. Continuou descendo a escada rumo ao carro que aguardava, um desses reluzentes carros de hotel novinhos em folha, com um logotipo na porta, cortinas na janela, um motorista obsequioso. A garotinha, desnorteada, olhou para a sra. Unger com uma expressão de perplexidade.

"Eu conheço aquela criança", eu disse.

A sra. Unger sorriu. Não me ajudou. Não dera explicações sobre a mulher nem nos apresentara. Em vez disso, quando o carro se afastava, veio para o meu lado e apertou meu braço.

"Charlie está no escritório", disse a Rajat. "Vai vibrar em vê-lo." Depois que ele se foi, disse para mim: "Estou feliz por ter vindo. Quero pôr logo minhas mãos em você." Falou em voz baixa, o rosto perto do meu ombro. Senti uma insinuação de seu perfume, que era forte, como uma secreção de calor corporal.

Era o que eu queria escutar. Resisti à tentação de beijá-la. Ela dificilmente beijava, mas eu queria muito isso, envolvê-la em meus braços para que me fizesse feliz. *Quero pôr minhas mãos em você* era uma fantasia masculina — minha fantasia, pelo menos. Era o que eu precisava, o cuidado materno que me fizera voltar a escrever, em "A mão morta", um retrato levemente romanceado da sra. Unger em Calcutá.

As crianças estavam brincando nos quartos mais afastados e havia algumas por perto, cantando. O aroma de comida na cozinha, o som de pés descalços no assoalho de madeira, as risadas estridentes. E então, fechando as portas atrás de nós, a sra. Unger me conduzia casa adentro e descia ao andar do spa, que cheirava a incenso, pétalas flutuando na fonte e, no jardim verdejante e úmido ali fora, caládios, e as raízes serpenteantes e tenazes da grande árvore banyan.

"Vim aqui quando você estava fora", eu disse. "Não pude resistir."

Embora a sra. Unger fosse a frieza e compostura encarnadas, detectei uma desaprovação, um encolhimento em todo o seu ser.

"Quando você estava em Mirzapur."

Ela riu com gosto ao ouvir isso. "Não passei nem perto de Mirzapur."

"Não faz diferença. Eu nem sei onde fica."

"Nem eu", ela disse.

"Fiz um grande avanço no mistério de Rajat", eu disse. Mas o único motivo de eu dizer isso foi encobrir minha surpresa e de algum modo (assim pensei) poupá-la de constrangimento. Suspeitei, pela primeira vez desde que a encontrara, que não estava me contando a verdade. E contudo não havia qualquer hesitação em sua voz quando falou.

Em sua aromática cripta, sobre a mesa, ela começou a me massagear, mas alguma coisa em mim se recusava a cooperar. Eu parecia feito de barro. Dúvida e apreensão tornavam minha carne inerte. Eu queria me entregar de corpo e alma para ela, porém uma certa cautela me levava a recuar, todos os pequenos sinais, o fato de ela não ter me apresentado à mulher com a criança, a réplica áspera da mulher, o fato de eu ter reconhecido a menina e não lembrar seu nome, e a sra. Unger não ter me lembrado. Ela estivera sonegando algo.

Eu nunca havia notado antes, mas, também, nunca aparecera sem ser anunciado. O caráter repentino de minha visita provocara aquela desarmonia e provavelmente ajudara o fato de eu ter chegado acompanhado de Rajat. Ele parecia saber de algo que eu não sabia. Eu duvidara dele e agora começava a duvidar de mim mesmo.

As mãos da sra. Unger percorriam meu corpo, apertando, amaciando, encontrando meus músculos e os espaços entre eles. Mencionei anteriormente que a massagem tântrica da sra. Unger não era um ato sexual, mas antes a protelada promessa de um, as preliminares como um fim em si, um estremecimento permanente na iminência de um. Isso produzia um êxtase trêmulo que eu só podia comparar ao arrebatamento de uma estrangulação: eu ficava sufocado em uma asfixia delirante quando ela passava seus dedos mágicos em mim.

Mas nesse dia não estava funcionando. Eu não podia fingir que estava. Em vez de ficar relaxado com seu toque, ou excitado, eu sofria com a apreensão.

"Você está resistindo."

"Não — estou gostando." Mas percebi como soava insincero.

"Posso ver isso pela posição de seus dedos do pé."

"Talvez seja meu estômago. Comi uns bhajis com gosto esquisito no almoço."

"Pode pôr a culpa nos bhajis", ela disse. "Você precisa provar uma coisa mais gostosa." Tirou as mãos de mim. "Fique de pé, devagar. Vai sentir um pouco de tontura, então cuidado."

Ela me ajudou a descer da mesa e me guiou na direção da ducha. A luz estava acesa na ducha e devia estar brilhando forte, porque quando terminei e voltei para a sala de massagem eu mal conseguia enxergar. A vela queimando no prato de óleo não iluminava nada. Não consegui ver a sra. Unger em lugar algum.

Fui às cegas até a mesa e tateei seu pé, depois fui subindo com a mão por sua perna nua. Ela estava deitada de rosto para cima na mesa e agora pude perceber que tinha a cabeça inclinada, as costas arqueadas, o corpo erguido em oferenda, uma postura de rendição.

"Ma", eu disse.

"Querido." Ela pegou minha cabeça com as duas mãos e a guiou para baixo, entre suas coxas fragrantes. "Puja *yoni* — reze, reze em meu portal."

Ela segurava minha cabeça, murmurando "Reze", e eu obedeci, rogando-lhe com minha boca e minha língua, minhas lambidas uma primitiva forma de linguagem em uma oração simples. Sempre funcionara antes, um idioma que ela me ensinara pessoalmente, a língua amortecida e quente. Mas hoje ela percebia a diferença, minha vontade diminuída. Corpos revelavam muito mais do que as palavras jamais conseguiriam.

"Da próxima vez, ligue antes ou espere que eu ligue para você", disse, me liberando e virando de lado. "Você disse que havia obtido um avanço com o problema de Rajat. Quero ser informada das boas notícias."

"Tenho pistas sólidas."

"Não podemos permitir que o pobre rapaz sofra uma injustiça", disse ela. Quando não respondi, falou: "Você me disse que tinha ido ao hotel. Tem alguma coisa para me contar?"

Eu poderia ter lhe contado sobre o gerente feroz, sobre Mina, sobre a mão morta e o retalho de tapete. Mas para quem estaria contando? Ela era uma outra pessoa. Eu sentia um lado diferente, mais escuro — ou, se não escuro, então evasivo. Eu não conhecia aquela mulher. Não conseguia fazer amor com ela. Não podia contar-lhe o que sabia. Não era a mesma mulher que eu conhecera.

E pensei: *Ela é americana!* Eu conseguia me imaginar sendo confundido por uma indiana, por seu caráter dissimulado ou sigiloso. Mas eu sabia como eram os americanos. Ou achava que sabia. *Sou negra* não explicava coisa alguma.

Rajat dissera: "É uma surpresa agradável." Ela fingira que sim, mas não me convenceu. Não era nada que houvesse dito. Minha desconfiança brotou do ar em torno dela, da vibração, mais do que tudo de suas mãos e seus dedos — a verdade era evidente em sua carne; a minha também, provavelmente. A verdade era um batimento sanguíneo, nada a ver com palavras ou afirmações veementes. Era uma qualidade de pressão na ponta de seus dedos que me dizia que parte dela estava ausente, alguma coisa insincera ao toque.

"Preciso ir", eu disse.

"Já? Mas acabou de chegar. Mal começamos."

Desci da mesa, em que eu sempre pensara como um altar, mas que agora me parecia mais uma mesa sacrifical. Comecei a me vestir, com ela ali acima de mim. Tomei o cuidado de não dizer nada, porque ela era uma intérprete tão perspicaz da palavra falada quanto era da carne e do sangue.

Na porta, ela me tocou, dizendo: "Tem alguma coisa que você não está me contando."

Beijei-a, pensando em tranquilizá-la, e ao beijá-la senti que lhe revelava tudo o que queria guardar para mim.

16

Agora eu estava tão irritável e curvado quanto qualquer outro em Calcutá, essa cidade enlouquecida de atmosfera asfixiante e grandiosidade decaída onde no quente mês de maio que precede a monção era tão abafado nas ruas quanto no interior de qualquer quarto. Antes do que eu esperava, dentro de uma hora ou algo assim após ter saído com Rajat, me vi de volta ao Hastings, perguntando-me: *O que aconteceu?*

Rajat havia sugerido que eu fosse com ele ao Lodge e me deixara tentado, como sempre, pela expectativa de estar na cripta da sra. Unger: deleitando-me no pensamento de suas mãos curativas, seus dedos penetrantes. A mera ideia de vê-la me deixara excitado. E então, inesperadamente, eu vira a americana arrastando a garotinha para fora do Lodge e a sra. Unger insistindo que estava feliz em me ver. Porém a estupidez da mulher ("Mais alguma pergunta?") e a pressão do toque da sra. Unger me perturbaram. Eu havia sentido quase que hostilidade em suas mãos e, tendo conhecido esse lado estranho da sra. Unger, fiquei confuso. Fora um erro ir. Quem era aquela americana? Quem era a criança? Quem era a sra. Unger agora? Suas mãos haviam se mostrado duras e frias, segurando-me quase num estrangulamento.

E havia sido uma interrupção em meu trabalho. Fiquei ressentido com a intrusão de Rajat, sua insistência, suas palavras de tranquilização; e fiquei furioso comigo mesmo por ter me permitido ser tentado. Eu deveria ter percebido suas intenções insinceras ao pedir o chá e não tocar nele.

Eu precisava escrever, me acalmar. No isolamento de meu quarto, escondendo-me da dura luz de fim de tarde e do burburinho vindo da rua, sentei seminu sob o empoeirado ventilador no teto. Pela primeira vez com dúvidas em relação a ela — e desse modo duvidando de mim mesmo — eu dispunha de tempo nas mãos. E nessa solidão eu vi o rosto vazio da garotinha e sua postura hesitante, suas perninhas finas duras de relutância. Eu a vira uma vez no colo da sra. Unger. *A mãe dela sou eu.*

Em vez de continuar "A mão morta", uma apreciação da sra. Unger, interrompi a narrativa, escrevi *Quem é ela?* e comecei a descrever essa nova experiência na cripta da sra. Unger — não um refúgio, mas uma espécie de armadilha, onde me senti como um estrangeiro aprisionado.

O que tornava o ato de escrever isso uma experiência ainda mais esquisita era que eu me sentia pouco à vontade em meu próprio quarto de hotel. Em geral eu não escrevia ali. Não estava acostumado a ficar sentado na semiescuridão, diante do vidro imundo de uma janela, escutando os grasnidos e coaxos do ventilador sobre minha cabeça. Normalmente eu ficava na varanda do andar superior, acima do fedor familiar do tráfego, do ruído das buzinas e campainhas de bicicletas e das pessoas chamando umas às outras — esses gritos abafados de Calcutá que tornavam o ar espesso.

Meu quarto me incomodava e era mais do que a atmosfera sórdida e fantasmagórica que eu sentia na maioria dos quartos de hotel, um peso de pó antigo e ecos surdos, do sedimento de pés descalços e mau hálito, a angústia de todos os ocupantes precedentes. O cheiro chegava quase a um som, uma espécie de queixume insistente e agudo de presenças espectrais — muito pior em Calcutá do que em outros lugares —, as camadas de tinta descascando, os tapetes com grumos e o verniz pegajoso, as janelas opacas das crostas de sujeira no vidro.

Contribuindo para essa sensação desagradável, quando sentava em minha pequena mesa notei uma gaveta da cômoda cerca de dois dedos aberta. Isso me irritou porque eu tomava o cuidado de manter as portas fechadas e as gavetas no lugar. O pensamento de ratos ou camundongos me tornava escrupuloso: certa vez, eu abrira a gaveta em um hotel indiano e vira um rato farejando e correndo entre minhas meias.

Esse incômodo e desconforto retardavam minha escrita. Mas escrever era o único jeito que eu conhecia de elucidar os sentimentos que me invadiam, sobre a sra. Unger, a garotinha, a ambiguidade dos sinais misturados de Rajat. Quase ri com o pensamento de que era a sra. Unger o tema de meu esforço, e de que era ela, por meio de sua massagem tântrica, que me fizera voltar a escrever e me propiciara uma nova vitalidade. Mesmo assim, eu tinha de me forçar a fazê-lo, calcando a ponta da esferográfica nas páginas de meu caderno.

Parei lá pelas oito e meia para pedir um chá e um sanduíche de queijo, a refeição mais segura àquela hora da noite. Estava seguindo o conselho usual da sra. Unger. Ao final do dia, a manteiga ghee ficava rançosa, o peixe, apodrecido, os legumes, passados e o arroz, seco, ela disse. E a água era intragável, tendo estagnado após tanto tempo sob o calor.

Quando Ramachandra entrou com sua bandeja, eu disse: "Apenas um lembrete amistoso. Lembre-se de fechar as gavetas. Assim."

Exagerando pelo efeito, fechei a gaveta parcialmente aberta.

"Menino de quarto deixou aberta, senhor."

"Jagdish não foi."

"Varredor, senhor", ele disse, balançando a cabeça.

A missão nessa sociedade adepta do jogo do empurra era levar a melhor a qualquer custo e se livrar da culpa, e o modo mais simples de fazer isso era despejar tudo em cima dos subalternos. Na Índia multiestratificada, sempre havia alguém abaixo de você.

Para me diminuir — fazer parecer que o erro era meu —, em seguida Ramachandra me deu uma lição formal sobre fechamento de gavetas. Com as pontas dos dedos, as mãos bem abertas, demonstrou como aquela gaveta gorda e mal ajustada devia ser empurrada adequadamente. Agiu como se estivesse manipulando um aparelho altamente técnico que exigia equilíbrio e profunda persistência — e é claro que não passava de uma gaveta de madeira cheia de furos forrada com papel amarelado numa cômoda que, ao ser sacudida com seu toque, assustou uma barata e a fez sair correndo pelo assoalho.

Não consegui deixar de rir e, embora Ramachandra se sentisse insultado com minha risada, ele riu também, com a força humilhada de um homem que jamais perdoaria, aguardando sua oportunidade de rir de mim por algum erro mais grave. Os maus-tratos de classe e casta haviam tornado os arrogantes bengalis singularmente vingativos, e não havia nada que apreciassem mais do que situações que lhes permitiam ficar por cima da vítima inerte e exultar: *Eu falei* ou *Agora peguei você.*

"Agora examinemos a outra", ele disse, levando a mão à gaveta de baixo.

"Não se incomode", eu disse, e pus o pé para prendê-la.

Depois que Ramachandra saiu, achei que talvez fosse esse o meu problema com a sra. Unger. Eu havia estragado tudo ao aparecer sem avisar, graças a Rajat. Será que ela poria a culpa em mim? E talvez eu tivesse sido manipulado, levado a ir por Rajat, que parecia muito incomodado com o que eu poderia descobrir em minhas investigações, o episódio sórdido no Ananda, sua fuga do hotel. O que estaria ele escondendo?

Eu agora tinha certeza de que ele estivera no quarto do Hotel Ananda com um menino morto. Possuía todas as evidências. Mas será que o garoto não estava vivo ao chegar ao hotel? Se não, como havia morrido? E quando? E será que algum dia eu descobriria o nome do pequeno infeliz cuja mão murcha eu tinha em minha posse?

A mão morta agora estava escondida no espaço atrás da gaveta de baixo em que Ramachandra tentara mexer. Em segurança. E o pedaço de tapete cortado estava com o dr. Mooly Mukherjee na central de polícia.

Não escrevi sobre nada disso. Tinha um tema novo e inesperado: a sra. Unger. Eu fora para o Lodge dessa vez como se fosse uma incumbência, tenso de desejo, aquela sensação na boca de meu estômago que era também um anseio em minha boca, uma verdadeira sede, uma leve dor de cabeça, o calor atrás dos meus globos oculares: o desejo era uma forma aguda de fome, e eu buscava alívio. Queria abraçá-la, queria ser abraçado. Estava sendo consumido por uma lascívia antecipada.

E dera tudo errado. Primeiro o comportamento agitado de Rajat no táxi, depois a visão da garotinha sendo levada pela americana excêntrica, e finalmente, na escuridão da cripta, sendo tocado como se fosse por uma estranha. Não era nada que a sra. Unger dissera; na verdade, ela tentara me tranquilizar. Mas alguma coisa em seus dedos me disse que não estava disposta, que não queria me ver. Havia um elemento de violência na pressão de suas mãos, alguma coisa, como eu disse, estranguladora. Mas por quê? Eu nunca me sentira desse jeito com ela antes. Certa intranquilidade no começo, talvez, mas medo, nunca. Passou-me pela cabeça que estivesse se debatendo entre me acariciar e me sufocar com aqueles dedos poderosos.

Alguém que você conhece bem diz ou faz algo inesperado e, por mais ínfimo que seja, se é inteiramente inabitual, é como captar o vislumbre de um estranho. Você descobre algo novo, algo que não supunha existir — e algo que essa pessoa não sabe a seu respeito. *Quem é ela?*, eu não parava de pensar. Pensava que a conhecia bem, e lá estava eu, completamente atônito. Quanto mais ela tocava em mim, maior era minha sensação de que não me queria lá, de que não esperava minha presença, de que a pressão amortecida de seus dedos era algo hostil, matando meu desejo e fazendo com que eu quisesse ir embora. Captei uma escuridão na cripta que nunca sentira antes e, a despeito da lamparina a óleo e do incenso, dei-me conta de que a sra. Unger exalava um cheiro ruim.

Ela se deitara e abrira as pernas e, como que fazendo uma pergunta ou murmurando uma oração, eu descera sobre ela. O gosto foi acre, escorregadio, o beijo negligente de lábios relutantes, uma boca teimosa e impenetrável intumescida de dentes.

Agora eu me pusera em tal estado que fui incapaz de comer o sanduíche de queijo trazido por Ramachandra. Beberiquei o chá. Eu me sentia sufocado. O ar parado do quarto me cansava, mas não havia sentido em sair, o ar estaria ainda mais viciado. A luz ruim me deixava exausto. Escrevi, descrevendo essa nova sra. Unger, e em minha descrição vi o rosto da garotinha.

Os lampiões e as luzes fracas do anoitecer, as fogueiras e os clarões fora do Hastings, tudo isso criava um padrão sinistro, como que de doença, no reboco das paredes em meu quarto. Eu estava cansado demais para ficar sob a luz brilhante do saguão do hotel; não podia suportar o pensamento de ver Ramachandra, que estaria superatento como um modo de me intimidar. Minha caneta estava pesada, frouxa em meus dedos; eu hesitava ao escrever.

Deitei na cama. Apaguei o abajur do criado-mudo para descansar os olhos. Cochilei. Surgiram diante de mim rostos que eu conhecia, mas cujos nomes não sabia — crianças que não estavam mais rindo; a garotinha. E peguei no sono, sonhando, o mundo se tornando vívido e real, e no meu sonho havia vozes.

Foi então que sentei e disse em voz alta: "Usha. Aurora."

Meu rosto estava molhado do calor. Pisquei na escuridão. Não sabia por quanto tempo havia dormido, mas pronunciar o nome me assustara e como que beliscara parte do meu cérebro, acelerando-o, acordando-me com o nome da menina. Esse lampejo de insight foi como uma picada sonora que me pôs em alerta. Tentei dormir, mas lembrar o nome, conectando-o à criança que eu vira em Shibpur e no táxi (*A mãe dela sou eu*), criou um fluxo de imagens que eu não conseguia deter. O rosto se tornou mais nítido quando fechei os olhos. Em uma das imagens vi a americana de rosto insolente enfiando Usha no carro e sendo grosseira comigo enquanto a pequena garota abria a boca em um pânico emudecido — sua respiração paralisada — antes de ser levada numa adoção que estava mais para sequestro. A mulherzinha magrela de meia-idade não se parecia em nada com uma mãe, estava mais para uma madame que gostava de cães ou uma socialite.

Minha boca ficou seca de pronunciar o nome da garotinha. Deitei no colchão duro, no ar pesado, sob o cheiro do tapete embolorado, da tinta descascada nas cadeiras, do verniz arranhado da escrivaninha, dos pelos acumulados no espelho do guarda-roupa, das cortinas puídas, das pétalas azuis encardidas nas flores de plástico sobre a cômoda, de meu sanduíche de queijo azedando em seu prato, do pão enrugando, cada vez mais amanhecido. Mesmo no escuro o quarto era quente de podridão, cada peça de mobília exalando um cheiro distinto, e junto com tudo isso ainda havia o fedor insistente da rua. Calcutá inteira jazia quente e maturada sobre meu rosto.

Os cheiros mantiveram-me acordado, e na densidade do ar ruim pairava o zumbido de torrada queimada da fumaça de cigarro envelhecida. Contorcido em minha cama, como um náufrago, meus nervos inflamados, estava faminto e mesmo assim enojado com o pensamento de comida. A mobília, divisada em seus cheiros e sombras, também refletia fracamente o amarelo sulfuroso da iluminação de rua na esquina da Sudder Street.

Foi então que, ao ver a porta do guarda-roupa tremeluzir — o espelho comprido e estreito da porta captando a luz vinda de fora —, presumi que fosse apenas mais um efeito de pesadelo daquela iluminação amarelada. Mas, não, o espelho continuou a se mover numa única direção, captando no canto o reflexo de meu rosto pálido de olhos esbugalhados. Não respirei, não me mexi. Meu corpo estava convulsionado de ansiedade, amarfanhado entre os lençóis úmidos. Eu continuava de roupa. O espelho lampejou, parecendo piscar para mim, abriu-se mais amplamente, e então soou o tilintar dissonante dos cabides de arame dentro do guarda-roupa, como campainhas de vento vagabundas agitadas por uma brisa.

Inflando como uma bolha ectoplásmica — a visão era sobrenatural —, uma sombra agachada se mexeu e ondulou na direção da porta do meu quarto, enquanto eu observava pasmado de horror. Eu dera duas voltas na chave depois que Ramachandra saíra, pois não queria ser interrompido enquanto escrevia. Parecia um gesto tão inocente, agora. A maçaneta resistiu com um clique, a sombra grunhiu, depois gemeu, o ar da frustração forcejando em seus sinos nasais, mais uma pequena lamúria de arrependimento. Alguma coisa naqueles sons denunciava fraqueza.

Pulei da cama e corri na direção da figura, que era metade sombra, metade substância, e derrubei-a facilmente com uma pancada. Estava preparado para golpear outra vez, mas a sombra granulosa começou a suplicar num sussurro esganiçado e feminil.

"Por favor, não me machuque. Por favor."

A voz era masculina. Meus olhos haviam se acostumado ao escuro; os dele não. Permanecia tombado no chão como um pequeno pacote.

"O que está fazendo aqui?"

Ele continuava a implorar entre os dedos, as mãos cobrindo o rosto. Puxei suas mãos, e seu celular caiu no chão. Eu sabia que era um celular porque o aparelho se abrira quando agarrei o invasor, e caiu aceso num ângulo conveniente sobre o assoalho para iluminar Rajat, enrolado como uma bola, choramingando.

"Estou machucado. Quebrei alguma coisa."

Mas ele não estava machucado. Era covardia, medo de que, ali de pé acima dele, eu o chutasse, o que era a minha vontade de fazer.

"Por favor, deixe eu ir."

Falou com um esquisito tom educado, mais para suave, porque não queria acordar ninguém no hotel. Permanecia no chão, obstinado, estupidificado de medo. Acendi a luz do teto e sob as sombras das pás do ventilador vi Rajat, tão parecido com uma carcaça esquelética que na mesma hora me veio à mente minha incumbência: identificar o pequeno corpo naquele outro quarto de hotel.

"Diga-me o que está fazendo aqui."

Ele cobriu o rosto e choramingou atrás dos dedos.

"Deixa pra lá. Já sei. Está procurando uma evidência incriminadora que encontrei. Desconfiou de que eu tinha alguma coisa contra você."

"Não." Isso saiu menos como uma palavra distinta do que um gemido de sofrimento, algo como um *Ai*.

"Me convidou para visitar o Lodge e ver a sra. Unger para ter tempo de vir aqui e vasculhar o meu quarto."

O *Ai* outra vez, mais aflito.

"Mas não contou com o fato de que eu pudesse voltar cedo..." Mordi a língua antes de contar a ele que minha sessão com a sra. Unger fora uma brochada que me deixara tão desconfiado que voltei correndo para o quarto. Então senti o cheiro de naftalina vindo dele.

"Você deve ter ficado um bocado de tempo no guarda-roupa."

"Por favor, não conte para Ma."

"Que você esteve aqui?"

"Ou que encontrou alguma coisa que me envolveu. Sei que isso parece ruim, mas...", rolou e gemeu no chão, "eu não matei aquela criança".

"Quem foi?"

Começou a falar, engasgou, então guinchou: "Não sei. Não participei disso."

"Foi a senhora Unger?"

"Absolutamente não", disse ele, limpando as lágrimas. "Ela é pura. Ela é embebida em néctar!"

Mesmo com o calor, com a luz irritante, com Rajat no chão abaixo de mim, sorri com a frase e, em meu reflexo de descrença, chutei seu braço.

"Desculpe. Não pude evitar."

"Ma ajuda essas pobres crianças", disse, sua voz tensa por causa do meu pontapé. "Ela é mãe delas." Ficara um pouco mais calmo — teria sido meu pontapé? "Viu a criança quando chegou."

"A garotinha sendo levada embora?", eu disse. "O nome dela é Usha."

"Não sei nome dela. Só sei que estavam levando embora."

Agora eu compreendia. Disse: "Você queria que eu testemunhasse aquilo. Queria que eu visse a americana pegando a menina com a senhora Unger."

Ele não disse que não. Parecia cada vez menor, caído no assoalho. Voltara a choramingar. Parecia que, cada vez que eu mencionava a sra. Unger, seu medo aumentava.

"Acontece o tempo todo", eu disse. "A senhora Unger as vende. Não é?"

"Tem muitas", ele disse. "Essa é a grandeza dela."

Rajat, ainda contraído, agora um minúsculo pacote dotado de cabeça, começou a chorar outra vez.

"Você sabia que eu tinha visto aquilo e sabia que estaria tão ocupado com a senhora Unger que você poderia vasculhar meu quarto. Quem você subornou para entrar aqui?" Mas ele não respondeu. Continuava fungando. "Voltei mais cedo. Surpreendi você, e então você se escondeu no guarda-roupa. Teve sorte que não acertei com mais força, seu merdinha."

Minha intimidação fez com que chorasse mais dolorosamente, e comecei a sentir pena. Ele murmurava: "Por favor."

"Quero que me conte tudo o que sabe sobre a senhora Unger."

Eu continuava ali acima dele. Seus murmúrios adquiriram um tom de urgência, como se, numa espécie de pânico, pensasse que eu fosse chutá-lo outra vez. Isso me fez me sentir um monstro e, embora me desse uma sensação de poder que jamais experimentara antes, deixou-me tanto constrangido quanto indiferente.

"Ma é boa. Ma é generosa."

"Você tem medo dela, medo de que ouça você."

"Ma ouve tudo."

O modo como disse isso fez com que parecesse digno de pena. Eu disse: "Ela não pode ouvir você agora."

"É o poder de Ma", disse ele, virando o rosto borrado na direção da luz.

"Então por que veio aqui?"

"Eu queria..." Engoliu em seco e começou outra vez: "Só queria salvar Charlie."

"Do quê? De quem?"

Mas ele fungou e baixou o rosto para o chão.

"Você queria era salvar você mesmo. Você é um covarde e um mentiroso."

"Sim, sou covarde. Me aproveitei do senhor invadindo seu quarto. Mas não sou mentiroso."

"De pé", eu disse.

Ele se levantou com esforço. Seu rosto brilhava por causa das lágrimas e da saliva. Seu cabelo seboso estava puxado para o lado, dando-lhe um ar de insanidade, e suas roupas — ele que sempre estava tão arrumadinho — estavam amarrotadas e torcidas.

"Esvazie os bolsos."

Lamentei ter pedido. O que os indianos carregavam nos bolsos era deprimente demais: uma carteira de identidade mostrando seu rosto atônito, uma passagem de ônibus rasgada, uma receita médica ("De farmacêutico, para minha acne"), um tubo de creme para acne, algumas rupias dobradas, moedas, um chaveiro com três chaves velhas, um pequeno Ganesh de latão num cordão, minúsculos novelos cinzentos de fibras.

"Por favor, não dê parte de mim."

"Só estou interessado na verdade", eu disse. Era um eco do que eu lhe dissera no saguão quando estávamos tomando chá, e soou ainda mais bombástico dessa vez. Fiquei feliz por não haver ninguém por perto para escutar.

"Não existe deus mais elevado do que a verdade", disse Rajat. Fiquei olhando para ele, sorrindo outra vez, surpreso de que fosse capaz de dizer algo ainda mais pomposo do que o que eu acabara de dizer. Mesmo todo sujo e derrotado em meu quarto, quase um palhaço ao seu modo trágico, era capaz de soar sublimemente sentencioso. E ficou mais sério. "Mas senhor nunca vai descobrir a verdade aqui."

"Então por que invadiu meu quarto?"

"Eu não estava procurando a verdade. Estava tentando encontrar todas essas mentiras que as pessoas estão falando sobre mim."

"E sobre a menininha Usha? Não é verdade que eu a vi sendo levada embora?"

"Não sei o que viu."

"Eu posso chamar a polícia agora mesmo."

"Suplico para não fazer", disse, e de fato assumiu a postura suplicante de um *bhikhiri*, um mendigo.

"Ponha essas coisas de volta em seus bolsos", eu disse e, enquanto recolhia tudo, catando as pelotas de fiapos, acrescentei: "Agora suma daqui."

Destravei e destranquei a porta, e, tremendo, ele saiu. Mas ficou segurando a maçaneta com os dedos esqueléticos, hesitante.

"Por favor, senhor, venha comigo até entrada ou vão suspeitar que invadi. Vai me fazer parecer vergonhoso."

Atônito com o súbito descaramento, ri e o segui descendo as escadas até o saguão e a porta da frente, para emprestar uma aparência de honestidade àquele pequeno covarde. O *chowkidar* estava dormindo, os pés descalços em sua calça de uniforme cáqui, o porrete como um travesseiro sob sua cabeça. Rajat me agradeceu com uma mesura, fazendo um *namashkar* com as mãos em oração, e então se foi sob o fulgor amarelado da rua.

Ele não encontrara a mão morta que eu havia escondido atrás da gaveta de baixo da cômoda — verifiquei assim que voltei ao quarto. Não podia ter encontrado o tapete, porque estava no laboratório do dr. Mooly Mukherjee. Mas eu sabia que estivera procurando para destruir qualquer evidência que eu pudesse ter do cadáver em seu quarto; sabia que eu descobrira alguma coisa sobre ele, Rajat.

Também me fizera um favor — mas por quê? Embora tivesse negado, obviamente queria que eu visse a pequena Usha sendo levada. E sua afirmação "Tem muitas", ainda que destinada a exaltá-la, era na verdade uma acusação implícita contra a sra. Unger.

O que me deixava mais impressionado em tudo isso era que, em todos os meus encontros com Rajat, ele nunca dissera uma coisa negativa sobre a sra. Unger. Nem uma única palavra de crítica, fosse por respeito, medo ou ambas as coisas; apenas a mais rebuscada gratidão.

Dormi mal e, quando acordei, sufocado no calor do início da manhã, me lembrei de outra gaveta que não havia checado — a gaveta da escrivaninha, onde eu guardava minhas anotações, cartas e recibos numa pasta. A carta da sra. Unger que me pusera naquela busca — o papel artesanal, o nanquim roxo, *Caro amigo* — se fora. De algum modo Rajat a roubara.

Nesse período de incertezas, poucos dias depois do meu encontro com uma sra. Unger mais misteriosa, da dramática adoção de Usha e da intrusão de Rajat, recebi um telefonema de Howard no consulado.

"O doutor Mooly Mukherjee está tentando falar com você."

"Vou dar uma ligada para ele."

"Estou um pouco curioso sobre o resultado", disse Howard. "Isso se você quiser falar a respeito."

"Eu conto depois."

"Quer dizer, o desenho no tapete."

"Certo."

Liguei para o dr. Mukherjee. Ele disse: "Seria bem mais fácil se o senhor viesse à central."

"Não pode me dizer por telefone?"

"Prefiro não."

"São manchas de sangue?"

"Como policial aprendi a não ficar à vontade com o telefone", disse. Pronunciava *tellyphone*. "Telefones são vazamento."

Marcamos uma hora para nos encontrarmos na manhã seguinte. Não contei isso para Howard. Ele me ligou — de algum modo descobrira sobre o horário. Disse: "Tudo bem se eu for junto?" Não podia recusar: ele me ajudara a encontrar o dr. Mooly Mukherjee.

O dr. Mukherjee nos recebeu. "Chá ou café?" Fez um comentário sobre o tempo. A monção chegaria a qualquer momento agora. Falou de sua família, do desejo da filha de estudar nos Estados Unidos, completamente tagarela e irrelevante, ao modo bengali. Em outros tempos, eu teria achado que estava tentando nos distrair por não ter nada a dizer. Mas agora eu sabia que queria cativar nossa atenção porque tinha algo importante a relatar. Sua loquacidade devia-se ao fato de querer nossa completa atenção.

O retalho de tapete estava em um saco plástico sobre sua mesa, como um espécime de laboratório, uma etiqueta preenchida a nanquim do lado externo.

"Minha filha mais nova, Shona, está muito determinada a ir para a América", ia dizendo, esfregando o bigode. "Estudo de pós-graduação. Lawrence, no estado do Kansas." Disse *estudy* e *estate*. "Espero que o senhor Howard mexa pauzinhos para buscar aprovação no pedido de visto."

"O doutor Mukherjee tem quatro filhas brilhantes", disse Howard, evitando uma resposta direta.

"Com minha boa esposa e minha querida mãe, são seis mulheres na casa. *Petticoat government*, como dizem vocês. República de anáguas."

Sem aguentar mais, perguntei: "O que o senhor descobriu sobre o pedaço de tapete?"

"Ah, sim, a evidência material", disse, como se tivesse esquecido. Mas essa protelação era uma tentativa de ser dramático. Apanhou o saco plástico. Segurou com as duas mãos. Disse: "Isso é o curioso incidente do cachorro que não latia à noite. Conhece a referência?"

"Sherlock Holmes."

"'O cão dos Baskerville'?", disse Howard.

"Não", disse o dr. Mukherjee, parecendo em júbilo. "História 'Brilho de prata'. Outra pista é o carneiro ao curry. Sobre corrida de cavalo."

"Não li essa", eu disse.

"Interessante não o que está lá, mas o que não está."

"Manchas de sangue?"

"Nenhum sangue. Nenhum DNA substancial. Vestígios de cabelo humano, achamos."

"Só isso?"

"Comida. Óleo. Pedaços de sujeira e areia. Melhor perguntar" — puxou o bigode com a mão livre — "o que não está aí?".

Howard disse: "Muito bem. O que está faltando?"

O dr. Mukherjee mexeu no saco plástico de modo que pudéssemos ver a ponta do tapete, que era de fato a ponta, com um motivo e uma costura dupla. Como aquele não era o pequeno fragmento que Mina me enviara, mas o pedaço manchado e maior que eu tirara do closet, o motivo estava completo e parecia inteiramente mais identificável.

Eu disse: "O senhor está dizendo que é possível adivinhar o desenho todo do tapete a partir desse retalho?"

"Claro, mas e daí?", disse ele. "Tapetes têm motivos padronizados. Esse é floral. Também vinhas. Pode ser pássaro em uma árvore no desenho." Torceu o bigode, como para rejeitar a ideia de que o desenho tivesse alguma importância. "Talvez algum molho curry ou manteiga ghee em lado de cima." Mostrou-me a mancha. "Matéria vegetal."

Eu fiquei sorrindo com a expressão, e Howard deu uma piscadela quando o dr. Mukherjee virou o tapete.

"Observe costura."

"Não estou vendo nada."

"Exatamente. Não vê nada." Ele ficou triunfante. "Mas olhe mais de perto e vai ver ponto duplo e canhoto de cupom."

"Canhoto de cupom?"

"Pedaço de tecido, onde etiqueta foi rasgada."

"Ah, está faltando a etiqueta", disse Howard. "Então o que isso quer dizer?"

"Que alguém não queria que tapete fosse identificado", disse ele. "Mas foram muito apressados. Grande pedaço de etiqueta está faltando. Canhoto de cupom permanece em costura. Essa faixa."

Então ele pôs o saco plástico de lado e abriu um grande envelope de papel-manilha. Tirou uma foto p&b mostrando uma tira de tecido claro com uma costura através dela e borrões de tinta no lado.

"O que são esses rabiscos?"

"Rabiscos são escrita devanágari que foi cortada na metade por remoção apressada de etiqueta da costura."

"Só que ampliada."

"Laboratório aumentou escrita com processo fotográfico. Trabalho forense básico, nada especial."

"Então isso mostra o fabricante?"

"Não fabricante, infelizmente. Mas vejam" — ele pôs outro pedaço de papel perto da escrita cortada ao meio e completou a palavra — "isso bate".

"O que diz?"

"Lugar de origem."

"E onde é?"

"Mirzapur. Em U.P."

Franzi o rosto, como que frustrado, de modo a ocultar o pânico que eu sentia.

"O senhor tem razão em fazer cara assim", disse o dr. Mukherjee. "Inúmeros tapetes são feitos em Mirzapur. Mirzapur é meca do tapete."

"Então é um tiro no escuro."

"Penso de outra forma. Um tiro útil. Algumas semanas atrás o senhor me mostrou pedaço do corpo sem impressões digitais — todas impressões raspadas. Ofereci minha opinião de que aquilo podia ter sido mão de um colocador de tijolos ou trabalhador em argila."

"Lembro."

"Também podia ter sido mão de um tecelão de tapete. Fazendo nós o dia todo uma pessoa pode perder impressões. Talvez os dois estejam relacionados?"

Mais tarde, Howard disse: "Você parece um pouco abatido com as novidades. Ele não encontrou manchas de sangue. Isso não é uma coisa boa?"

"Ele encontrou algo mais importante — para mim, pelo menos. A conexão com Mirzapur. E a ligação com aquela mão."

"Toneladas de tapetes são feitas por lá. Você ouviu."

"Isso é novidade pra mim."

"Mirzapur é cheia de fábricas clandestinas."

"Preciso ir até lá."

"Me conte por quê." Quando hesitei, ele disse: "Você disse que estava fazendo um favor para uma amiga. Isso tem a ver com o favor?"

"Tem a ver com a amiga."

17

Cruzamos com largas passadas grupos acocorados de homens com os olhos brilhantes de fadiga, agarrando com mãos esqueléticas suas tigelas de comida, molho amarelo e legumes azuis, glutinosos — a estação Howrah outra vez, o trem noturno para Mugalsarai e Mirzapur. Howard ia na frente, desculpando-se em um bengali tagarelado, passando pelos homens que lambiam os dedos e limpavam a palma da mão com suas línguas pastosas. Ao nos ver, talvez na esperança de uma gorjeta, o condutor nos mostrou nossa cabine. Howard foi eficiente no uso do espaço disponível — os ganchos, as prateleiras, o lugar para garrafas de água mineral. Sentamos um de cada lado diante da mesinha estreita e o vagão sacolejou com um ruído metálico, empurrando-nos contra as almofadas, então se pôs em marcha e começou a deixar para trás as plataformas e depois os subúrbios.

"Já leu Nirad Chaudhuri?", perguntou Howard. "Ele escreve coisas ótimas sobre Calcutá. Sobre como a terra em torno da cidade parece 'morta por envenenamento'. E o campo é como um 'bandicoot sarnento mordido por uma cobra'."

Eu olhava pela janela para as pequenas residências decrépitas nos alagadiços, imaginando por onde começar.

"Qual o problema?", ele perguntou, provavelmente por eu não ter feito nenhum comentário sobre as pitorescas citações de Chaudhuri.

"Tenho uma coisa para contar."

Ele recostou em seu assento e pôs as mãos em concha, num gesto hospitaleiro. "Pode falar", disse. "Temos tempo de sobra. Trens são um ótimo lugar para confissões."

Eu disse: "Faz umas semanas, eu recebi uma carta no meu hotel..."

"É uma história incrível", ele disse, mais ou menos uma hora depois, quando estávamos parados em Dhanbad.

Eu lhe contara tudo — quase tudo. Deixara de fora as massagens tântricas e as carícias na cripta fragrante do Lodge. Deixara de fora meu papel em dar prazer a ela, evitando qualquer menção ao ponto sagrado em sua flor de lótus ou em meu bastão de luz. Essa parte era inexplicável e me fazia parecer carente ou obcecado, fraco, facilmente manipulável, suscetível às atenções da sra. Unger — tudo verdade. Louvei sua filantropia, as crianças perdidas, o sacrifício do bode, a visita a Nagapatti na distante Silchar. Tentei descrever o relacionamento entre Charlie e Rajat, mas confessei que não os compreendia absolutamente. Howard achou isso tudo fascinante e não perguntou por mais detalhes. Quanto à revelação da sra. Unger de que ela era negra, de que servia? Eu não tinha como verificar a inesperada declaração.

A gota d'água foi quando presenciei a americana levando a menina Usha embora, quase certamente uma adoção, algo que a sra. Unger sempre afirmara achar deplorável.

Ao lhe contar minha história, senti a humilhação crescente que muitas pessoas devem sofrer quando, em um momento de calma, relatam para uma pessoa lógica e equilibrada os detalhes de um relacionamento irracional. Apenas quando conversei com ele (lembrando quanta coisa mais havia que eu estava constrangido demais para contar) percebi de fato a extensão de minha temeridade, e fiquei pensando no tremendo tolo que eu fora.

Howard disse: "Mas parece estranho ela pedir para você investigar. Quer dizer, por que justo você?"

"Ela disse que gostava das coisas que eu escrevia", eu disse. "Sei que soa meio furado. Mas ela pensa também que tenho amigos influentes."

"Como quem?"

"Você."

Ele riu. "Olha só pra gente. Na pista do crime."

"Não teve crime nenhum, pelo que eu percebo. Só um mal-entendido. Quando comecei, não achei que ela tivesse engolido de fato a história de Rajat. Eu também não engoli. Soava absurda. Um cadáver aparecendo num quarto de hotel na calada da noite? Maluquice."

"Isso é Calcutá", disse Howard, "onde tudo é possível".

"Rajat parecia o tipo impressionável. À procura de um drama. Talvez fosse o jeito dele de chamar a atenção. Foi o que pensei. Daí conheci Mina."

"A moça que apanhou e foi despedida."

"E quem me trouxe a mão morta", eu disse. "Ela verificou a história do cadáver. Então Rajat devia estar dizendo a verdade."

"Por que você não contou isso para a senhora Unger?"

"Porque mais ou menos no mesmo momento eu recebi o pedaço de tapete. Eu precisava cuidar daquilo. Queria mais alguma coisa. Você sabe o resto."

"Sobre a senhora Unger negando que estivera em Mirzapur, em U.P., sim. Mas pode ser que o *chowkidar* tenha entendido errado. Tem uma Mirzapur em Murshidabad e outra Mirzapur perto de Daca. Eu chequei. Talvez ele estivesse apenas chutando aonde ela tinha ido."

Eu gostava de seus desafios. Estava me forçando a pensar com clareza. Eu disse: "Vamos ver se a resposta está em Mirzapur."

Mas como eu podia dizer o que estava sentindo — que o toque dela me contara algo, que eu não sabia até onde ia sua sinceridade até ela pôr as mãos em mim naquela última vez. Havia falsidade em seus dedos, e isso me deixou alarmado; seu poder agora parecia perigoso, fatal, até. Howard era tão racional que eu não tinha como explicar minhas suspeitas para ele.

"Aqui está uma lista das fábricas", disse, tirando uma folha de papel impresso de uma pasta. "Vamos encontrar mais quando chegarmos lá. Vai haver um tal de senhor Ghosh à nossa espera. Disseram-me que pode ser prestativo — ele é da região."

Howard era o perfeito companheiro de viagem. Calmo, aquiescente, dócil, e falava bengali. Ele não me julgava. Disse que fora um voluntário do Corpo de Paz muito tempo antes, e dava para ver: era desembaraçado e curioso. Estava assumindo um interesse profissional em meu problema, mas também era um amigo.

Talvez por sermos dois *ferringhis* viajando sozinhos, o condutor não alojou nenhum indiano em nossa cabine quando o trem parou em Burdwan, em Asansol e em Dhanbad. Os indianos que subiram a bordo do trem nesses lugares encheram as outras cabines. E agora eu estava acostumado à rotina: o vendedor de tira-gostos com sua bandeja, o vendedor de livros com sua pilha, o vendedor de refrescos com seu balde de garrafas, o sujeito pegando pedidos de refeição. Havíamos deixado Howrah ao pôr do sol. Lá pelas oito estávamos comendo de nossas marmitas — "Gripe aviária no espeto", disse Howard sobre o kebab. Então ele se deitou para ler o segundo volume da autobiografia de Doris Lessing, e eu fiquei lendo minhas páginas mais recentes de "A mão morta", detalhando meu relacionamento com a sra. Unger até nosso regresso de Assã, quando ela continuava indubitavelmente uma boa pessoa — não santamente, mas generosa, forte, sempre positiva, a alma enérgica da filantropia e das boas obras; a *mater*, uma mulher com mãos curativas. Protetora, sensual, vivificante. "Ma" em todos os sentidos.

Eu queria escrever mais, mas tudo o que havia descoberto sobre a sra. Unger, tudo o que vira, eu compreendia agora, era o retrato idealizado de uma mulher protegendo o amigo de seu filho. Onde eu vira luz eu agora via sombra; onde eu vira generosidade eu agora via interesse próprio; e as contradições me deixaram incomodado. Esses novos detalhes a tornavam mais humana, porém mais difícil de compreender. Eu havia adorado estar com a sra. Unger. Eu me sentira seguro, amado, até. Eu pudera contar com ela. Agora tinha minhas dúvidas. Não queria mais que me tocasse e, quando o fez, recuei e não sabia dizer exatamente por quê.

Eu não podia contar nada disso para Howard. De todo modo, essa história secreta de meu relacionamento tinha muito pouco a ver com a identificação da origem do tapete em Mirzapur.

Voltando do banheiro — sempre uma injeção de realidade em um trem indiano —, observei como o vagão estava lotado, inúmeros passageiros acocorados no corredor junto ao banheiro, sobre o chão molhado.

"A maioria deles são *yatris*, peregrinos, a caminho de Varanasi. Vão descer em Mugalsarai — não é longe de lá até a cidade sagrada. Vão fazer pujas, cremações, mergulhar na Mãe Ganga."

"É um pensamento agradável purificar-se em um rio sagrado."

"Mas quando você vir o rio só vai pensar em doença. Está cheio de pedaços de corpo parcialmente queimados, cinzas, merda de vaca. Lodo e flores mortas. O paradoxo indiano. Não interessa que o rio seja lamacento e podre, ele continua sagrado."

"Faz com que eles se sintam melhor."

"Certo. E a deusa da ruína e da destruição é também a deusa da criação — Kali, a inacessível." Ele havia parado de ler o livro de Doris Lessing, mas ainda o segurava, um dedo entre as páginas. "Conhece aquele trecho de *Out of Africa*? 'A África, dentre todos os continentes, é o que vai lhe mostrar: que Deus e o Diabo são um só, a majestade coeterna, não dois incriados, mas um único incriado.' Um modo bem indiano de encarar o mundo."

"Mas na Índia estamos do lado de fora olhando para dentro."

"Verdade, sem dúvida. Como era aquela expressão que você usou num dos seus artigos? 'Voyeur romântico.'"

Gostei de ser citado após a citação de Karen Blixen, não pela genialidade da minha frase, mas pela tranquilização de saber que, se ele lembrava algo que eu escrevera certa vez, estava do meu lado. Eu precisava de um amigo porque éramos estranhos ali, viajando por aquele país populoso, naquele trem abarrotado, nos bazares, nos templos, sendo carregados junto com a multidão, jamais capazes de penetrar, jamais pertencendo, sempre mantidos à parte como espectadores. Ele era um funcionário consular; saía mesmo com a ex-esposa, que estava na embaixada em Déli; e criou interesse por Calcutá. Mas e eu, que desculpa tinha? Na verdade, não tinha coisa alguma a fazer por lá.

Nunca em minha vida eu estivera em um lugar que achasse ao mesmo tempo tão digno de estudo, tão denso, tão superficialmente exótico, com pessoas tão amáveis e conversadoras, que fosse ao mesmo tempo tão impenetrável, até repulsivo. Quanto mais eu tentava me envolver, mais era excluído. Toda atividade na Índia, todo indiano, toda cena, dizia *Você não pertence a este lugar* e *Você jamais compreenderá*, mas nunca, explicitamente, *Vá embora*. Para um estrangeiro, viver na Índia exige rendição completa. Não éramos rejeitados, éramos indulgentemente tolerados, porque estrangeiros na Índia sempre têm uma utilidade.

"Eu poderia ficar vendo isso um ano inteiro e ainda não entender", disse eu para a sra. Unger no templo de Kali em Gauhati.

"Não há nada o que compreender na Índia", disse ela. "Apenas o que aceitar."

Isso era mais uma coisa que me atraía nela. De todos os estrangeiros que conheci na Índia, era a que se sentia mais à vontade. Não eram seu sari ou seus pés pintados de hena, nem mesmo suas devoções, embora não me saíssem da cabeça: "Ida e Pingala devem estar em equilíbrio para permitir que a *kundalini* erga-se no canal Sushumna" ou "As habilidades e benefícios das práticas de Tantra Branco ampliam a capacidade da pessoa de dominar o Tantra Vermelho". Tampouco sua capacidade de viver entre as pessoas e prosperar. Era sua segurança e calma, quase um modo de respirar (*pranayama*, teria ela dito), que a tornavam corajosa.

"Qualquer um que não aprendeu a odiar a Índia não passou tempo suficiente aqui. Não se pode nunca amar a Índia — você vai ser destruído", dissera.

"E depois?"

"Respeite a Índia como você faria com um tigre. Se não, vai ser comido vivo." E outra vez: "A Índia é elefantina."

Ela não temia ninguém na Índia. E contudo a maioria dos estrangeiros — Howard e eu, por exemplo — eram cuidadosos a ponto de parecerem tímidos. A sra. Unger era ousada, outra de suas qualidades maternais. Era uma protetora.

Ou assim eu havia pensado. Estava a caminho de Mirzapur para descobrir se alguma parte disso tudo era verdade.

Chacoalhamos através da noite e ao amanhecer a maioria dos passageiros desembarcou em Mugalsarai, como Howard havia previsto. O vendedor de *chai* pegou sua concha e serviu chá com leite em copos de plástico para nós, e, duas horas mais tarde, chegamos a Mirzapur.

O sr. Ghosh localizara nosso vagão e esperava ali fora quando descemos na plataforma.

"Bem-vindos, bem-vindos."

Carregava uma maleta e um guarda-chuva e parecia, para nossos propósitos, exagerado no trajar — terno, gravata, sapatos; assoberbado pelas roupas, mas era um uniforme. Ele se autodefinia ao modo indiano, para nos impressionar com sua gravidade, o peso importante de sua mixórdia, e usava dois alfinetes de lapela. Uma mancha de pó amarelo cintilava em sua testa. Emblemas do poder.

"Boa jornada?"

Howard disse: "Excelente. E estamos honrados de estar aqui."

"Honra é minha. Estou honrado em ser o seu guia."

Não fez menção alguma de pegar nossa bagagem — isso era trabalho do carregador. Não teria lhe ocorrido nem mesmo se oferecer. Meneou as mãos para um sujeito estropiado, que voou até nós e agarrou as malas.

"Devemos tomar uma xícara de chá", disse. "Salão de chá é adjacente à plataforma da estação. Podemos discutir roteiro."

Desafivelou sua maleta no salão de chá e tirou um mapa de Mirzapur. Abriu-o sobre a toalha de mesa cheia de manchas enquanto nos explicava que já estava desatualizado.

"Estamos procurando uma fábrica de tapetes em particular", eu disse.

"Tantas por aqui. Grandes por aqui. Pequenas por aqui." Estalou os dedos para um garçom. "Que tal bolos? Que tal comestíveis? Já tomaram desjejum?"

"Para mim, nada", eu disse, e Howard sinalizou que estava satisfeito fazendo um gesto de mãos.

"Qual nome de fábrica?"

"Não sei o nome, mas aqui está um pedaço de tapete de lá. Pelo menos acho que é."

O sr. Ghosh o manuseou casualmente, como uma coisa sem valor, e mal deu uma olhada. Sorriu o sorriso do pedante indiano que eu vira tantas vezes, que apreciava me dizer que tal coisa era impossível ou não tinha significado ou não podia ser apropriadamente compreendida por um não indiano. A sra. Unger sempre tinha uma resposta pronta para pessoas assim, mas eu ficava perdido.

"Não, não, não, não", ia dizendo ele.

Um indiano desse tipo extraía mais prazer de dizer que algo era impossível do que de se oferecer para ser de alguma ajuda. Ali estávamos nós, recém-chegados após catorze horas em um trem, e ele nos dizendo que era uma perda de tempo. Ser obstrutivo inflava sua importância.

"Muitas fábricas fazem esse tapete. É desenho padrão."

"Mas suspeitamos de que essa fábrica exporta para a América", disse Howard.

Parecendo exultar com nossa ingenuidade, o sr. Ghosh disse: "Todas as fábricas exportam para América."

"Talvez fosse melhor voltarmos para Calcutá", eu disse, só para ver o que ele ia dizer.

"Posso iniciar investigações adequadas." Encolheu os ombros e olhou outra vez para o pedaço de tapete. "Posso dar entrada em análise."

Teria arruinado seu prazer nos ver partir antes da hora, e ele não seria recompensado a menos que ficássemos. Se uma coisa parecesse fácil demais, o sr. Ghosh seria de importância desprezível. A ideia em seu caso era atingir um equilíbrio entre o impossível e o negociável.

Howard sabia como lidar com ele. Agradeceu o sr. Ghosh por vir ao nosso encontro. Expressou a esperança de que encontraríamos o que estávamos procurando. Disse que era um imenso prazer estarmos em Mirzapur, famosa por seus artigos têxteis, uma lenda na indústria tapeceira.

Essa polidez elaborada teve o efeito de despertar o orgulho cívico do sr. Ghosh e ajudá-lo a relaxar, mesmo que não o desarmasse. Howard estava se mostrando adequadamente agradecido, mas dava para notar que o sr. Ghosh me via (acertadamente) como alguém impulsivo.

Eu disse: "Achamos que pode haver trabalho infantil envolvido."

"Trabalho infantil tão comum." O sr. Ghosh parecia desafiador.

"Uma dessas crianças pode estar morta."

"Quem vive para sempre?", disse e sorriu, satisfeito com sua réplica.

"Mas era uma criança."

"Mesmo crianças morrem."

"Essa criança pode ter morrido na fábrica."

Abriu seu esgar pedante e se apoiou no cabo de seu guarda-chuva. "Não é creche. É fábrica."

"Trabalho opressivo."

"Desculpe, bom senhor. De jeito nenhum. Tecelagem é feita com dedos apenas. Crianças amarram nós. Como sou mirzapuriano, estou familiarizado com esse trabalho."

"Muitas crianças?"

"*Lakhs*, senhor."

Então tomamos nosso chá em silêncio. O sr. Ghosh conquistara a vantagem. Em vez de nos guiar, elaborava os estorvos.

Mas Howard não perdia o rebolado. Continuava atencioso, simpático, respeitoso.

"Somos visitantes ignorantes", disse Howard. "O senhor é o especialista. O que devemos fazer?"

O sr. Ghosh deu um gole em seu chá, bochechou atrás dos dentes como se fizesse uma higiene bucal e engoliu.

"Familiarização é o melhor", disse.

"Como fazemos isso?"

"Excursão de para-brisa."

"Olhando pela janela?", perguntei.

"De veículo motorizado alugado."

"O senhor conhece bastante essas fábricas?"

"De cabo a rabo. Completo conhecimento", disse, "de vantagens e desvantagens".

"Exatamente quantas fábricas de tapetes existem?"

Assumiu um ar professoral outra vez, curvado sobre o guarda-chuva. "Senhor quer dizer fábricas de tapete ou fábricas que fazem tecelagens?"

Levou um momento para minha mente traduzir o modo como disse "tecelagens", *weavings* — *vee-vings*. Mostrei-lhe o pedaço de tapete outra vez. "Esse tipo de coisa."

Manuseou-o e tirou os óculos. Enfiou um par diferente de óculos e examinou o tapete que repudiara como inútil minutos antes.

"Isso é como cartão de visitas", disse. "Isso é como marca registrada."

Enquanto franzia o rosto, Howard me olhou de soslaio. Revirei os olhos. Ele sorriu. Invejei a serenidade de Howard.

"Estamos em suas mãos capazes", disse Howard.

"Isso é de algum pequeno interesse." Balançou a cabeça para o retalho e virou-o em suas mãos.

"O design?"

"De jeito nenhum", disse. "Design nada diz."

"O quê, então?"

"Lado de baixo. Reforço e costura. Etiqueta foi removida."

"Foi o que nos disseram." Eu sentia ganas de arrancar o pedaço de tapete de suas mãos e estapeá-lo com aquilo na cabeça até vê-lo uivando de dor.

"Feito em Mirzapur", disse Howard.

"Eu poderia ter informado senhores desse fato, senhor." Examinou suas unhas, e seu interesse se concentrou na unha de um polegar.

"Ajudaria se disséssemos que estamos procurando uma fábrica de tapete pertencente e operada por uma pessoa americana?"

"Inúmeras pertencem a americanos." Pinçou os punhos da camisa, esticando-os dentro das mangas de seu paletó.

"Estou falando de uma americana, uma mulher."

O sr. Ghosh pareceu desapontado. Pôs o pedaço de tapete em cima da mesa e o enfiou de volta no saco plástico. Seus ombros penderam frouxos; perdeu o sorrisinho de superioridade.

"Deusa Americana", disse.

18

Onde estavam as árvores? Onde estavam os parques? O lugar era denso, escuro, arterial. Naquela cidade quente e sombria de lojas caóticas e trânsito estridente, fiquei com a sensação, que às vezes tomava conta de mim em Calcutá, de que eu estava percorrendo as entranhas de um corpo enfermo gigantesco. Não era só a aparência do lugar, mas um odor onipresente de água lamacenta, cócegas de estagnação nas narinas; era o rio.

"Antigamente aqui era Bolsa de Algodão e rua de bancos."

O sr. Ghosh estava sentado ao lado do motorista, balançando a cabeça e narrando.

"Vejam, casa de comerciante britânico."

Mas tudo não passava de combalidas semirruínas apinhadas de gente apressada. Nosso carro era sacudido por riquixás motorizados e ciclo-riquixás, por enormes ônibus empoeirados com um *Horn Please* — "Favor Buzinar" — pintado na traseira e pelas infalíveis vacas esqueléticas. Rodamos por uma multidão de pedestres acotovelados, travessas laterais, e era de fato como circular dentro de um organismo enorme, inchado, espraiado. Passamos por esgotos e lodo, vendedores de frutas, velhos apregoando relíquias religiosas, retratos de deuses multicoloridos com rostos verdes e azuis, crianças vendendo pacotes de aspirinas. Todo mundo vendia, ninguém comprava. Nessa cidade plana eu só conseguia enxergar cinco metros à frente.

A atividade humana, todos os gritos, carros buzinando, os pregões dos ambulantes mascaravam o pano de fundo, a Mirzapur de lojas decrépitas e calçadas arruinadas. O frenesi obscurecia a realidade, que a cidade estava envenenada e caindo aos pedaços. Mas essa era a sensação que eu tinha na maioria dos lugares em Calcutá, porque eu era um visitante e podia me dar ao luxo de fazer juízos instantâneos, e então seguir em frente.

"Olha só aquele balcão", disse Howard. "Que entalhes maravilhosos! E que velho mais venerável!"

Sua apreciação me deixou com vergonha. Ele era capaz de enxergar a beleza em um alpendre verde descascando, numa cadeira de vime, num homem senil usando um dhoti fino como fralda. O que eu notava era que nenhuma criança estava brincando; todas se pareciam com velhos em miniatura.

Mas eu fora lá por um motivo prático: encontrar a origem do tapete, chegar ao fundo do mistério da sra. Unger. Eu sentia calor e desconforto, estava grogue da noite chacoalhando no trem. Agora me ressentia com a sra. Unger por ter me conduzido àquele caminho. Eu não era talhado para a reportagem investigativa. Mas isso me envergonhava também, pois ela não era uma mulher que devotava sua vida às boas obras? Agora eu lembrava o que o sr. Ghosh dissera.

"Por que chama ela de Deusa?"

Ele não respondeu. Estava conversando com o motorista. Notei que nos encontrávamos em uma leve inclinação, uma ladeira cheia de lojas e a usual sarjeta de monção, seca nessa época mas entulhada de papel e plástico. Adiante das lojas a luz era mais brilhante, o céu mais elevado, como se houvesse um vale do outro lado.

Vi casas distantes e um aterro marrom, com sulcos profundos, pedregoso, parecendo uma encosta de colina.

"Ganga", disse o sr. Ghosh.

Isso animou Howard, que disse: "Onde ficam os ghats?"

"Ghats ali. Pujas ali. Vejam grinaldas em rio."

Avistei grossos píeres de pedra, manchados com a idade, porosos como osso, erodidos pelo vaivém do rio, e abaixo, no vagaroso movimento da água, uma escumalha de lixo e cascas de laranja, cravos encharcados à deriva e lírios apodrecidos.

"Onde ficam as fábricas?", eu disse.

"Templo primeiro. Vindhyachal. Divindade central Vindhyavasini Devi."

"Não quero ver o templo", eu disse.

Howard disse: "Por que não deixamos o senhor Ghosh...?"

"Quero ver a fábrica americana."

"Duas fábricas americanas", ele disse. "Obeetee é grande exportadora. Longa história. Teares manuais. Dhurries. Droguetes de lã. Senhores desejam droguetes?"

"Eu não quero droguete nenhum", eu disse, e ouvindo uma nota aguda em minha voz, tentei me acalmar. "Quero ver a outra."

"Elas são abundantes", disse o sr. Ghosh.

"A Deusa. Por que a chamam de Deusa?"

"Ela fazendo puja no templo de Kali Khoh."

"Esse é o único motivo?"

"E quando o negócio foi reprimido, ela prevaleceu sobre adversidade."

"Reprimido por quê?"

"Confusão", disse o sr. Ghosh. "Nós vamos mais tarde. Entrementes vamos visitar loja de teares em Obeetee."

Claro que para uma visita a uma dessas lojas ele recebia *baksheesh* e quando comprássemos alguma coisa ele verificaria quanto pagamos e receberia uma comissão.

Howard começou a dizer algo, mas eu interrompi.

"Temos pouquíssimo tempo", eu disse. "Quero ver a fábrica da americana. Quero ver os tapetes. Talvez eu compre algo lá, e o senhor receberá algumas rupias."

"Eles não oferecendo comissão", disse. "Ver templo."

"Templo não."

Howard disse: "A que distância fica o templo?"

"Fábrica", eu disse.

"Hotel Janhavi é adjacente. Senhores podem se registrar, banhar corpo, consumir alguns comestíveis de desjejum."

"Fábrica", disse eu.

"Senhor repreendendo."

"Não estou repreendendo."

O sr. Ghosh suspirou e, com grande relutância, forneceu ao motorista uma ordem sussurrada.

"O que meu amigo está querendo dizer, senhor Ghosh, é que gostaríamos de ver a fábrica primeiro e depois vamos dar uma olhada no templo", disse Howard.

"Templo é tesouro de Mirzapur. Muitos *yatris* vêm para ver Vindhyachal. Depois para Astabhuja para puja da deusa

Mahasaraswati. Depois para Kali Khoh para puja de Maa Kali. Este lugar sagrado! Não meramente tecelagens e tapetes e enfeites para chão e coisas que tais. É histórico. Milhares de anos."

Falou de um modo ressentido, como se não quisesse nos levar aonde queríamos ir — meu único motivo para estar em Mirzapur. E frustrado em fazer o que queria fazer, que era estar no comando, fechou-se em copas e não disse mais nada enquanto nos arrastávamos através do trânsito. Como em Calcutá, o trânsito significava também vacas, carrinhos de comida, carroças puxadas por bois e por búfalos, riquixás motorizados e velhos andando de bicicleta, tudo exasperante demais para ser pitoresco.

"Onde estamos?", perguntou Howard.

"Rua da estação. Aterro. Como exigido."

O sr. Ghosh deixou claro que estava nos levando sob protesto. O carro entrou numa rua lateral, e agora o rio ficava perto o bastante para se avolumar no ar com um poderoso cheiro de esgoto. A luz era diáfana na amplitude do espaço aberto. A cidade morria na margem de lama repisada coberta de entulho e mato. Além da faixa de água havia outra margem, construções baixas na beira do rio. O sr. Ghosh grunhia e balançava a cabeça conforme o carro pelejava nos sulcos e as rodas martelavam nos buracos.

Disse alguma coisa ao motorista. Então, quando o carro diminuiu a marcha: "Melhor passarmos a pé."

"Que distância?"

Em vez de responder, fez um gesto vago com o dorso da mão. Apanhou o guarda-chuva e a valise e suspirou enquanto descia do carro.

Adiante havia uma parede de estuque com mais de dois metros de altura e cacos de vidro no topo, as pontas eriçadas como lanças grosseiras. O portão era um par de elevadas portas de aço, pintadas de verde e com um número marcado. Caminhando penosamente pela trilha poeirenta, tropeçando em moitas de capim e pedras soltas, pensei: *A senhora Unger vem mesmo aqui?*

Um homem num pesado traje de lã felpuda marrom, como um antiquado uniforme militar, estava ao portão. Usava uma boina preta e carregava um porrete preto reluzente que brandia como se fosse um cassetete. Ele tinha uma plaquinha de latão presa em sua camisa, com um aspecto oficial, como o *chowkidar* no Lodge.

O sr. Ghosh falou com ele no que supus ser hindi, primeiro uma saudação, depois o que soou como uma intimidante explanação.

"Não possível", disse o guarda, em inglês.

O sr. Ghosh se apoiou no guarda-chuva, usando-o como bengala. Falou outra vez.

O guarda fez um gesto de cabeça ambíguo e repetiu: "Não possível."

O sr. Ghosh virou para nós e disse: "Não aberto ao público."

"Esperem um minuto", disse Howard, assumindo um ar decidido. Aproximou-se rapidamente do guarda e o fitou nos olhos. Tirou o passaporte e, afastando o sr. Ghosh de lado, segurou-o aberto como quando um policial mostra o distintivo. Disse: "Sou do consulado geral dos Estados Unidos em Calcutá. Está vendo isso? É um assunto oficial. Por favor, abra o portão e deixe-nos entrar."

O guarda olhou para o passaporte diplomático de Howard. Murmurou algo e então se afastou. Após alguns minutos outro homem apareceu, esse de mangas curtas, e ele examinou o passaporte.

Convencido de que era genuíno, recuou, e o próximo som que escutei foi o do fecho sendo erguido e da tranca sendo puxada. O portão se abriu.

"Café, chá?", disse o homem.

Eu disse não. Howard disse sim. Tomamos chá na sala do sujeito. Howard sussurrou para mim que, já que havíamos tido a sorte de conseguir entrar, cabia-nos observar as cortesias.

O homem disse que seu nome era Joshi. Nascido em Ahmedabad, viera a Mirzapur para aprender o comércio da tecelagem. Tinha cerca de quarenta anos, barrigudo, braços finos, um cordão em torno do pulso. "Sou gerente da fábrica. Supervisionar, sim, possível fazer. Imitar não consigo. Tecelagem muito exigente", disse, abanando a cabeça para indicar a profundeza de sua seriedade.

"Presumo que seja muito técnico", disse Howard.

"Tão técnico", disse o sr. Joshi. "Primeiro, desenho é feito. Depois, projeto mestre, cada nó especificado. Estamos tendo salas onde projetistas sofrem trabalho árduo. São artistas pukka, sem dúvida. Os tecelões leem os designs. Temos fios, fiados a mão. Cubas de tingimento. Todas instalações."

"Algum de seus tapetes se parece com isso?"

Mostrei-lhe o retalho de tapete.

"Parece um dos nossos", disse o sr. Joshi. "Temos *naksha* específico para esse. Quer dizer, projeto mestre. Essa felpa reconheço, também."

"É como marca registrada, estou dizendo", falou o sr. Ghosh, sem querer ficar para trás. "Tenho informado cavalheiros americanos disso."

O sr. Joshi esfregou a unha do polegar na felpa. Disse: "Não primeira qualidade", e sorriu. "Não valioso. Não colecionável. Terceira qualidade. Unidade de sala de estar."

"Como vocês venderiam um tapete desses?"

"Como item exportação. Fiado a máquina. Não cor vegetal. Tintura química. *Naksha* padrão." Virou o retalho. Enfiou a unha no tecido outra vez, como que determinando se era comestível. "Essa peça exportação somente. Senhor encontrou em América?"

"Calcutá", eu disse.

Ficou olhando para a amostra em suas mãos, então sorriu. "Não possível."

"E se foi levado sem que o notificassem, ou roubado por um empregado?"

"Nossos empregados vivem em local. Nas instalações roubo é mínimo."

"Por algum milagre, esse tapete apareceu em Calcutá. Ele foi parar em um hotel, onde o cortaram em pedaços. Foi assim que encontrei isso."

"Não tenho nenhum conhecimento dessa utilização não autorizada", disse o sr. Joshi.

Howard disse: "Gostaríamos de visitar sua oficina."

"Não possível", disse o sr. Joshi.

"Gostaríamos de conhecer seus empregados."

"Não disponível." Fingia se mostrar indiferente, mas dava para perceber que estava sendo inflexível.

Até mesmo Howard, a encarnação da polidez, odiava ser rejeitado. Disse: "É o supervisor, senhor Joshi?"

"Certo, senhor. Gerente de fábrica."

"Quem é o seu chefe?"

"O sahib, senhor."

"Queremos ver o sahib."

O rosto do sr. Joshi ficou branco e ele engoliu em seco enquanto parecia fazer um cálculo rápido que seus olhos brilhando denunciavam.

"Sahib muito ocupado, senhor."

"Dê-lhe este cartão." Howard estendeu ao sr. Joshi seu cartão de visita do consulado, com o relevo dourado da águia americana. "Por favor, diga que queremos ter uma palavrinha com ele."

O sr. Joshi manipulou o cartão, estudou-o com seus lábios.

"*Chowkidar* já me passou este cartão", disse, e então abanou a cabeça, uma oscilação hesitante querendo dizer sim.

Depois que o sr. Joshi saiu da sala, o sr. Ghosh disse: "Sujeito fazendo melhor possível."

Howard simplesmente deu de ombros. "Viemos até aqui. Por que não tentar?"

Ficamos sentados no escritório minúsculo, cansados da longa noite no trem, exaustos com as recusas. Estava mais quente ali do que em Calcutá, o calor pegajoso do rio deixando o ar espesso. Não havíamos nos lavado. Mal havíamos comido.

"Melhor irmos para hotel Janhavi e fazer inquirições telefônicas de lá", disse o sr. Ghosh.

Não respondemos. Eu não tinha certeza sobre o que fazer, embora o que o sr. Joshi dissera houvesse me tranquilizado. O tapete definitivamente era da fábrica. Ele fora parar no Hotel Ananda enrolando o corpo de uma criança morta e aparecera no quarto de Rajat. De modo que alguns pedaços se encaixavam em um esquema maior, mas o esquema em si era um mistério. Quem era o menino? De onde viera? Por que fora trazido ao Ananda e por que o pobre coitado não tinha digitais? Talvez a perda das digitais estivesse associada a seu trabalho na tecelagem, como o dr. Mooly Mukherjee havia sugerido.

Todas essas especulações desconexas deveriam ter me preparado para qualquer coisa, porém eu não estava preparado para o que aconteceu a seguir.

Uma série de pancadas, cada uma mais alta que a anterior, pareceu ainda mais ruidosa no calor. Uma porta bateu no corredor, então a porta do sr. Joshi se abriu. Charlie Unger apareceu diante de nós, o rosto muito vermelho, seu kurta branco imaculado.

"O que estão fazendo aqui? O que querem?"

Uma pessoa revela sua verdadeira personalidade num acesso de raiva. Charlie nunca fora nada além de uma sombra sorridente antes, parecendo se ressentir de eu estar com sua mãe; ou então se mostrava amuado e evasivo, mas sempre enigmático. Toda aquela sua conversa de apreciar o que eu escrevia não me convencera. Agora ele estava agitado e furioso, mãos nos quadris, em desafio a nós — em desafio a mim, seus olhos cheios de ódio dançando de raiva, os lábios retorcidos num desdém, o verdadeiro Charlie.

"Gostaríamos de dar uma olhada em sua fábrica." Era apenas uma suposição de que fosse sua, mas ele não negou.

"Minha mãe sabe que estão aqui?"

"De certo modo, foi ela que nos mandou."

"Isso é besteira. Ela teria me ligado." Virou para Howard. "Quem é o senhor?"

"Está com meu cartão", disse Howard. "Sou do consulado."

"O senhor não tem nada a fazer por aqui."

"Como o senhor Joshi provavelmente lhe contou, queremos dar uma olhada por aí."

"Escuta, fofo, pega seus amigos e cai fora. Volta pro lugar de onde veio. Seu lugar não é aqui."

Howard ficou visivelmente tenso ao ouvir isso, porém, quando falou, mostrou-se calmo e inteiramente educado. "Por favor, olhe meu cartão novamente. Vai ver que sou um funcionário de assuntos públicos no consulado. Respondo ao Departamento de Estado pelas atividades de todos os americanos em minha área. Mirzapur fica nela e Calcutá também. Isso inclui você."

"Tenho novidades pra você, fofo", disse Charlie, tentando interromper.

Mas Howard prosseguiu: "Se pretende continuar com seus negócios aqui, vai nos mostrar a fábrica, as oficinas e os empregados. Não vamos embora enquanto não virmos tudo."

"Temos orgulho do que estamos fazendo. Minha mãe criou o negócio todo do nada."

"Isso é admirável."

"Não estamos infringindo lei nenhuma."

"Ótimo. Agora se importa de nos mostrar o local?"

"Somos um dos maiores exportadores de tapete de Mirzapur. A gente sustenta um monte de famílias."

Saiu afetadamente da sala do sr. Joshi, e fomos atrás. Andando apressado atrás dele, o sr. Joshi abria portas e ficou de lado enquanto Charlie dizia: "Sala de desenho — as chapas coloridas são feitas aqui", e numa plataforma baixa uns dez homens trabalhavam em folhas de papel muito largas fixadas a pranchas, pintando motivos em cores vivas.

Na sala seguinte, homens transferiam os motivos coloridos para um pedaço grande de papel milimetrado, um quadrado de cada vez.

"Cada quadrado representa um nó", disse o sr. Joshi.

Os homens sorriam cumprimentando de suas estações de trabalho, acenando timidamente quando saíamos, as mãos no coração.

"Por que esta porta está trancada?", perguntei quando avançamos um pouco mais pelo corredor estreito.

"Teares", disse o sr. Joshi. "Sala de tecelagem." E abriu o cadeado que trancava a alça do fecho. Empurrou o ferrolho e abriu a porta.

"Não interessa o que vocês pensam. Não temos vergonha disso", disse Charlie.

A porta aberta revelou um ambiente espaçoso, de pé-direito elevado. Parecia uma escola. Captei um silêncio súbito, mesmo com o estrépito dos teares de madeira. Meu primeiro pensamento foi o de que ali era uma sala de aula, as crianças pequenas e atentas, todas descalças, trepadas em bancos, as mãos nos enormes teares, algumas amarrando fios ou montando a urdidura vertical, outras agachadas, dando nós, outras ainda martelando, batendo os fios e nós entrelaçados.

Essa foi minha primeira impressão, pequenos alunos, silenciados pela entrada do diretor. Mas em pouco tempo notei seu ar solene, seu medo, a intensidade de sua concentração — atemorizados e espremidos, como prisioneiros. Era uma prisão, um campo de trabalhos forçados, cheio de estruturas de madeira barulhentas; era uma massa de pontas soltas; era uma confusão de pequenas criaturas labutando com mãos minúsculas.

"Crianças", eu disse. "São todas crianças."

Fui até um tear e quando me aproximei um menino de dez ou doze anos tirou os dedos de um nó e ergueu as mãos para cobrir o rosto, como se esperasse que eu fosse esbofeteá-lo.

Sorri e recuei. Disse calmamente: "Eu sei o seu nome."

"Sim, tio."

"Esqueci como é."

"Jyoti, tio."

O menino autoconfiante que eu conhecera no Lodge, carinha de rato, orelhas de abano, cabeça minúscula, ombros estreitos, o soldadinho, subjugado agora. *Ma é nosso esteio.* Fiz menção de apertar sua mão. Ele estendeu a mão e eu a segurei com delicadeza, virando-a de modo a examinar seus dedos. Sua mão parecia uma garra, os dedos avermelhados, as pontas em carne viva.

"Ele não tem impressões digitais."

Mas Charlie sorria, parado junto a Howard na porta.

"Vão embora ou eu chamo a segurança. Depois vocês podem berrar à vontade."

"Vou dar parte de vocês", disse Howard.

"Eu falei, fofo. Está tudo dentro da lei."

"Não, não está", disse Howard.

Charlie disse: "Então fala pra gente o nome de alguém neste país que já foi condenado por usar crianças. Há! Cai fora, fofo."

19

Desde o início, minha primeira visita mais de seis semanas antes, eu encarara o Lodge da sra. Unger em Alipore como um refúgio, um porto seguro de saúde e alegria, onde ela era a protetora, a luz guia, a mãe daquilo tudo — Ma, o grande seio acolhedor na cidade inquieta de extremos excruciantes e vozes conflitantes.

Agora eu via o Lodge como um lugar perigoso e infeliz, e a sra. Unger como a força sinistra por trás dessa tirania. O cheiro dele era o cheiro do rio sagrado na Índia, um odor de santidade, que era também um bafio de estagnação, uma exalação de vida e de morte.

Eu fora ao Lodge sem ser anunciado, mas ela me aguardava no alpendre de pedra atrás das balaustradas rachadas, flanqueada pelos leões gastos, manchados de chuva, quase desfigurados. Tentei imaginar o aspecto daquela grande mansão neoclássica em seus dias de glória, mas não consegui, não fui capaz de recriá-la com base em sua fachada com rachaduras e seus tijolos expostos, nas rebarbas e escoriações em suas colunas caneladas. Era ao mesmo tempo monumental e ruinosa, como Calcutá, com o mesmo rosto humano, janelas escancaradas, bochechas de estuque fendido, as portas abertas em uma súplica faminta, como os mendigos nas janelas dos carros pelas esquinas da cidade.

"Estava esperando você", disse a sra. Unger. "Achei que viesse aqui ontem."

"Eu tinha umas coisas para fazer."

Sempre que passava um tempo longe dela, eu me esquecia de como era adorável, seus traços felinos, o formato de seu rosto, seus malares elevados, os lábios cheios, ainda mais engrossados pelos dentes ligeiramente protraídos. Ela era linda, majestosa como uma sacerdotisa. Tinha uma fronte ampla, o nariz arrebitado e olhos verde-acinzentados (dependendo da luz), e seu cabelo se tornava prematuramente prateado em alguns lugares. Embora fosse mais nova que eu, parecia bem mais velha. Seu corpo, tão esbelto no sari sedoso, os pés estreitos e ossudos pontilhados de hena.

Mas nesse dia sua beleza parecia diabólica, seu sorriso — seus dentes —, assustador. Os dois dentes laterais — os caninos, suponho — intumesciam seus lábios quando ela franzia o rosto e reluziam, parecendo ainda mais sinistros, quando sorria. Ela não era alta, mas o porte ereto lhe dava a aparência de altura, e desse modo parecia dominante.

"Creio que você se saiu bem", disse. "Vamos entrar."

No interior do Lodge o som de crianças rindo me enervou, como se estivessem brincando de pega-pega na beira de um precipício.

"Prefiro sentar no jardim", eu disse.

"Mas estou devendo uma massagem em você."

A palavra me enchia de medo agora. Com que facilidade tudo virava do avesso. Sua beleza me repelia; a promessa de uma sessão era como uma ameaça.

"Estou ansioso por isso", eu disse, na esperança de que acreditasse em mim.

"Bijoy, traga um pouco de chá", disse ela para um criado ansioso que eu nunca vira antes.

Descemos juntos a escada até a lateral da casa, onde o jardim era luxuriante. Os troncos pálidos das árvores banyan penetravam retorcidos no muro de tijolos, os dedos insinuantes das longas raízes, nós de dedos onde eram mais gordas e enrugadas, as pedras musguentas, o gorgolejar da fonte — o jardim parecera fértil antes, uma fonte de vida. Agora era sinistro, todo ele, o som de água caindo como uma repetida advertência.

"Sente", disse ela, dando tapinhas em um banco.

A estatuária coberta de musgo que eu vira do saguão no andar de baixo, os tijolos úmidos, o caminho pavimentado, a fonte no tanque, uma cabeça de vaca de mármore em seu centro, espirrando água pela boca arredondada. A sra. Unger sorria, repuxando os lábios, exibindo os dentes, deixando que sua língua se mostrasse avidamente.

"Diga-me o que descobriu. Traga tranquilidade ao meu espírito."

Em vez de sentar no lugar que ela indicara com sua mão, me acomodei bem na ponta do banco, de modo que pudesse fitá-la. Meu rosto estava úmido com o calor tropical do jardim.

"Acho que já sabe que estive em Mirzapur. Charlie deve ter lhe contado."

"Escutei inúmeras versões. Charlie. O senhor Joshi. Até mesmo o respeitável senhor Ghosh."

"Você se vira bem."

"Nem a metade do que você se vira", disse ela. "Ah, aqui está seu chá."

Falou com sua voz teatral, as palavras lhe saindo como de uma atriz em uma peça, como quando nos conhecemos no Oberoi Grand. E por parecer tão bem ensaiada, fiquei com o pé particularmente atrás.

O garçom de uniforme branco abriu uma toalha sobre um tampo de pedra e pousou o serviço de chá. Até mesmo as xícaras e os pires se pareciam preocupantemente com objetos de cena.

"Pode ir agora, Bijoy." A sra. Unger encheu as duas xícaras de chá. "Então, era fantasia de Rajat ou havia mesmo um menino morto?"

"Havia um corpo."

"Naquele quartinho sórdido? Como ele disse?"

Imaginei se estava tentando me tapear. Ela falava daquele mesmo jeito teatral, como se fosse uma atriz em cena. Mesmo seu gestual de servir o chá era uma espécie de atuação, o modo como parecia fazer um pequeno número enquanto falava.

"Exatamente."

"Mas sem dúvida encontraram o corpo."

"O corpo ao que parece sumiu."

A outra coisa que notei foi que a sra. Unger era quase uma estranha para mim. Pensei que a conhecia, mas aquela era outra pessoa, ou pelo menos uma mulher fingindo ser alguma outra pessoa e fazendo um bom trabalho.

"Sumiu? Pobrezinho."

"Isso, era um menino pequeno."

"Quis dizer, pobre Rajat", disse e riu um pouco. "Então é verdade. Eu não tinha certeza se acreditava. Ele pode ser bem fantasioso. Estava sempre dançando em volta de mim, contando histórias." Fitou-me atentamente. "Fico grata a você por ter descoberto a verdade."

Ela me observava por cima da borda da xícara. Devolvi o olhar. Ela engoliu o chá e pousou a xícara.

"Agora deve informar o que descobriu."

"Para quem?"

"Para a polícia. Para as autoridades. Para o consulado — você tem amigos por lá, eu sei."

"E qual seria a finalidade disso?"

"Atribuir a ele a responsabilidade que lhe pertence. Eu pensava que fosse um pequeno encantador. Como disse a você, ele possuía uma energia bonita. Achei que você não fosse encontrar nada, mas agora parece que ele está envolvido em algo sinistro." Deslizou para perto de mim e disse: "Eu sabia que você ia descobrir o que aconteceu de verdade. Você é um escritor maravilhoso. Foi por isso que confiei em você, porque sabe que o objetivo de toda arte é dizer a verdade."

Fiquei tão hipnotizado com sua performance que não respondi na hora. Eu não sabia quem era aquela mulher. Mas ela sorria levemente para mim com uma segurança furiosa. Vi que esperava por uma resposta.

"Acho que *descobri* mesmo a verdade."

"Rajat estava mentindo. Indianos mentem o tempo todo, você sabe. São forçados a mentir por viverem numa cultura tão rígida. A gente nunca consegue a verdade com eles. 'Certo, eu cuido disso.' Só que não cuidam. Foi por isso que procurei você."

"Rajat não estava mentindo", eu disse.

"O cadáver estava no quarto. Ele precisa ser desmascarado. E ele disse que não tinha nada a ver com a morte do menino. Por favor, tome um pouco de chá."

"Está quente demais para tomar chá", eu disse. Por que ela começara a falar com tamanha excitação? Eu morria de calor, grudando no jardim úmido, sufocando entre plantas de folhas largas e raízes enroscadas, as trilhas pavimentadas cobertas de musgo, o zumbido de insetos na água parada, os mosquitos e as aranhas. Não sabia por onde começar, e na minha cabeça ela parecia uma pessoa diferente porque estava se comportando de um modo insano, particularmente louca naquela pose afetada de atriz em um drama sombriamente cômico.

"Vou com você até a polícia", disse. "Fui uma tola de acreditar na palavra dele. Sempre desconfiei de que fosse uma influência maligna sobre Charlie."

Influência "maligna", não "má" influência — esse era o tipo de artificialidade que se escuta em um melodrama.

Eu disse: "Você me falou que não confiava na polícia."

"Isso foi para induzi-lo a aceitar a incumbência."

Falei: "Por que quer que eu vá ao consulado relatar o que descobri?"

"Porque me parece que eles deveriam saber. Deve ser bastante fácil para você informar a eles — afinal, são seus amigos. Eles precisam ficar sabendo, como a polícia também precisa. Rajat se registrou com um nome falso no Ananda. Isso é muito suspeito. Pode ter tido alguma participação na morte de uma criança. Ele precisa ser desmascarado."

"E se eu fizer isso, se demonstrar sua ligação com o menino morto, o cadáver anônimo, ele pode ser acusado de assassinato."

"Não sei", ela disse, de modo pouco convincente. "Ele certamente está devendo algumas explicações. Mas tudo isso seria circunstancial."

"Por que está dizendo isso?"

"Porque o corpo sumiu, presume-se."

"Não completamente."

"O que isso significa?" Se o fato a deixou perturbada, não demonstrou. Continuou a bebericar o chá.

Tirei um saco plástico da maleta, o plástico amarelo com o formaldeído, e apertei para que visse a mão conservada.

Ela estreitou os olhos para aquilo com profunda curiosidade, como se pudesse ser algo para comer, e disse sem emoção: "Isso é nojento. É humana? Por favor, tire da minha frente."

"Não antes de mostrar um detalhe."

Ela piscou, franzindo o nariz quando aproximei aquilo de seu rosto. Eu disse: "Está vendo? Sem digitais. Isso não é incomum em algumas ocupações. Obras. Assentamento de tijolo. Cimento. E tecelagem. As digitais ficaram gastas e estão quase ilegíveis. Foi o que me explicou um especialista."

Todo esse tempo ela ficou segurando a xícara na altura do queixo, como que para se defender de mim. Agora ela a pousava.

"O que está dizendo?"

"Essa é a mão de um menino de dez anos de idade. O DNA diz um bocado, embora não informe o nome. Ele estava embrulhado em um tapete — um de seus tapetes. Muito provavelmente, era um de seus trabalhadores."

"Impossível."

"Quase. O senhor Joshi me contou que sempre que alguém morre na sua fábrica você leva o corpo pessoalmente a Varanasi para ser cremado. Imagino que era o destino dessa criança, até você embrulhá-la em um de seus tapetes genéricos, arrancar a etiqueta e mandá-lo para o Ananda, no quarto de Rajat."

"Não pode provar isso", ela disse.

"Talvez não, porque você é como qualquer estrangeiro na Índia — como os indianos, também. Delega funções. Alguém ficou encarregado desse trabalho sinistro. Meu palpite é que nem Charlie sabia."

Ela começara a rir, mas tristemente, uma risada teatral. Disse: "Por que eu teria pedido a você para investigar essa história se sabia que podia ser envolvida?"

"Porque não contava com o fato de que iam guardar o tapete, um tapete tão barato. Mas estamos na paupérrima Calcutá. Jogaram o corpo fora, não o tapete. E você não imaginou que uma funcionária desconfiada que ajudou a se livrar da criança — outro lacaio — sentiria pena e guardaria uma das mãos."

"Está enganado. Os hindus nunca fazem isso. Eles queimariam um pedaço do corpo imediatamente."

"Um hindu, sim. Mas ela era cristã. E naga. Na verdade eles têm até um fetiche por pedaços do corpo."

"Não tenho coisa alguma a ver com isso. É um absurdo."

"Você sabia o tempo todo o que eu só descobri hoje no consulado, que Rajat tinha entrado com um pedido de visto para os Estados Unidos. Ele planejava emigrar. Se conseguisse o visto, iria viver com Charlie. Isso é uma coisa que a incomoda demais — ele competindo pela afeição de Charlie."

Ela me fitou com uma expressão amarga e disse: "Rajat tem comportamento desviante. Desconfio de que sofre de desordem do transtorno de identidade. Ele provavelmente deseja uma redesignação sexual. Você não faz ideia de como são essas pessoas."

Dei risada com a terminologia. Disse: "Você elaborou um plano para envolver Rajat em um crime. Tinha um cadáver — isso foi conveniente. Quando Rajat fugiu em vez de ser preso no hotel, o plano todo foi por água abaixo. Então você me pôs na história, mais um trabalho delegado, para que o comprometesse. Você presumiu que eu conseguiria ligar a coisa a Rajat. Se ele caísse em desgraça, o pedido de visto teria sido rejeitado. Mas acabei dando sorte. Descobri mais do que você achou que eu ia descobrir."

"Eu amava o pequeno Rajat, até me contar isso."

"Você o odiava. Queria Charlie só para você. E agora não vai tê-lo, porque tenho certeza de que Rajat vai ficar horrorizado quando descobrir o que fez."

Ela endireitou o corpo, o queixo erguido numa expressão altiva. "Não vou me rebaixar a discutir com você. Não fiz nada errado. Não transgredi a lei."

Ela era impermeável. Mesmo quando confrontada com a evidência dessa armação tão óbvia, permaneceu inabalável.

"Possivelmente é verdade. Mas eu gostaria de saber como essa criança morreu."

Ela deu um gole no chá, espantando uma mosca conforme bebia, e não respondeu.

"Trabalhou até morrer, provavelmente", eu disse. "Eu vi sua fábrica. Um pesadelo saído de Dickens. Crianças pequenas escravizadas numa instalação clandestina, fazendo tapetes. Eu vi Jyoti."

Um sorriso se insinuara em seu rosto. "Isso é a Índia", disse.

"Empregar crianças é contra a lei", eu disse.

"A lei nunca é aplicada, elas precisam trabalhar."

"Você está matando essas crianças."

"Estou salvando!" Foi o único momento da conversa em que ergueu a voz, e isso foi um grito de protesto.

"E agora eu sei onde você consegue sua força de trabalho." Enquanto falava eu podia escutar as crianças rindo dentro do Lodge. "Você as tira das ruas. Você as compra nas aldeias. Lugares pobres como Nagapatti. Adquire crianças saudáveis, deixa que fiquem dependentes de você e então as põe para trabalhar."

"Você não sabe de nada", ela disse.

"Tenho certeza de que vende algumas para pais adotivos. Quando vi aquela mulher na semana passada, percebi."

"Eu as estou salvando", sibilou por entre os dentes, e pensei que os incisivos ligeiramente salientes eram uma vantagem para dizer algo assim, para dar ênfase. "Do contrário morreriam."

Agora me deixava assustado, porque disse isso sem a menor dúvida. Sua certeza não passava uma imagem de força, mas de energia demoníaca.

"Pensei que tivesse alguma inteligência, alguma sutileza de pensamento", disse. "Eu confiei em você. Foi por isso que o incumbi da tarefa. Mas, não, é um caso perdido. E um ingrato. Não faz ideia do bem que fiz, das coisas que realizei. E não é só com o Lodge. Muitas coisas. Coisas importantes."

Falava com tamanha convicção que quase acreditei, mas eu sabia também que o talento mais útil de um criminoso é a capacidade de mentir. Era um dos sinais mais claros de criminalidade que uma pessoa assim não tivesse uso para a verdade. Porém a sra. Unger era apaixonada.

"Você acha que inventando essa história absurda vai me atingir." Curvou-se para chegar mais perto. "Não pode me atingir. Mas eu poderia feri-lo seriamente."

Não vou lhe dar a oportunidade, pensei, fitando-a diretamente nos olhos.

Ela disse: "Vou lhe fazer um enorme favor."

"Sério?"

"Isso. Não vou destruí-lo. Eu poderia facilmente."

Estava calma outra vez; havia recuperado a compostura. Percebeu que, embora eu soubesse a verdade sobre o corpo no quarto de hotel, e Rajat logo viria a saber também, não havia muito que eu pudesse fazer para atingi-la. Ela tinha razão: ali era a Índia. Trabalho infantil era comum. As fábricas estavam por toda parte. E crianças morriam.

"Você está chocado", ela disse. "Desprezo gente que vem para a Índia e diz que está chocada. Principalmente americanos. Que hipocrisia."

Se antes eu havia sido encantado por ela, agora fora desencantado. Porém, tendo visto seu lado escuro, eu estava ainda mais atônito com sua audácia. Ela me parecia tão cruel quanto parecera bondosa antes, e eu não conseguia acreditar que ambas as coisas coexistiam na mesma pessoa, aquela americana afeita a saris e que dirigia um abrigo de crianças perdidas.

Eu não duvidava de que grande parte de seu trabalho fosse altruísta, de que ela (como dissera) salvava algumas crianças. Mas ela as salvava apenas para fazê-las trabalhar em sua fábrica ou vendê-las para adoção. Não estava errada sobre a existência de trabalho infantil na Índia. Todo mundo sabia disso. Mas ninguém suspeitava de seu envolvimento pessoal. Era uma presença materna em Calcutá, famosa por nunca pedir doações. E era persuasiva. Eu era testemunha, as mãos curativas, os dedos mágicos. Fitando-a fixamente no quente entardecer, à sombra esmeralda de seu jardim úmido e fechado, estremeci ao pensar no modo como me tocara, como eu a tocara. Como havíamos ficado nos braços um do outro, enroscados em posturas tântricas. Eu fora enfeitiçado.

Sua beleza era distinta, mas, por me deixar assustado, era indistinguível da feiura. Pensei: *Não existe essa coisa de beleza.* O que existe é desejo, e medo, e se o desejo pode tornar uma pessoa luminosa, o medo pode tornar essa mesma pessoa feia. Uma mentira na boca de uma mulher adorável pode dar-lhe presas e transformá-la em um monstro. As mesmas feições que eu vira como benignas e belas — o mesmo formato de rosto, os lábios, os dentes, os seios, os dedos — eu agora via como ferozes e letais.

O tempo todo que conversamos fiquei observando o osso sólido sob sua belíssima pele, as articulações de seu maxilar, as junções de seu crânio, as concavidades de seus globos oculares. Não era um rosto, mas uma caveira. Eu a via como ossos.

"Você me decepcionou", ela dizia. "E eu era uma grande admiradora sua. Tinha planos para você." Esticou as mãos e tocou minha coxa, suas pronunciadas falanges em minha perna. "Tudo bem. Nunca fico surpresa de ver como as pessoas são estúpidas ou ruins. O que me deixa surpresa é quando são boas."

Eu não sabia o que dizer. Não podia negar que era bondosa — vira exemplos suficientes de sua caridade. Estivera meio apaixonado por ela. Eu sentia mais vergonha era de mim mesmo, estava mais furioso comigo do que com ela, porque via minha fraqueza refletida nela. Por pura vaidade e carência eu desejara agradá-la. Eu não era melhor que ela.

"Não entendi até agora por que me procurou para investigar esse crime. Só porque sou um escritor?"

"Não mesmo."

"Então por quê?"

"Porque você não é um escritor. É um picareta. Independentemente do que escrever, ninguém vai acreditar em você."

Obviamente ela achava que me insultando podia me atingir, mas eu estava fortalecido por meu asco contra mim mesmo. Ela era incapaz de ter uma visão mais baixa de mim do que eu tinha. Nesse momento, senti vontade de matá-la, e não apenas acabar com ela, mas esfaqueá-la seguidamente no rosto.

Ela sorriu para mim, como que lendo meus pensamentos. Seu rosto se iluminou — o brilho que eu sempre achara irresistível, de prazer, de amor.

"Querido."

Quase correspondi. Mas ela olhava além de mim, no canto oposto do jardim, onde Charlie esperava. Imaginei quanto da conversa escutara. Ele pestanejava, do modo como alguém faz quando eroticamente excitado. Como eu fizera em outro momento, levianamente.

Ela acenou para ele. Ele obedeceu, aproximando-se, e quando ela acenou outra vez, me pareceu seu modo de me dispensar.

20

O ghat de cremação no Hooghly ficava cerca de um quilômetro abaixo da ponte Vidyasagar, que eu cruzara com a sra. Unger no dia em que visitei o templo de Kali, quando ela me levara ao Lodge. Eu havia ficado chocado com o sacrifício do bode no templo. Ficara impressionado com a quantidade de órfãos no abrigo. Como eu podia saber que as crianças também seriam sacrificadas, que terminariam em uma fábrica ou vendidas a americanos de fora? Rajat comentara a respeito do sangue manchando seu sari: *Mancha de sangue meio que lhe cai bem.*

Eu pensava no sangue nesse dia, conforme deixávamos a ponte e seguíamos caminho pela margem oeste do rio, no carro consular de Howard, um motorista uniformizado ao volante, Howard ao lado dele. Dava para ver o ghat adiante, avolumando-se sobre o aterro como um píer decaído.

"Vou conversar com os sacerdotes", disse Parvati. Ela sentava no meio do banco traseiro, Rajat do outro lado.

O decoro de Parvati me envergonhava, assim como seus talentos. Era uma linda garota vivendo com os pais; sabia dançar, tocar tabla, escrever poesia, praticar artes marciais — podia torcer meus braços com um floreio de *kalaripayatu*. Parvati, a bela, aguardava um pretendente adequado, que seria arranjado por seus pais. Ela era prestativa, capaz e decorativa. Tinha de admitir que mal a conhecia, mas em todo caso eu era indigno: ela era inatingível. Mas era a pessoa perfeita para aquele ritual, uma virgem vestal. Não exibia qualquer afetação nesse dia. Sabia exatamente o que fazer, e Rajat era um acólito adequado.

Howard disse: "Sua amiga, a senhora Unger, deveria receber uma premiação hoje à noite do chefe de governo."

"Não sei nada sobre isso", eu disse. "Prêmio de quê?"

"Realizações humanitárias. Ela recusou."

Rajat disse: "Ela odeia publicidade."

Howard disse: "Sua modéstia foi bastante elogiada. Ela recebeu mais publicidade recusando do que teria recebido aceitando."

"Ela nunca pede dinheiro", disse Rajat.

"Acho que sei por quê", eu disse.

"Vamos ficar de olho nela", disse Howard. "Alguém da seção comercial. Afinal, ela é uma de nós."

"Ela merece um prêmio pela esperteza de evitar um processo de homicídio. Não consigo pensar em nenhum outro lugar além da Índia onde alguém como ela possa existir."

O motorista saiu da rua e estacionou perto de uma vaca melancólica. Ele abriu nossas portas e ficou ao lado do carro, vigiando. Andamos vagarosamente, sufocando no calor úmido, através de mato e arbustos pequenos por um caminho estreito até o ghat. Os homens santos sentavam de pernas cruzadas sobre a plataforma da entrada, debaixo de uma arcada enfeitada com flores frescas. Os homens eram esqueléticos, estavam quase nus, os rostos voltados em nossa direção, suas testas lambuzadas de pasta amarela. Nem piscavam com as moscas que circulavam em torno de seus longos cabelos emaranhados.

Curvando bem o corpo, Parvati enfiou algumas rupias em seus jarros de latão. Fiz o mesmo enquanto ela conversava com um deles.

"Ele quer saber se você está com o pedaço de corpo."

"A mão. Está aqui."

Eu a embrulhara em um pano branco e amarrara como um pacote, uma mortalha improvisada. Eu era o único que sabia que estava dura, uma garra amarela lacrada em um saco plástico. Uma mão em conserva.

O saddhu com quem Parvati estivera conversando se aprumou e pegou uma bandeja de latão. Sua pele era frouxa e enrugada, como couro curtido, usava uma tanga parecida com uma fralda e colares com pesadas contas de âmbar. Estendeu a bandeja para mim. Pus o embrulho de tecido em cima.

Com ar gracioso e solene, levou-a até um dos outros anciãos e ofereceu-a reverentemente enquanto o homem murmurava diante do objeto. Então foi até o ghat, segurando a bandeja como um garçom servindo sobremesa. Erguendo os braços, inclinou a bandeja, permitindo que o pequeno pacote deslizasse para o alto da pilha de gravetos secos, arrumados como numa fogueira de acampamento.

Observamos do aterro enquanto os três saddhus iniciaram um canto, gutural e límpido, quase melodioso, uma espécie de mantra de grunhidos intermitentes que se repetia e aumentava em velocidade e volume.

"Nunca estive tão perto de uma cremação antes", disse Howard.

Rajat batia fotos. Parvati orava, a cabeça baixa — parecia chorar suavemente. Um dos homens santos, ainda cantando, trouxe uma tocha acesa de uma fogueira que já queimara ali na margem, perto de onde estávamos. Ele agitou a brasa, avivando a chama, depois enfiou-a sob a fogueira até que alguns dos gravetos pegaram e começaram a estalar. Então ele atirou a tocha no fogo crepitante.

O pequeno pacote branco ficou ali sobre as chamas crescentes. As línguas de fogo eram como seda naquele dia cinzento. Então o negócio pareceu estremecer e enegrecer sem queimar, até que finalmente se inflamou, ficando mais grosso, inchado com as labaredas. Brilhou vermelho como um grande carvão, mantendo a forma, mas adquirindo um aspecto etéreo e insubstancial, murchando como um emaranhado de fios esbranquiçados.

Talvez eu tenha imaginado — talvez fossem os estalos da madeira seca —, mas achei que a própria mão morta falava, como se ao queimá-la as chamas houvessem lhe insuflado vida. Vi a mão claramente delineada conforme o tecido sumia. Foi a derradeira imagem que divisei no calor, a sombra de uma mão que se movia, contorcia e cravava os dedos no fogo antes de ser consumida no calor efervescente.

Todos ficamos olhando quando ela inchou numa bola luminosa de cinzas como teias de aranha, tombando quase imperceptivelmente de lado na madeira carbonizada, exaurida pelo calor.

"Sumiu", disse Howard.

"Não. Apenas mudou de forma", disse Parvati — a réplica indiana, o tipo de provocação que mantinha os hindus em sua fé. Ela continuava a orar, continuava a chorar suavemente. Rajat se aproximou, os olhos cintilando de simpatia, como que compartilhando sua dor.

"Ela trouxe um bocado de encrenca pra você", disse Howard.

Eu sabia a quem ele se referia.

"Ela me fez um enorme favor", eu disse.

"Já ouvi falar dos favores dela."

"Um dia desses eu conto."

Ele sorria. Seu sorriso cheio de dentes estava perguntando *e aí?*. Mas ele ergueu o rosto e pareceu esquecer a pergunta, porque do céu baixo e encoberto de negro algodão desceram as primeiras gotas da monção.

Pungentes gotas de chuva: nunca pensei que a chuva pudesse doer tanto.

De volta ao Hastings, recém-chegado do ghat de cremação, fiquei aliviado, sabendo que terminara. Hora de partir.

"Correio, senhor", disse Ramesh Datta. "Portador acaba de trazer bem agora."

Um envelope. Reconheci a letra, o nanquim, o denso papel artesanal, como tecido. Levei para o meu quarto e meditei a respeito. A caligrafia era presunçosa. Odiei ver meu nome escrito em nanquim roxo. Eu não queria pensar no que havia ali dentro — dinheiro, um milagre, elogios ou acusações. Eu não precisava mais dela.

Peguei um guarda-chuva emprestado com Ramachandra e caminhei até o Hooghly. Descendo a Sudder, subindo a Nehru, à esquerda na Ochterlony até a esplanada e então ao longo da Eden Garden Road para o rio e o Babu Ghat. Era uma de minhas antigas rotas de caminhada na cidade, quando eu me sentia perdido, à espera de ser convocado pela sra. Unger. Parei sob o aguaceiro e joguei o envelope no rio, que foi embora à deriva na correnteza suja junto com restos de frutas, cocos apodrecidos, plásticos enroscados e, deslizando como escória dos ghats rio acima, as cinzas flutuantes de restos humanos.

Esse fim, embora fiel aos acontecimentos, hoje parece um pouco convencional. Outras histórias sobre a Índia terminam com uma cremação e a chuva pesada — e fica para o leitor imaginar a finalidade do aguaceiro, a água varrendo o céu como uma cortina no último ato.

A verdadeira torrente só caiu de fato sobre Calcutá uma semana depois, e a essa altura eu já estava em outro lugar, escrevendo este livro. A sra. Unger o inspirou. Ela inspirou muito mais coisas, deu-me a vitalidade para escrevê-lo e ensinou-me o tantra — deu-me as mãos, os dedos, a energia.

Mencionei no início que eu decepcionara duas mulheres em minha vida e insinuei que havia parado de procurar alguma outra. Mas no processo de escrever este livro conheci outra mulher, uma mais próxima de minha idade. Ela tinha sua cota de desapontamentos também e no início mostrou cautela em relação a mim. Viramos amigos, depois companheiros e, finalmente, namorados. Eu sabia como agradá-la, maneiras que ela nunca conhecera, e proporcionar-lhe prazer foi uma espécie de ensinamento também. Ela retribuiu o favor. Passei mais tempo nos Estados Unidos e comecei a gostar cada vez mais. Quase um ano se foi. Viajamos, essa mulher e eu. Compramos uma casa. Aprendi a me doar, o que é o princípio do amor.

Olho para minha mão, meus dedos enrolados na caneta, pressionada nesta última página, e penso na sra. Unger como uma antiga chama que me deu tudo. Mas não tive de lhe agradecer por isso, não tive de me mostrar grato. Ela foi a enfermidade e a cura, como uma força da natureza; vida e morte, a chuva que dá esperança, que inunda e também afoga; o prazer e a dor.

Este livro foi impresso
pela Geo Gráfica para a
Editora Objetiva em
maio de 2011.